U0961661

中国古典生活美学

浮生六记

（清）沈复 著
韩中华 译评

北京理工大学出版社

版权专有 侵权必究

图书在版编目（CIP）数据

浮生六记 / (清) 沈复著；韩中华译评. — 北京：北京理工大学出版社, 2017.1（2023.2重印）

（中华优美随笔）

ISBN 978-7-5682-3392-7

Ⅰ.①浮… Ⅱ.①沈… ②韩… Ⅲ.①古典散文—散文集—中国—清代②《浮生六记》—译文 Ⅳ.①I264.9

中国版本图书馆CIP数据核字(2016)第284894号

出版发行 / 北京理工大学出版社有限责任公司
社　　址 / 北京市海淀区中关村南大街 5 号
邮　　编 / 100081
电　　话 / （010）68914775（总编室）
（010）82562903（教材售后服务热线）
（010）68948351（其他图书服务热线）
网　　址 / http: //www.bitpress.com.cn
经　　销 / 全国各地新华书店
印　　刷 / 三河市嵩川印刷有限公司
开　　本 / 889 毫米 × 1194 毫米　1/32
印　　张 / 11.25
字　　数 / 250千字
版　　次 / 2017 年 1 月第 1 版　2023 年 2 月第 3 次印刷
定　　价 / 68.00元

责任编辑 / 李慧智
文案编辑 / 李慧智
责任校对 / 周瑞红
责任印制 / 边心超

图书出现印装质量问题，请拨打售后服务热线，本社负责调换

前 言

沈复的文字，并没有过多华美的语言，但充满灵性，韵味悠长，之所以感人，归结于一个“情”字。沈复是性情中人，如纳兰性德那样，是一位多情的文人。这“情”字赋予了《浮生六记》的文字以无穷的生命力。

在《闺房记乐》中，沈复敢于打破陈规，突出真情。作者追忆妻子陈芸的一举一动，一悲一喜，都能牵动读者的心。林语堂曾把芸娘看成“中国文学史上最可爱的女人”。

在《闲情记趣》中，沈复用平实的语言描绘了日常生活的栽花种草、叠石玩鸟等闲情逸事，表现了他们夫妻伉俪情深和颇具审美情趣、自得其乐的家庭生活。

在《坎坷记愁》中，沈复免不了家长里短，不仅写有大家庭里的钩心斗角，也写尽小家庭的悲伤：妻子病故，儿子夭折。沈复经历种种人生变故和生活的辛酸，也可以说是尝尽了人间的悲欢离合。

在《浪游记快》中，沈复写了自己30多年来的快游之旅，足迹遍及大江南北、黄河两岸，我们随着作者的笔尖，到岭南，历长江，游皖城，登黄鹤楼，怀古赤壁，过潼关，上华阴……文字间流露出作者独特的审美趣味，让读者真切体会到古代的山水风光和世态人情。

……

书中语言清新自然，文章如清泉涌动，绵绵不尽。近代俞平伯惊叹赞美《浮生六记》“俨如一块纯美的水晶，只见明莹，不见衬露明莹的颜色。只见精微，不见制作精微的痕迹”。文重记事，而又抒情味浓；记家庭琐务，又无道学气息；纯朴自然，情深义重，历来为人们所喜爱。

《浮生六记》原书共六记，遗憾的是，该书在沈复生前并未刊行，只有抄本流传，最终只留下前四记残本，后二记亡佚。1935年上海世界书局出版的“美化文学名著丛刊”中收入足本《浮生六记》，增补了《中山记历》和《养生记道》后二记，但经众多学者考证，认定此二记系后人伪作。为了让读者能够更全面地了解本书，本次点校翻译以足本《浮生六记》为底本，并参考了俞平伯点校本。

目 录
Contents

卷一　闺房记乐

余生乾隆癸未[1]冬十一月二十有二日，正值太平盛世[2]，且在衣冠之家[3]，居苏州沧浪亭[4]畔，天之厚我，可谓至矣。东坡云：“事如春梦了无痕”，苟不记之笔墨，未免有辜彼苍之厚。因思《关雎》[5]冠三百篇之首，故列夫妇于首卷，余以次递及焉。所愧少年失学，稍识“之无”[6]，不过记其实情实事而已，若必考订其文法，是责明于垢鉴矣[7]。

注 释

① 乾隆癸未：清朝乾隆二十八年，1763年。

② 太平盛世：指当时的康乾盛世。

③ 衣冠之家：比喻权贵和缙绅之家。

④ 沧浪亭：始为五代时吴军节度使孙承佑的池馆，宋代著名诗人苏舜钦以四万贯钱买下废园修筑而成。

⑤ 《关雎》：指《诗经》第一篇，为歌颂爱情的诗歌。其中的名句是“窈窕淑女，君子好逑”。

⑥ 稍识“之无”：稍微认识几个简单的字，是说自己学识并不很高。

⑦ 责明于垢鉴矣：垢，尘污。鉴，镜子。意思是责备沾满灰尘的镜子为什么不明亮了，实际上这样的责备是不应该的。

译文

我生于乾隆癸未年冬十一月二十二日，当时正值太平盛世，而且是生在名门望族，居住于苏州沧浪亭畔。上苍对于我的厚爱，真可谓到了极点。苏东坡说过：“往事就像春梦一样不会留下一丝痕迹”，如果不把自己的经历记之以笔墨，未免辜负苍天的厚爱。又因为想着《关雎》这首描写男女之情的诗排在《诗经》三百篇之首，所以想把记录夫妻之情的篇目也放在第一卷，其余篇目就按照顺序写了。惭愧的是我年少时所学不多，学识水平有限，所以只不过是平铺直叙地记录一些实情实事而已。若要从中考究文法修辞，那就像是责备满是污垢的镜子为什么不明亮一样。

评析

委婉的叙事，引人入境。作者随心记录点点滴滴的往事回忆，没有讲究更多的文章写法。之所以把夫妻间的恩爱放在卷首，作者说仅是因为《诗经》也是这样安排的。“人似秋鸿来有信，事如春梦了无痕”，读起来充满着淡淡的忧思和伤感，这是“闺房记乐”整篇的基调。

余幼聘金沙于氏，八龄而夭。娶陈氏。陈名芸，字淑珍，舅氏心余先生女也。生而颖慧，学语时，口授《琵琶行》[1]，即能成诵。四龄失怙[2]，母金氏，弟克昌，家徒壁立[3]。芸既长，娴女红[4]，三口仰其十指供给，克昌从师，脩脯[5]无缺。一日，于书簏[6]中得《琵琶行》，挨字而认，始识字。刺绣之暇，渐通吟咏，有“秋侵人影瘦，霜染菊花肥”之句。

余年十三，随母归宁[7]，两小无嫌[8]，得见所作，虽叹其才思隽秀，窃恐其福泽不深，然心注不能释，告母曰：“若为儿择妇，非淑姊不娶。”母亦爱其柔和，即脱金约指[9]缔姻焉。此乾隆乙未七月十六日也。

注 释

① 《琵琶行》：唐朝白居易所著长篇叙事诗歌。写一个歌伎沦落天涯为商人妇的无奈与凄苦。

② 失怙（hù）：失去父亲。怙，依靠。

③ 家徒壁立：家里只有四周的墙壁，意指穷得一无所有。

④ 娴女红：缝纫刺绣等活十分熟练。娴，熟练。女红，指针线

活，缝纫刺绣之类。

⑤ 脩脯：学费。脯，肉干。古时求学送肉干作为敬师礼；后指代学费。

⑥ 书簏（lù）：书箱。簏，竹箱。

⑦ 归宁：出嫁的妇女回娘家。

⑧ 两小无嫌：形容小时候玩得投机，天真无邪，不避嫌疑。唐李白有《长干行》："郎骑竹马来，绕床弄青梅。同居长干里，两小无嫌猜。"

⑨ 金约指：金戒指。

译 文

我在幼年的时候与金沙的于氏定亲了，可惜她在8岁的时候就夭折了。后来我娶了陈氏为妻。陈氏，名芸，字淑珍，是我舅舅陈心余先生的女儿。她天生聪慧，小时候学说话，她听别人念了一遍《琵琶行》，就能背诵出来。她四岁的时候父亲去世，剩下母亲金氏，还有个弟弟叫克昌，家里比较贫穷，可以说是家徒四壁。陈芸长大后，尤其擅长女红活计，一家三口就靠她的纤纤十指养活了。后来她弟弟克昌从师学习，学费从来没有少过。

有一天，芸在书箱内找到一本白居易的《琵琶行》，便挨个字去认，从此便开始识字了。在刺绣闲暇的时候，芸渐渐学会了吟咏，我对她的"秋侵人影瘦，霜染菊花肥"句子尤有印象。

我13岁的时候跟母亲回姥姥家，因为与芸两小无猜，所以得以拜读她的一些诗作。虽然赞叹她才思隽秀，但也担心她福泽不深。不过我的心思却专注在她身上，时刻不能放下。所以我告诉母亲说："如

果是为儿子选择媳妇，不是淑姐不娶！”母亲也喜欢芸的柔和，即摘下金戒指交给她作为缔结婚姻之约。这一天正是乾隆乙未年（1775年）七月十六日。

评 析

语言平实无华，一字一句道出了妻子陈芸的来历，以及其贤淑美好的品性。妻子陈芸擅长女红，并依靠这个来养活母亲和供养弟弟读书，很是辛苦；还能自学《琵琶行》并吟诗作词，这在当时也称得上才女了。其中道出了两家的表亲关系，所以从小他们就在一起玩，夫妻感情基础打得好，可谓青梅竹马，两小无猜。

是年冬，值其堂姊出阁[①]，余又随母往。芸与余同齿[②]而长余十月，自幼姊弟相呼，故仍呼之曰淑姊。时但见满室鲜衣，芸独通体素淡，仅新其鞋而已。见其绣制精巧，询为己作，始知其慧心不仅在笔墨也。其形削肩长项，瘦不露骨，眉弯目秀，顾盼神飞，唯两齿微露，似非佳相。一种缠绵之态，令人之意也消。

索观诗稿，有仅一联，或三四句，多未成篇者，询其故，笑曰：“无师之作，愿得知己堪师者敲成[③]之耳。”余戏题其签曰“锦囊佳句”，不知夭寿之机[④]此已伏矣。

是夜送亲城外，返已漏三下[⑤]。腹饥索饵，婢妪[⑥]以枣脯进，余嫌其甜。芸暗牵余袖，随至其室，见藏有暖粥并小菜焉。余欣然举箸，忽闻芸堂兄玉衡呼曰：“淑妹速来！”芸急闭门曰：“已疲乏，将卧矣。”玉衡挤身而入，见余将吃粥，乃笑睨芸曰：“顷我索粥，汝曰‘尽矣’，乃藏此专待汝婿耶？”芸大窘，避去，上下哗笑之。余亦负气，挈老仆先归。自吃粥被嘲，再往，芸即避匿，余知其恐贻人笑也。

注释

① 出阁：女子出嫁。

② 同齿：同岁。齿，年龄。

③ 敲成：推敲而成，修改润色，完成定稿。

④ 夭寿之机：短命的先兆。指前面的“锦囊佳句”，典出唐代的诗人李贺。李贺外出，都背一锦囊，有佳句则记下投入囊中，年仅二十七岁而卒，所以是夭寿之机，暗示陈芸的寿命不长。

⑤ 漏三下：相当于现在凌晨3~5点。漏，古代计时器，以漏水量计时。

⑥ 婢妪：年老的使女。

译文

这年的冬天，正好是她的堂姐出嫁，我又跟母亲一起前往。芸虽和我同龄，但比我大十个月，从小我们就以姐弟相称，所以我还是叫她芸姐。当时满屋的客人都穿得很光鲜，只有芸姐穿着素雅，只搭配了一双新鞋。看她鞋子上的刺绣很是精巧，问了后知道是她自己做的，才见识到她的聪慧不仅仅表现在笔墨上。她生得窄肩膀，长颈，瘦不露骨，眉清目秀，顾盼神飞，只有两颗牙微露，这是唯一的缺点。但她身上有种缠绵娇柔之美，实在让人倾心。

我向她要来诗稿翻阅，发现诗稿中有的仅有一联，有的只有三四句，多数都没有写完。我问她是什么原因，她笑着说：“因为没有老师指导，希望得到了解我并能当我老师的人，最后为我定稿才成呢！”我便在她的诗稿戏题：“锦囊佳句”四字。当时真不知，芸姐的短命之机已经潜伏在其中了！

当天的晚上，我把亲戚送出城，回来的时候已经是深夜了，饥肠辘辘的我急于找东西吃。婢女拿出些蜜枣给我吃，我嫌它太甜吃不下。芸则偷偷扯我的衣袖，让我跟她走到卧室。进去一看，里面有她事先藏好的热粥和小菜。我高兴地举起筷子准备吃，这时候听到芸的堂哥玉衡在外边大声说道：“淑妹快来！”芸急忙关上门说：“我已经很累了，要睡觉啦！”堂哥玉衡挤进门来，看到我在吃粥，就向芸笑着说：“刚才我来要粥喝，你告诉我说粥吃完了，原来是藏起来给你的夫婿吃呀！”芸觉得挺难为情的，红着脸躲开走了，众人听说后都哈哈大笑起来。我也挺懊恼的，拉着老仆离开了。自从那次吃粥被笑事件后，我再过去她家，芸总是躲起来不见我，我知道她是怕别人笑话啊！

评 析

堂姐出嫁，亲朋好友欢聚一堂，当时刚定亲的沈复和陈芸也去凑热闹。陈芸偷偷藏粥给未婚夫吃，小小的一个举动，简单的一个场景，充满了温馨之情。夫妻之间谁没有一点温馨浪漫的回忆呢？可惜在沈复的追忆中能抓住的类似那样的细节少之又少。

至乾隆庚子正月二十二日花烛之夕，见瘦怯身材依然如昔，头巾既揭，相视嫣然。合卺[1]后，并肩夜膳，余暗于案下握其腕，暖尖滑腻，胸中不觉怦怦作跳。让之食，适逢斋期，已数年矣。暗计吃斋之初，正余出痘[2]之期，因笑谓曰：“今我光鲜无恙，姊可从此开戒否？”芸笑之以目，点之以首。

廿四日为余姊于归[3]，廿三国忌不能作乐，故廿二之夜即为余姊款嫁。芸出堂陪宴，余在洞房与伴娘对酌，拇战辄北[4]，大醉而卧，醒则芸正晓妆未竟也。

是日亲朋络绎，上灯后始作乐。

廿四子正[5]，余作新舅送嫁，丑末归来，业已灯残人静。悄然入室，伴妪盹于床下，芸卸妆尚未卧，高烧银烛，低垂粉颈，不知观何书而出神若此。因抚其肩曰：“姊连日辛苦，何犹孜孜不倦耶？”芸忙回首起立曰：“顷正欲卧，开橱得此书，不觉阅之忘倦。《西厢》[6]之名闻之熟矣，今始得见，真不愧才子之名，但未免形容尖薄耳。”余笑曰：“唯其才子，笔墨方能尖薄。”

伴妪在旁促卧，令其闭门先去。遂与比肩调笑，恍同密友重逢。戏探其怀，亦怦怦作跳，因俯其耳曰：“姊何心春[7]乃尔耶？”芸回眸微笑，便觉一缕情丝摇人魂魄。拥之入帐，不知东方之既白。

注释

① 合卺（jǐn）：婚礼仪式。新婚夫妇在新房内共饮合欢酒。卺，指一种酒器。

② 出痘：痘疮，也叫天花，发病后全身出现豆状水疱或脓疱。

③ 于归：出嫁。

④ 拇战辄北：每回划拳总是输。拇战，划拳。

⑤ 子正：子夜，指夜里十二时。

⑥ 《西厢》：《西厢记》，元代王实甫所著，写张生和崔莺莺的爱情故事。

⑦ 心舂（chōng）：心跳兴奋的样子。

译文

到乾隆庚子（1780年）正月二十二日洞房花烛夜那天，我看她依然是瘦弱的身材，揭去红盖头，我俩相视而笑。喝过合卺酒，我俩并肩坐着吃晚饭。这时我偷偷地在桌子下面握着她的手腕，抚摸她的指尖，觉得她的手指温暖润滑而细腻，心不由得怦怦直跳。我让她吃东西，那几天正好是她的斋期，她吃了很多年的斋了。我暗中一算，她刚开始吃斋之时，正是我出痘的时候，所以我笑着对她说："现在我皮肤光洁，没有什么忧虑的了，淑姐从此可以不吃斋了吧？"芸眼里满含笑意，点了点头。

因为二十三日是国祭日，不允许鼓吹奏乐，二十四日我姐姐才出嫁，所以二十二日我们结婚当天晚上，也是家里准备姐姐出嫁设宴款待宾客的时候。芸去厅堂陪客人，我在洞房和伴娘喝酒，每回划拳总是输，喝得酩酊大醉而一觉到天明。第二天起床，发现妻子芸早已起来梳妆打扮了。

当天亲朋好友络绎不绝，傍晚上灯之后才开始奏乐欢庆起来。

二十四日子夜时分，我以小舅子的身份送新娘到婆家，凌晨三点才回来，此时已夜深人静。我悄悄走进卧室，看见伴娘正在床边打盹。芸已经卸妆但还没休息。高高的银烛下，她正低着头，不知在看什么书而看得如此出神。于是我抚摩着她的肩膀说："这些日子你辛苦了，为何还如此不知疲倦地看书啊？"芸赶紧回头站起来说："刚才正要睡觉呢，可是打开书柜看到了《西厢记》，不知不觉读得忘记了疲倦。这本书的名字我早就听说了，但是今天才看到。作者真不愧是位才子，不过书里描写得真是太尖酸刻薄了呢！"我笑着对她说："就是因为他是才子，笔墨描写才这样尖酸刻薄呀。"

这时，伴娘在旁边催我们快休息，我叫她关门后离开了。之后我才与芸娘肩并肩坐下说笑起来，恍惚间就像好友重逢一样。我戏谑地伸手去探她的胸，发现她的心也在怦怦直跳。于是我俯耳问她："淑姐的心为什么跳得这样厉害？"芸回眸微微一笑，并不说话。我只觉得一缕情丝飘入魂魄，我拥着她进入芙蓉帐内，不觉中睡到了东方的天空泛起鱼肚白。

评 析

新婚的甜蜜与愉悦，感觉是那般美好。妻子夜读《西厢记》等待丈夫的归来，再加上窗前一点灯火，多美妙的画面。这种感觉犹如身处在初春绽放的嫩绿枝条旁，耳旁还伴有黄莺出谷的鸣叫。丈夫回来，四目相视，嫣然一笑，多么真实温馨的场景。

芸作新妇，初甚缄默，终日无怒容，与之言，微笑而已。事上以敬，处下以和，井井然未尝稍失。每见朝暾[①]上窗，即披衣急起，如有人呼促者然。余笑曰："今非吃粥比矣，何尚畏人嘲耶？"芸曰："曩[②]之藏粥待君，传为话柄，今非畏嘲，恐堂上道新娘懒惰耳。"余虽恋其卧而德其正，因亦随之早起。自此耳鬓相磨，亲同形影，爱恋之情，有不可以言语形容者。

而欢娱易过，转睫弥月[③]。时吾父稼夫公在会稽幕府，专役相迓[④]，受业于武林[⑤]赵省斋先生门下。先生循循善诱，余今日之尚能握管，先生力也。归来完姻时，原订随侍到馆。闻信之余，心甚怅然，恐芸之对人堕泪，而芸反强颜劝勉，代整行装，是晚，但觉神色稍异而已。临行，向余小语曰："无人调护，自去经心！"

及登舟解缆，正当桃李争妍之候，而余则恍同林鸟失群，天地异色。到馆后，吾父即渡江东去。

居三月，如十年之隔。芸虽时有书来，必两问一答，半多勉励词，余皆浮套语，心殊怏怏。每当风生竹院，月上蕉窗，对景怀人，梦魂颠倒。先生知其情，即致书吾父，出十题而遣余暂归。喜同成人得赦。

登舟后，反觉一刻如年。及抵家，吾母处问安毕，入房，芸起相迎，握手未通片语，而两人魂魄恍恍然化烟成雾，觉耳中惺然一响，不知更有此身矣。

注释

① 朝暾（tūn）：初升的太阳。亦指早晨的阳光。

② 曩（nǎng）：以往，从前。

③ 转睫弥月：眨眼间就过了一个月。

④ 迓（yà）：迎接。

⑤ 武林：指杭州。武林是杭州的别称。

译文

芸刚嫁过来时，比较沉默，整天没一点脾气，与她说话，她也只是微笑而已。她对待长辈很孝顺，对待下人也很和气，处理事情井井有条，没有一点闪失差错。每天阳光刚照在窗户上，她便立即穿衣起床，仿佛有人在催促她似的。我笑着说：“现在已经和当初吃藏粥时不一样了，为何还怕被人嘲笑呢？”芸回答说：“虽然以前我为你藏粥被他们笑话，但是我现在并不是担心被嘲笑，只是不愿公婆说新娘懒惰呢！”我虽然贪恋想与她多睡一会儿，却也感动于她的品德端正，所以也跟着她一起早起。从那以后，我们恩爱相处，形影不离，这其中的爱恋之意真是无法用语言来表达啊！

但是欢乐的时光总是过得太快，转眼新婚已经过去一个月了。当时我父亲稼夫公在绍兴府做幕僚，他专门派人来接我到杭州赵省斋先生那里去拜师求学。赵先生讲课循循善诱，我今天会写文章，全靠赵先生的着力栽培。我归来完婚之时，原就打算随他到父亲的官馆去完成学业。现在突然收到这封催我出发的信，心里就难过起来，我害怕芸会因为离别而落泪。但是她却强颜欢笑地安慰我，并替我整理行装，当天晚上，我只觉得她神色稍有些不一样而已。临走的时候她小

声对我说：“出门在外没人照顾，自己要多当心啊！”

等到登上小船解开绳索出发时，正是桃李芬芳的季节，而我却恍如失群孤飞的林鸟，只觉得天地失色。到了杭州后，我父亲就渡江离开了。

我在外地住了三个月，觉得如同过了十年。芸时常寄来书信，但总是我去两封，她才回一封，而且多半是勉励之词，其余都是没什么意义的客套话，我心里怏怏不乐的。每当风吹过竹院，月亮爬上了窗外的芭蕉树，我触景生情，眼前的一切亦真亦幻。赵先生察觉我的心思，写信给我父亲商量后，出了十道题打发我回家了。当时我欣喜若狂，像被流放边疆的罪民突然得到赦免一样。

坐上返家的船以后，更是觉得度秒如年。等到了家，我先去给母亲请安，然后迫不及待回到房间，芸已经起身相迎，我俩执手相看没有说一句话，只觉得两人的魂魄都似轻烟雾气升起，突然耳内一声轰鸣，更不知身在何处了。

评 析

新婚燕尔，卿卿我我，日子过得无比甜蜜。然时光荏苒，沈复因学业不得不外出。但陈芸知性、率真，毫无怨言，支持丈夫外出求学。而沈复在外待了三个月，如隔十年，如此煎熬的日子，让沈复怏怏不乐。这一切被细心的老师看在眼里，于是出了十道题目，让沈复带回家做。短暂的离别，再次相逢，便胜却“人间无数”。

时当六月，内室炎蒸，幸居沧浪亭爱莲居西间壁，板桥内一轩临流，名曰“我取”，取“清斯濯缨，浊斯濯足”意也。檐前老树一株，浓阴覆窗，人画俱绿。隔岸游人往来不绝。此吾父稼夫公垂帘宴客处也。禀命吾母，携芸消夏于此。因暑罢绣，终日伴余课书论古，品月评花而已。芸不善饮，强之可三杯，教以射覆[1]为令。自以为人间之乐，无过于此矣。

一日，芸问曰：“各种古文，宗何为是？”余曰：“《国策》《南华》取其灵快，匡衡、刘向取其雅健，史迁、班固取其博大，昌黎取其浑，柳州取其峭，庐陵取其宕，三苏取其辩，他若贾、董策对，庾、徐骈体，陆贽奏议，取资者不能尽举，在人之慧心领会耳。”[2]

芸曰：“古文全在识高气雄，女子学之恐难入彀[3]，唯诗之一道，妾稍有领悟耳。”余曰：“唐以诗取士，而诗之宗匠必推李、杜，卿爱宗何人？”芸发议曰：“杜诗锤炼精纯，李诗潇洒落拓；与其学杜之森严，不如学李之活泼。”余曰：“工部为诗家之大成，学者多宗之，卿独取李，何也？”芸曰：“格律谨严，词旨老当，诚杜所独擅。但李诗宛如姑射仙子[4]，有一种落花流水之趣，令人可爱。非杜亚于李，不过妾之私心宗杜心浅，爱李心深。”

余笑曰：“初不料陈淑珍乃李青莲知己。”芸笑曰：“妾尚有

启蒙师白乐天先生，时感于怀，未尝稍释。”余曰：“何谓也？”芸曰：“彼非作《琵琶行》者耶？”余笑曰：“异哉！李太白是知己，白乐天是启蒙师，余适字三白，为卿婿，卿与‘白’字何其有缘耶？”芸笑曰：“白字有缘，将来恐白字连篇耳（吴音呼别字为白字）。”相与大笑。

余曰：“卿既知诗，亦当知赋之弃取。”芸曰：“《楚辞》为赋之祖，妾学浅费解。就汉、晋人中调高语炼，似觉相如为最。”余戏曰：“当日文君之从长卿，或不在琴而在此乎？”复相与大笑而罢。

注释

① 射覆：古代的一种酒令游戏。

② 国策：指《战国策》。

南华：指《庄子》。道教奉其为《南华经》，故称。

匡衡、刘向：匡衡以善解《诗经》闻名。刘向著有《别录》。

史迁：司马迁。因其著有《史记》，故称史迁。

班固：著有《汉书》。

昌黎：韩愈，昌黎为其字。

柳州：柳宗元。因其曾任柳州司马，故称。

庐陵：欧阳修。因其出生于庐陵吉水，故称。

三苏：苏洵、苏轼、苏辙。

贾、董：贾谊、董仲舒。

庾、徐：庾信、徐陵。

③ 入彀（gòu）：比喻达到一定的水准。彀，本指弓箭的射程范围。

④ 姑射仙子：本为传说中的神仙。后用以比喻女子的美貌。

译 文

当时是六月，室内就像是蒸炉一样闷热，幸好我住在沧浪亭爱莲居西面的屋子，板桥内有一间临河的轩室，名叫“我取”，取“清斯濯缨，浊斯濯足”之意，即水清则洗冠带，水浊则洗足的意思。屋檐前有一棵老树，枝繁叶茂，把窗户都遮住了，绿荫照得人的脸看起来也是绿的。对岸人来人往，那是我的父亲垂下帘幕宴请宾客的地方。我求得母亲的允许后，带芸来此地避暑。并且因为天热，我让她放下刺绣活计，整日陪伴我读书，谈论古今，品月评花。芸不善于喝酒，最多能喝三杯，我又教她投壶射覆的游戏。当时只觉得人间的快乐，再没有比这更美好的了。

有一天，芸问我：“各种古文学派，学习哪一家才好呢？”我回答说：“学习《国策》《南华》的灵快，匡衡和刘向的著作的高雅，司马迁和班固的著作的博大，韩愈作品的浑厚，柳宗元作品的峭立，欧阳修作品的跌宕，三苏作品的雄辩，贾谊和董仲舒的策对、庾信和徐陵的骈体以及陆贽的上奏和议论，能够学习的东西不胜枚举，关键在于人们对他们学问的理解和领会。”

芸说：“古代的文章全在于见识高远，气魄雄伟，女子学习起来很难深入而精通，只有诗这种文体，我稍微有点儿领悟罢了。”我说：“唐代以诗赋选拔人才，而写诗的人中最有名的要数李白和杜甫了，你推崇哪一位呢？”

芸议论道：“杜甫的诗语言锤炼精准，李白的诗洒脱自由；与其学习杜诗的格律严谨，还不如学李诗的性情活泼。我说：“杜甫为诗之集大成者，学者大多崇拜他。而你为什么独独喜欢李白的诗呢？”芸说：“论格律严谨、用词老练，这些固然是杜甫所擅长的，但是李诗宛如神仙妃子，有一种落花流水的韵味。并不是杜甫的诗歌没有李白的诗好，只不过我个人更加喜欢李诗罢了！”

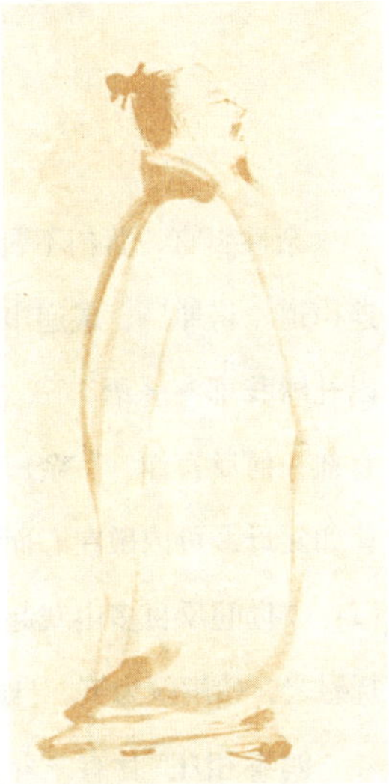

我笑着说：“我真没想到淑姐是李白的知己呢！”芸说：“我的启蒙老师是白居易，我常常感念于怀，从不曾放下。”我问：“这怎么说呢？”芸说：“他不是写了《琵琶行》吗？”我笑着说：“这也太神奇了，李白是你的知己，白居易是你的启蒙老师，我恰好字‘三白’，也是你的夫君，你与‘白’字可真是有缘啊！”芸笑着说：“与‘白’字有缘，可能将来会‘白’（别）字连篇啊！”我们便一起哈哈大笑起来。

我说：“你既然理解诗歌，也应当了解赋的取舍之处吧？”芸说：“《楚辞》是赋的鼻祖，我学识浅薄，不能理解。就汉朝和晋代的辞调高雅、语言精练来说，我觉得司马相如的赋最好。”我开玩笑说：“当初卓文君会嫁给司马相如，大概不是因为琴，而是因为司马相如写的赋好吧？”我们又大笑不止。

评 析

炎炎夏日，作者和妻子居住在河柳临窗的阁楼之上，远看舟船行人，风景如画，自是人间一乐。时光长河中，从古代走到现代，夫妻之间没有名利之心，且能够一起谈诗论文的能有几人？他们的话题从《战国策》到《史记》，从《汉书》到《离骚》，从唐宋诗词到两汉文赋，高情雅趣让人羡慕不已。

余性爽直，落拓不羁；芸若腐儒，迂拘多礼。偶为披衣整袖，必连声道“得罪”；或递巾授扇，必起身来接。余始厌之，曰：“卿欲以礼缚我耶？《语》曰‘礼多必诈[1]’。”芸两颊发赤，曰：“恭而有礼，何反言诈？”余曰：“恭敬在心，不在虚文。”芸曰：“至亲莫如父母，可内敬在心而外肆狂放耶？”余曰：“前言戏之耳。”芸曰：“世间反目多由戏起，后勿冤妾，令人郁死！”余乃挽之入怀，抚慰之，始解颜为笑。自此“岂敢”“得罪”竟成语助词矣。

鸿案相庄[2]廿有三年，年愈久而情愈密。家庭之内，或暗室相逢，窄途邂逅，必握手问曰：“何处去？”私心忒忒[3]，如恐旁人见之者。实则同行并坐，初犹避人，久则不以为意。芸或与人坐谈，见余至，必起立偏挪其身，余就而并焉。彼此皆不觉其所以然者，始以为惭，继成不期然而然。独怪老年夫妇相视如仇者，不知何意。或曰：“非如是，焉得白头偕老哉？”斯言诚然欤？

注释

① 诈：虚假。

② 鸿案相庄：用梁鸿举案齐眉的典故。相庄，相敬的意思。

③ 忒忒：忐忑的意思。

译文

我的性格比较直爽，行为散漫自由。芸则像老学究一样，拘谨而多礼。我有时为她披衣或整理袖子，她必会连声说“得罪，得罪”；有时递给她手巾和扇子，她也定要站起来恭敬地接过去。刚开始的时候我很讨厌她这样，说：“你是要用礼节来约束我吗？古人也说‘礼多必诈’呀！”芸红着脸反驳道：“对你恭敬有礼，怎么能说是虚伪呢？”我说：“恭敬是发自内心的，不是做表面文章呢。”芸说：“最亲的人再没有谁能比得上父母了，难道对他们也是内心敬重，而外表则狂荡放肆吗？”听完我觉得惭愧，解释说：“我刚才的话是跟你开玩笑呢！”芸严肃地说：“世间的夫妻反目成仇，大多数是因为开玩笑引起的，以后不准你这样随便冤枉我，让我郁闷得想死！”我便将她搂在怀里安慰，她才露出笑容。从此，“岂敢”“得罪”竟成我们夫妻之间的常用语了。

我们夫妻举案齐眉，恩爱有加，已经二十三年，时间越长而感情越深厚，彼此也越亲密。在家里时，有时会在房间或者在路上邂逅，我们总会握住对方的手，问：“你要去哪里？”心里激动紧张，忐忑不安，好像害怕被别人看到。其实我们总是出双入对，刚开始的时候还犹豫着要躲避别人，后来时间长了反而不在意了。芸有的时候跟别人坐着交谈，看到我来了，就会站起来并往旁边挪一个位置给我，我就跟她坐在一起。我们彼此不觉得这样如何，反而觉得理所当然。开始的时候还有点不好意思，后来就成了自然的事情。我们总是奇怪有些年纪大的夫妻把彼此看成是仇人，不知道是什么原因。有的人说：“如果不是这样，怎么能够白头到老呢？”难道真的是这样吗？

评 析

新婚燕尔，写的多是夫妻之间你一言我一语的调侃。夫妻恩爱，举案齐眉，两个人在一起，大多数时候，即便是不言语，无声胜有声的默契也可以让气氛变得格外温馨。这也是夫妻之间相处难得的境界。

是年七夕，芸设香烛瓜果，同拜天孙[1]于我取轩中。余镌“愿生生世世为夫妇”图章二方，余执朱文，芸执白文，以为往来书信之用。是夜，月色颇佳，俯视河中，波光如练，轻罗小扇，并坐水窗，仰见飞云过天，变态万状。芸曰：“宇宙之大，同此一月，不知今日世间，亦有如我两人之情兴否？”余曰：“纳凉玩月，到处

有之。若品论云霞，或求之幽闺绣闼[2]，慧心默证[3]者固亦不少；若夫妇同观，所品论者恐不在此云霞耳。”未几，烛烬月沉，撤果归卧。

七月望[4]，俗谓鬼节。芸备小酌，拟邀月畅饮。夜忽阴云如晦，芸愀然曰：“妾能与君白头偕老，月轮当出。”余亦索然。但见隔岸萤光明灭万点，梳织于柳堤蓼渚间。余与芸联句[5]以遣闷怀，而两韵之后，逾联逾纵，想入非夷[6]，随口乱道。芸已漱涎涕泪，笑倒余怀，不能成声矣。觉其鬓边茉莉浓香扑鼻，因拍其背，以他词解之曰：“想古人以茉莉形色如珠，故供助妆压鬓，不知此花必沾油头粉面之气，其香更可爱，所供佛手当退三舍矣。”芸乃止笑曰：“佛手乃香中君子，只在有意无意间；茉莉是香中小人，故须借人之势，其香也如胁肩谄笑[7]。”余曰：“卿何远君子而近小人？”芸曰：“我笑君子爱小人耳。”

正话间，漏已三滴，渐见风扫云开，一轮涌出，乃大喜。倚窗对酌，酒未三杯，忽闻桥下哄然一声，如有人堕。就窗细瞩，波明如镜，不见一物，惟闻河滩有只鸭急奔声。余知沧浪亭畔素有溺鬼，恐芸胆怯，未敢即言。芸曰：“噫！此声也，胡为乎来哉？”不禁毛骨皆栗。急闭窗，携酒归房。一灯如豆，罗帐低垂，弓影杯蛇，惊神未定。剔灯入帐，芸已寒热大作。余亦继之，困顿两旬。

真所谓乐极灾生，亦是白头不终之兆。

注 释

① 天孙：织女。

② 绣闼：指女子的闺房。闼，内室。

③ 默证：默默地体悟。证，佛教语，参悟。

④ 望：农历每月的十五。

⑤ 联句：联句赋诗。由两人或多人一起，一人出上联，另一人续下联。

⑥ 非夷：匪夷所思。

⑦ 胁肩谄笑：耸着双肩谄媚地笑。

译 文

这一年的七夕，芸摆了香炉和瓜果，跟我在“我取”轩中拜织女星。我刻了“愿生生世世为夫妇”的两枚印章，我拿着印有阳文的印章，芸拿着印有阴文的印章，作为以后往来书信所用。当天夜里月色十分美好，俯视轩旁边的小河水，波光如练。芸和我轻摇着小扇，并肩坐在窗户旁边。抬头看着天空中的云朵飞过，姿态千变万化。芸说：“宇宙这么大，天下共一个月亮，不知道今晚这世上，还有谁像我们这样，有如此的闲情逸致呢！”我说：“一边纳凉一边赏月的到处都有，就好比品论云霞景象，或许在闺房中，用慧心默默欣赏体会这样的美景者也不少。如果是夫妻共同观赏，所品论的恐怕就不仅仅是云霞了呢！”没过多久，蜡烛烧完了，月亮也落下去了，我们把瓜果撤下，回去睡觉了。

农历七月十五俗称“鬼节”，这晚芸准备了酒水，准备跟我一起邀月畅饮。忽然月亮被阴云挡住，黯淡无光。芸伤感地说：“如果我能够跟你白头到老，月亮就会出来。”听了这话，我也兴致索然。对岸的萤火虫发出点点荧光，时明时暗，有成千上万点那么多，在柳树堤和长有蓼草的水边来回穿梭。我和芸玩联句来排遣心中郁闷，但是对了两联之后，就开始变得没有章法了，纵情恣意，信口胡说。芸笑得眼泪都流出来了，倒在我的怀里，说不出话来。我闻到她的鬓角边有茉莉香，十分浓郁，芬芳扑鼻而来，所以就轻轻拍着她的背，换了个话题来缓解气氛：“我觉得古人是因为茉莉像珍珠，所以才会用它来做装饰，却不知道这花需要沾上了女子头上的头油和脸上的脂粉，香味才更加怡人，就连人们用于供奉的佛手柑都要让它三分呢！”芸止住笑，说道：“佛手柑是香料中的君子，味道似有似无，茉莉则是香料中的小人，所以必须要借助其他的东西，它的香味就好像耸起肩膀满脸谄笑一般。”我说：“你为什么要亲近小人而远离君子呢？”芸说：“我笑你作为君子而喜爱小人呢。”

在我们说话的时候，夜已经深了，大风吹散了阴云，一轮明月趁机涌出来，我们心中很愉悦。我们倚着窗户对饮，还没喝三杯，突然听到桥下“扑通”一声，好像是有人落水了。我急忙走到窗边仔细看，只看见水面如同镜子一般平静，反倒是河滩上有一只野鸭子疾跑的声音。我知道沧浪亭附近曾经有人淹死过，担心芸害怕，就没敢说。芸说：“噫？这是什么声音？”不禁毛骨悚然。我们赶紧关上窗户，带着酒水回到房间。房中的灯光像黄豆般昏黄，罗帐低垂，我们如杯弓蛇影般惊魂未定。我挑亮灯火准备上床睡觉，结果发现芸已经浑身忽冷忽热了，之后大病一场。我紧接着也病了，难受了二十天。这真是乐极生悲，现在看来也是我俩无法白头到老的征兆。

评 析

夫妻生活的点点滴滴，都渗透着浓浓的爱，想必也都深深印在作者的记忆中。七月十五鬼节之夜夫妻谈笑宛然，再到风扫云开，月光之下，处处都透着浪漫的气息。只是那桥下的“哄然一声”，扫兴而诡异，成为二人大病的源头。

中秋日，余病初愈。以芸半年新妇，未尝一至间壁之沧浪亭，先令老仆约守者勿放闲人。于将晚时，偕芸及余幼妹，一妪一婢扶焉，老仆前导，过石桥，进门折东，曲径而入。叠石成山，林木葱翠，亭在土山之巅。循级至亭心，周望极目可数里，炊烟四起，晚霞灿然。隔岸名“近山林”；为大宪行台[1]宴集之地，时正谊书院[2]犹未启也。携一毯设亭中，席地环坐，守者烹茶以进。少焉，一轮明月已上林梢，渐觉风生袖底，月到被心，俗虑尘怀，爽然顿释。芸曰：“今日之游乐矣！若驾一叶扁舟，往来亭下，不更快哉！”时已上灯，忆及七月十五夜之惊，相扶下亭而归。吴俗，妇女是晚不拘大家小户皆出，结队而游，名曰“走月亮”。沧浪亭幽雅清旷，反无一人至者。

注释

① 大宪行台：地方官员宴请中央特使的地方。明代称从三品巡抚为大宪台。

② 正谊书院：创建于清嘉庆十年（1805年）。由两江总督铁保、江苏巡抚汪志伊所建。院址在府学东沧浪亭北，以白云精舍和可园为基地建造，与北宋名园沧浪亭仅一桥之隔，院外绿茵碧水，风光秀丽，院内楼台亭榭，景色宜人。

译文

中秋节时我的身体刚好，因为考虑到芸嫁到我家已半年，还一次没有去过沧浪亭，所以我准备带她去一次，就事先吩咐老仆和守门人约好不准闲人进去。到了黄昏时分，我带着芸和我的小妹妹，让老妈子和婢女扶着她们，老仆在前面引路，过了石桥进了门，向东途经一条弯曲小路进去。里面叠石假山成林，树丛花木葱绿，亭子在土山顶上，我们顺着台阶到达亭子的中央，向四周望去可以看见数里远，炊烟四起，晚霞灿烂。对岸有个“近山林”，是地方长官宴请中央特使的地方，那时候正谊书院还没建立呢。我们带着毯子铺在亭子的中央，大家席地围坐在一起，守门人煮好茶水招待我们。不一会儿，一轮明月悄悄爬上了树梢，我们渐渐觉得衣袖生风，月光映河，尘世中的忧愁消散，精神爽朗轻松起来。芸说：“今天的游历，真是快乐啊！如果能坐在小船上在亭下往来，那不是一件更快乐的事情吗？”这时候已经是掌灯时分了，回忆起七月十五日夜受到惊吓的事，我没有满足她的要求，便扶她下亭回去了。这天晚上，按照吴地风俗，无论大户人家还是小户平民的妇女，都要结队出游，俗称“走月亮”。沧浪亭幽雅清旷，却没有一人来游。

评 析

病愈之后，静极思动，沈复和妻子以及小妹，到隔壁闻名已久的沧浪亭去游玩。夜风生袖底，月光映河，烹茶煮茗，此情此景，众人只觉胸中块垒顿消，精神爽朗，真可谓“人生当浮一大白”！

吾父稼夫公喜认义子，以故余异姓弟兄有二十六人。吾母亦有义女九人，九人中王二姑、俞六姑与芸最和好。王痴憨善饮，俞豪爽善谈。每集，必逐余居外，而得三女同榻，此俞六姑一人计也。余笑曰：“俟妹于归后，我当邀妹丈来，一住必十日。”俞曰：“我亦来此，与嫂同榻，不大妙耶？”芸与王微笑而已。

时为吾弟启堂娶妇，迁居饮马桥之米仓巷，屋虽宏畅，非复沧浪亭之幽雅矣。

吾母诞辰演剧，芸初以为奇观。吾父素无忌讳，点演《惨别》等剧，老伶刻画，见者情动。余窥帘见芸忽起去，良久不出，入内探之，俞与王亦继至。见芸一人支颐[1]独坐镜奁[2]之侧，余曰：“何不快乃尔？”芸曰：“观剧原以陶情，今日之戏徒令人断肠耳。”俞与王皆笑之。余曰：“此深于情者也。”俞曰：“嫂将竟日独坐于此耶？”芸曰：“俟有可观者再往耳。”王闻言先出，请吾母点《刺梁》《后索》等剧，劝芸出观，始称快。

注释

① 支颐：手托腮帮。

② 奁（lián）：女子梳妆用的镜匣，泛指精巧的小匣子

译文

我的父亲喜欢认义子，所以我有二十六个不同姓的义兄弟。我母亲也有九个义女，其中王二姑和俞六姑跟芸相处得最好。王二姑为人憨厚，喜欢喝酒，俞六姑性格直爽，能说会道。每次她们聚会，一定会把我赶到外屋，这样她们三个就能够同床而睡，这个主意就是俞六姑提出的。我笑着说："等到妹妹你嫁人之后，我一定会邀妹夫来家里，一住就要住上十天。"俞六姑说："我也来你家，跟嫂子一起，不是更好吗？"芸和王二姑听了，都只是笑而不语。

那时为了给我的弟弟启堂娶媳妇，我们迁到了饮马桥的仓米巷居住，房子虽然很敞亮，却没有沧浪亭的幽雅宁静。

母亲过寿那天，家里请了戏班子，芸刚开始觉得很新新奇。我的父亲没有什么忌讳的，就点了《惨别》等戏剧，老戏子的表演十分精彩，让人看了无不动情。我透过帘子看见芸突然起身，出去很久都没有回来。我进里屋去看她，俞六姑和王二姑紧接着也来了。只见芸用手托着下巴坐在梳妆台旁边黯然神伤，我问她："有什么不愉快的吗？"芸说："看戏可以陶冶情操，今天看戏却是让人伤心断肠啊！"王二姑、俞六姑都笑她，我说："不要怪她，她是容易动情的人啊！"俞六姑问："嫂嫂，你准备一整天一个人坐在这吗？"芸说："等有可以看的我再去看吧！"王二姑听了先离开，

让我母亲点了《刺梁》《后索》等剧目，劝芸再出去看戏，她才开心起来。

评 析

这里所描写的大多是大家庭的日常琐事，是同各位兄弟姐妹之间交往的事情。此时的沈复算是成家了，但还没有立业。毕竟青春年少，总免不了玩的心态。这里描写的陈芸也显得多愁善感，温柔善良。

余堂伯父素存公早亡，无后，吾父以余嗣[1]焉。墓在西跨塘福寿山祖茔之侧，每年春日，必挈芸拜扫。王二姑闻其地有戈园之胜，请同往。芸见地下小乱石有苔纹，斑驳可观，指示余曰："以此叠盆山，较宣州白石为古致。"余曰："若此者恐难多得。"王曰："嫂果爱此，我为拾之。"即向守坟者借麻袋一，鹤步而拾之。每得一块，余曰"善"，即收之；余曰"否"，即去之。未几，粉汗盈盈，拽袋返曰："再拾则力不胜矣。"芸且拣且言曰："我闻山果收获，必借猴力，果然。"王愤撮十指作哈痒状，余横阻之，责芸曰："人劳汝逸，犹作此语，无怪妹之动愤也。"

归途游戈园，稚绿娇红，争妍竞媚。王素憨，逢花必折，芸叱曰："既无瓶养，又不簪戴，多折何为？"王曰："不知痛痒者，何害？"余笑曰："将来罚嫁麻面多须郎，为花泄忿。"王怒余以

目，掷花于地，以莲钩[2]拨入池中，曰："何欺侮我之甚也！"芸笑解之而罢。

注释

① 嗣：继承。这里指出继。

② 莲钩：指古时女子所缠的小脚，形状如钩。

译文

我的堂伯父去世早，没有后代，我父亲就把我过继给他做后嗣。他的墓地就在西跨塘福寿山祖坟地旁，每年清明节，我一定会带芸去扫墓。王二姑听说那地方有名胜"戈园"，就要求跟我们一起去。到了后，芸见地面上的小乱石上有苔藓纹理，斑驳好看，就指着石头说："用它们来堆叠盆景假山，这要比宣州白石要别致多了。"我说："这样的石头恐怕不多，难找。"王二姑说："嫂嫂如果真的喜爱这东西，让我来为你捡些来吧！"说着她就向守坟的人要了一个麻袋，弯着腰捡起来。每捡起一块，我说"好"她便收起来，我说"不好"她就扔了。没过多久，王二姑累得汗流浃背，拖着麻袋回来说："不能再捡了，再捡我可就没力气了。"芸一边捡一边对她开玩笑说："我听说山果一定要借助猴子才能采集收获，今天果然是这样呢！"王二姑听了气愤地撮着十指，做出要对芸挠痒痒的动作，我马上过去阻拦她，埋怨芸说："人家劳动，你享受安逸，还故意说这样的调笑话，难怪王妹妹生气呢！"

回来的路上我们游览了戈园，园内绿树环绕，百花争艳。王二姑本性憨直，看见花就要摘。芸斥责说："摘了又没有花瓶用来插，你又不准备戴头上，摘多了又有何用？”王二姑说：“花儿又不会感到痛痒，多摘了也没什么害处吧？”我则笑着对她说：“再摘，将来罚你嫁一个麻子脸、多胡须的夫君，好为这些花儿出口恶气！”王二姑不高兴了，对我怒目以视，把花扔在地上，并用她的金莲小脚踢进水池中，说道：“你为何要这么欺负我啊？”芸连忙笑着劝解，一切才平息下来。

评 析

这一段主要写了夫妻二人和沈复的义妹王二姑游玩的经历，同时也写出了妻子的活泼与善解人意。寥寥数语，让人仍能体会当时场景的温馨。

芸初缄默，喜听余议论。余调其言，如蟋蟀之用纤草，渐能发议。其每日饭必用茶泡，喜食芥卤乳腐，吴俗呼为臭乳腐，又喜食虾卤瓜[①]。此二物余生平所最恶者，因戏之曰：“狗无胃而食粪，以其不知臭秽；蜣螂团粪而化蝉，以其欲修高举[②]也。卿其狗耶？蝉耶？”

芸曰：“腐取其价廉而可粥可饭，幼时食惯，今至君家，已如蜣螂化蝉，犹喜食之者，不忘本也。至卤瓜之味，到此初尝耳。”余曰：“然则我家系狗窦[③]耶？”

芸窘而强解曰：“夫粪，人家皆有之，要在食与不食之别耳。然君喜食蒜，妾亦强啖[④]之。腐不敢强，瓜可掩鼻略尝，入咽当知其美，此犹无盐貌丑而德美也。”

余笑曰：“卿陷我作狗耶？”芸曰：“妾作狗久矣，屈君试尝之。”以箸强塞余口。余掩鼻咀嚼之，似觉脆美，开鼻再嚼，竟成异味，从此亦喜食。芸以麻油加白糖少许拌卤腐，亦鲜美；以卤瓜捣烂拌卤腐，名之曰双鲜酱，有异味。余曰：“始恶而终好之，理之不可解也。”芸曰：“情之所钟，虽丑不嫌。”

注 释

① 虾卤瓜：臭冬瓜，江浙一带的小吃，特点是酥、烂、鲜、咸。

② 高举：往高处飞。

③ 狗窦：狗窝。

④ 啖：吃。

译 文

芸刚开始不怎么说话，只喜欢听我议论。我则常故意引她说话，就像用纤草逗引蟋蟀一样，渐渐地她也能说出自己的一些看法。她每天一定要用茶水泡饭吃，并且用茶水泡芥末卤的腐乳，也就是吴地所说的臭豆腐乳，她还喜欢吃虾卤瓜。这两样东西是我一直最讨厌的东西，所以我常戏谑地对她说：“狗没有胃所以才吃屎，因为它不知道臭；屎壳郎滚粪球是为了变成蝉，因为它想往高处飞。那么你是狗，还是屎壳郎呢？”

芸说：“腐乳价格低廉而且能够配粥吃，我小时候吃惯了，如今嫁到你家，就像是由屎壳郎变成了蝉，现在还喜欢吃，因为我不忘本呢！至于卤瓜的味道，还是到你家里才开始学着吃的呢！”我说："难道我家是狗窝吗？"

芸听了觉得挺难为情，强自辩解道："这粪便，谁家都有，关键是你吃还是不吃。你喜欢吃大蒜，我也勉强吃蒜。臭豆腐乳我不敢勉强你吃，但是卤瓜你可以捏着鼻子尝一尝，吃了之后才会知道它的味道有多美呢！这就好比'无盐女'相貌丑却有着美好的品德一样啊！"

我笑着说："你非要我跟你一样当小狗吗？"芸说："我做狗已经久了，委屈你也尝试一下吧！"说完便用筷子夹起卤瓜强塞到我嘴里。我捏着鼻子咀嚼了几下，居然真的觉得清脆美味。松开鼻子再嚼一会，觉得味道确实不一般，从此也开始喜欢吃了。芸用麻油加一些白糖来拌臭豆腐乳，味道很鲜美；把卤瓜捣烂拌进臭豆腐乳里，取名"双鲜酱"，吃起来味道非常独特。我说："开始厌恶的东西最后却喜欢上了它，这真是不可思议呀！"芸说："对于自己所钟情的东西，即使丑陋也不会嫌弃！"

评 析

"情之所钟，虽丑不嫌"，这话由陈芸之口说出，自有一番韵味。这里又写了一些日常琐事，从夫妻二人吃小吃的情节中，我们可以看出其生活的幸福。

余启堂弟妇，王虚舟先生孙女也。催妆时偶缺珠花，芸出其纳采所受者呈吾母。婢妪旁惜之，芸曰："凡为妇人，已属纯阴，珠

乃纯阴之精，用为首饰，阳气全克矣，何贵焉？”而于破书残画反极珍惜。书之残缺不全者，必搜集分门，汇订成帙，统名之曰“断简残编”；字画之破损者，必觅故纸粘补成幅，有破缺处，倩予全好而卷之，名曰“弃余集赏”。于女红中馈之暇，终日琐琐，不惮烦倦。芸于破笥[1]烂卷中，偶获片纸可观者，如得异宝。旧邻冯妪每收乱卷卖之。

其癖好与余同，且能察眼意，懂眉语，一举一动，示之以色，无不头头是道。余尝曰：“惜卿雌而伏，苟能化女为男，相与访名山，搜胜迹，遨游天下，不亦快哉！”

芸曰：“此何难，俟妾鬓斑之后，虽不能远游五岳，而近地之虎阜、灵岩，南至西湖，北至平山，尽可偕游。”

余曰：“恐卿鬓斑之日，步履已艰。”

芸曰：“今世不能，期以来世。”

余曰：“来世卿当作男，我为女子相从。”

芸曰：“必得不昧今生[2]，方觉有情趣。”

余笑曰：“幼时一粥犹谈不了，若来世不昧今生，合卺之夕，细谈隔世，更无合眼时矣。”

芸曰：“世传月下老人专司人间婚姻事，今生夫妇已承牵合，来世姻缘亦须仰借神力，盍[3]绘一像祀之？”

时有苕溪戚柳堤，名遵，善写人物。倩绘一像，一手挽红丝，一手携杖悬姻缘簿，童颜鹤发，奔驰于非烟非雾中。此戚君得意笔也。友人石琢堂为题赞语于首，悬之内室。每逢朔望，余夫妇必焚香拜祷。后因家庭多故，此画竟失所在，不知落在谁家矣。“他生未卜此生休”，两人痴情，果邀神鉴耶？

注释

① 笥（sì）：筐子。

② 不昧今生：不忘却今世的一切。昧，糊涂。此指对过去的事变得一无所知。

③ 盍：何不。

译文

我弟弟启堂娶的是王虚舟先生的孙女。下催妆礼的时候，因为没有合适的珠花，芸就把自己当初彩礼中的珠花给了我母亲。婢女仆妇都在一旁感到惋惜。芸说：“女人都是纯阴体质，珍珠又是纯阴之物，用它来做首饰，阳气全克走了，有什么好惋惜的呢？”但是芸对待破烂的书和残缺的画却十分珍惜。书中有残缺不完整的，她一定会搜集分类，最后装订成册，统一命名为“断简残编”；对于破损字画，她一定会用旧的纸张补全，有缺少的地方就让我把它们补好之后做成卷轴，称为“弃余集赏”。在做女红和操持中馈的闲暇时候，她总是帮忙做这些琐事，并且乐此不疲。芸在破书烂卷中偶然找到可观赏的字画，就像看到稀世珍宝一样高兴。以前的邻居冯老太婆，每次收到破烂书卷都卖给她。

她的爱好跟我一样，而且她能够察言观色，懂我眉间之意，一举一动，以神色相传，她就能够领会我的意图做得很好。

我曾经对芸说："可惜你是个女子，如果是个男子，跟我一起游历名山大川，搜寻名胜古迹，畅游在天地之间，这是多么快乐的事情啊！"

芸说："这有什么难的，我头发斑白时，虽然不能远游三山五岳，但是附近的景点比如虎丘、灵岩山，南到杭州西湖，北到扬州平山，都可以陪你去游玩呢！"我说："恐怕到时候你已经走不动路了。"

芸说："今生不能够做到，那就期待来世吧。"

我说："来世你当男子，我当女子跟从你。"

芸说："来世一定要对今生的事情不忘记，那才觉得有情趣呢！"

我笑着说："小的时候一碗粥尚且谈不完，如果来世还有今生的记忆，那么结婚的那一个晚上，我们就谈今生的回忆，恐怕就连睡觉的时间也没有了。"

芸说："人们都说天上的月下老人专门管理人间的婚嫁事情，今生我们夫妻已经在一起，来世的姻缘还要靠他的力量，为什么不画一幅画像来祭拜他呢？"

当时苕溪有个善于画人物的人，叫戚柳堤，名遵。我们便请他画了一幅月下老人的画像：月下老人一手拿着红绳子，一手拄着仙杖，仙杖上悬挂着姻缘簿，鹤发童颜的样子，在缥缈的云烟中穿行。这幅画真是戚先生的得意佳作啊！好朋友石琢堂也在画上题了赞语，我把它挂在屋内。每月十五日，我们夫妇一定会焚香、跪拜、祈祷。可是后来因为种种原因，这幅画竟然丢失，不知道落到谁家了。唐代李商隐诗句说“他生未卜此生休”，我们两人的深情，神明真的能够帮我们见证吗？

评 析

妻子陈芸端庄、贤淑、知性，其优良品质表现在生活的很多方面，如拿出自己的首饰给新婚的弟妹用，再如平常总是帮助丈夫整理书籍。夫妻之间情深绵绵，不仅要在今生今世恩爱相守，还一起相约来生的再次相逢。

迁仓米巷，余颜[1]其卧楼曰“宾香阁”，盖以芸名而取如宾意也。院窄墙高，一无可取。后有厢楼，通藏书处，开窗对陆氏废园，但有荒凉之象。沧浪风景，时切[2]芸怀。

有老妪居金母桥之东，埂巷之北。绕屋皆菜圃，编篱为门，门外有池约亩许，花光树影，错杂篱边，其地即元末张士诚王府废基也。屋西数武[3]，瓦砾堆成土山，登其巅，可远眺，地旷人稀，颇饶野趣。

妪偶言及，芸神往不置[4]，谓余曰：“自别沧浪，梦魂常绕，今不得已而思其次，其老妪之居乎？”余曰：“连朝秋暑灼人，正思得一清凉地以消长昼，卿若愿往，我先观其家可居，即襆被[5]而往，作一月盘桓何如？”芸曰：“恐堂上不许。”余曰：“我自请之。”

越日至其地，屋仅二间，前后隔而为四，纸窗竹榻，颇有幽趣。老妪知余意，欣然出其卧室为赁，四壁糊以白纸，顿觉改观。于是禀知吾母，挈芸居焉。邻仅老夫妇二人，灌园[6]为业。知余夫妇避暑于此，先来通殷勤，并钓池鱼、摘园蔬为馈。偿其价，不受，芸作鞋报之，始谢而受。

时方七月，绿树阴浓，水面风来，蝉鸣聒耳。邻老又为制鱼竿，与芸垂钓于柳阴深处。日落时，登土山观晚霞夕照，随意联吟，有“兽云吞落日，弓月弹流星”之句。少焉，月印池中，虫声四起，设竹榻于篱下，老妪报酒温饭熟，遂就月光对酌，微醺而饭。浴罢则凉鞋蕉扇，或坐或卧，听邻老谈因果报应事。三鼓归卧，周体清凉，几不知身居城市矣。

篱边倩邻老购菊，遍植之。九月花开，又与芸居十日。吾母亦欣然来观，持螯对菊，赏玩竟日。芸喜曰：“他年当与君卜筑[7]于此，买绕屋菜园十亩，课仆妪，植瓜蔬，以供薪水。君画我绣，以为持酒之需。布衣菜饭，可乐终身，不必作远游计也。”余深然之。今即得有境地，而知己沦亡，可胜浩叹！

注释

① 颜：指在匾额上题字。

② 切：契合。

③ 武：量词，古代以半步为一武。

④ 不置：指一念在心，不能忘怀。

⑤ 襆被：用包袱裹被。指收拾行装。

⑥ 灌园：指种菜。

⑦ 卜筑：择地建屋。

译 文

迁居仓米巷后，我把卧室挂匾题字为“宾香阁”，这是因为芸而命名，取“相敬如宾”之意。巷子里院子比较狭窄，四周围墙还很高，简直没有一点好处。后面有阁楼通往藏书阁，打开窗户就是陆家废弃的园子，满是荒凉的景象。沧浪亭的景色，就更是让芸时时怀念了。有个老太太住在金母桥东、埂巷之北，屋子四周都是菜园子，门是用笆篱做成的，门外面还有一亩多的水塘，花和树错落有致地分布在笆篱旁边。这块地原本是元朝末年张士诚王府的遗址，往屋子的西面走几步，有瓦片和石头堆积而成的土山。站在土山的最高处远眺，地广人稀，颇有野趣。

老太太偶尔说起那里，芸十分向往，对我说：“自从离开沧浪亭，我总是在梦里梦到它，如今退而求其次，那就去老太太居住的地方吧？”我说：“连续几天的秋暑逼人，我正想要找一个清凉避暑的地方住呢，你如果想去，我先去看看他们家能否居住，然后再收拾行李前往，在那里住一个月如何？”芸说：“恐怕父母亲不会允许我们这样做的。”我说：“我会去请示他们！”

第二天，我来到那个地方一看，屋子只有两间，其前后隔成了四个小房间，纸窗竹榻，特别有雅趣。老太太知道了我的来意，

欣然腾出她的卧室租给我们。于是我们在墙上糊上了白纸，室内一下子明亮了不少。于是，我向母亲请示后，便带着芸搬到那里去住了。邻居也就这老夫妇二人，他们靠种菜为生。他们知道我和芸来这个地方避暑，就先跑过来问候，还送给我们新钓的鱼和采摘的新鲜蔬菜作为礼物。我们想付钱给他们，他们不肯接受，于是芸做了新鞋子送给他们，他们才感激地收下。

当时刚好是七月，院中绿树成荫，水面微风习习，蝉鸣阵阵。邻居老人又为我们制作了渔竿，我与芸则在树荫下垂钓。太阳下山的时候，我们登上土山顶看晚霞，随意联句吟咏诗句，如“兽云吞落日，弓月弹流星”之类。不一会儿，月亮照映在水塘里，虫声四起，我们在篱笆下摆好竹榻，这时老太太告诉我们，他们已经准备好了酒和饭菜！我们便在月光下对饮，喝得微醉才吃饭。晚上沐浴完毕，就穿着拖鞋，摇着芭蕉扇或躺或坐，听邻居老人说些因果报应的故事。三更之后，才回去睡觉，只觉得浑身清凉，几乎忘记自己是住在闹市中呢！

之后，我们请求老太太帮我们买来菊花，种在篱笆旁边。到了九月，菊花开了，我和芸又住了十天。我的母亲也高兴地来了，一边吃着螃蟹一边赏菊，竟然玩了一整天。芸高兴地说：“过几年我一定要和你在这里盖一间房子住，将屋子周围的十亩地都买下来种菜，督促奴仆种植水果蔬菜，以供日常开销。你画画，我刺绣，挣的钱都用来买酒喝。我们穿着布衣，吃着粗茶淡饭，快快乐乐地过一生，不用再做远游的打算了。”我很赞同她的话。现如今即使我有这样的地方，可是知己却已经不在了，真是让人悲叹啊！

评 析

在嘈杂的尘世待久了，人们总向往着世外桃源般的生活，寻一处幽静的处所居住。沈复和陈芸夫妻二人为了避暑，租赁一老妪住所，在这里过了一段清净美好的生活。虽是身穿布衣，所食不过菜蔬，却也过得优哉游哉。

离余家半里许，醋库巷有洞庭君祠，俗呼水仙庙。回廊曲折，小有园亭。每逢神诞，众姓各认一落，密悬一式之玻璃灯，中设宝座，旁列瓶几，插花陈设，以较胜负。日惟演戏，夜则参差高下，插烛于瓶花间，名曰“花照”。花光灯影，宝鼎香浮，若龙宫夜宴。司事者或笙箫歌唱，或煮茗清谈，观者如蚁集，檐下皆设栏为限。余为众友邀去，插花布置，因得躬逢其盛。

归家向芸艳称之，芸曰：“惜妾非男子，不能往。”余曰：“冠我冠，衣我衣，亦化女为男之法也。”于是易鬓为辫，添扫蛾眉，加余冠，微露两鬓，尚可掩饰，服余衣，长一寸又半；于腰间折而缝之，外加马褂。芸曰：“脚下将奈何？”余曰：“坊间有蝴蝶履，大小由之，购亦极易，且早晚可代撒鞋[1]之用，不亦善乎？”芸欣然。

及晚餐后，装束既毕，效男子拱手阔步者良久，忽变卦曰：“妾不去矣，为人识出既不便，堂上闻之又不可。”余怂恿曰：“庙中司事者谁不知我，即识出亦不过付之一笑耳。吾母现在九妹丈家，密去密来，焉得知之。”芸揽镜自照，狂笑不已。

余强挽之，悄然径去，遍游庙中，无识出为女子者。或问何人，以表弟对，拱手而已。最后至一处，有少妇幼女坐于所设宝座后，乃杨姓司事者之眷属也。芸忽趋彼通款曲[2]，身一侧，而不觉一按少妇之肩，旁有婢媪怒而起曰："何物狂生，不法乃尔！"余欲为措词掩饰，芸见势恶，即脱帽翘足示之曰："我亦女子耳。"相与愕然，转怒为欢，留茶点，唤肩舆[3]送归。

注 释

① 撒鞋：拖鞋。

② 通款曲：打招呼。款曲，殷勤的心意。

③ 肩舆：轿子。

译 文

距离我家半里路的醋库巷，有一个洞庭君（即太湖神）祠堂，当地老百姓都叫它"水仙庙"。里面回廊曲曲折折，还有小园亭。每次到了太湖神的诞辰日，各姓宗族都在此各占一角落，密密悬挂清一色的玻璃灯，中间设有宝座，两旁各摆放一几案，案上摆放插花花瓶，大家都暗中比赛，看谁家布置得最好看。白天只是演戏，晚上则在花瓶间插上蜡烛，美其名曰"花照"。花光灯影，宝鼎香浮，就好像在龙宫里设宴。主事的人或笙箫歌唱，或煮茶聊天，观看的人就像蚂蚁聚集在一起，屋檐下设置了围栏作界限。我被朋友邀请去帮助摆放插花，所以才有荣幸亲眼看到里面的盛况。

回到家后，我对芸生动地描述了当时的盛况，芸说："可惜我不是男子，不能去啊！”我说：“你戴上我的帽子，穿上我的衣服，女扮男装就可以去了啊。”于是，我让她把发髻编成长辫，又画粗了眉毛，戴上我的帽子，虽稍露鬓角，但这样也可掩饰过去了。然后，她穿我的长衫，长了一寸半，就在腰间打个折再缝起来，外边套上一件马褂。芸又问：“那下边的小脚可怎么办？”我说：“作坊里有蝴蝶鞋卖，大小号都有，买来十分方便，而且早晚还能够当作拖鞋用，不是很好吗？”芸高兴地同意了。

晚饭后，穿戴好，芸模仿男子拱手阔步走了很久。忽然她变卦了，说：“我不去了，要是叫人认出来多不方便，让父母亲知道了也不好。”我一直鼓励她说：“庙里掌事人都认识我，即使他们认出你来也不过笑笑就好了。我母亲现在在九妹夫家里，我们悄悄出去，再悄悄回来，她怎么会知道呢？”芸拿着镜子照着自己大笑不止。

我强挽着她的胳膊悄悄出去了，在逛庙的时候，没有人看出她是个女子。有的人问起是谁，我就说是我的表弟，芸只需要拱手回礼就好了。最后走到一个地方，有一个年轻夫人和一个小女孩坐在宝座的后面，她就是杨管事的家眷。芸突然走过去和他们打招呼，身子一侧，不由得按了一下年轻夫人的肩膀，旁边的丫鬟立刻生气地站起来骂道：“哪家小子，这么不懂规矩？”我正想为芸遮掩道歉，芸看对方态度恶劣，立即脱下帽子，翘起三寸金莲给她们看，并说：“我也是女子呀！”对方看了看，感到很是惊讶，最后转怒为喜，挽留我们吃了茶水和点心，并唤轿子把我们送回家了。

评 析

这里写的是洞庭盛会，沈复童心未泯，让妻子陈芸女扮男装一起去逛庙会，夫妻两人率性而为，哪管什么世俗的目光。

吴江钱师竹病故，吾父信归，命余往吊。芸私谓余曰："吴江必经太湖，妾欲偕往，一宽眼界。"余曰："正虑独行踽踽，得卿同行固妙，但无可托词耳。"芸曰："托言归宁。君先登舟，妾当继至。"余曰："若然，归途当泊舟万年桥下，与卿待月乘凉，以续沧浪韵事。"

时六月十八日也。是日早凉，携一仆先至胥江渡口，登舟而待，芸果肩舆至。解维①出虎啸桥，渐见风帆沙鸟，水天一色。芸曰："此即所谓太湖耶？今得见天地之宽，不虚此生矣！想闺中人有终身不能见此者！"闲话未几，风摇岸柳，已抵江城。

余登岸拜奠毕，归视舟中洞然②，急询舟子。舟子指曰："不见长桥柳阴下，观鱼鹰捕鱼者乎？"盖芸已与船家女登岸矣。余至其后，芸犹粉汗盈盈，倚女而出神焉。余拍其肩曰："罗衫汗透矣！”芸回首曰：“恐钱家有人到舟，故暂避之。君何回来之速也？”余笑曰：“欲捕逃耳。”于是相挽登舟，返棹至万年桥下，阳乌犹未落也。舟窗尽落，清风徐来，纨扇罗衫，剖瓜解暑。少焉，霞映桥红，烟笼柳暗，银蟾[3]欲上，渔火满江矣。命仆至船梢与舟子同饮。船家女名素云，与余有杯酒交，人颇不俗，招之与芸同坐。

注 释

① 解维：解开系船的缆绳，即开船的意思。

② 洞然：空空的样子

③ 银蟾：指月亮。

译 文

吴江钱师竹因病去世了，我父亲写信让我去他家吊唁。芸私下里跟我说：“去吴江必然经过太湖，我也想与你一同去，出去开开眼界。”我说：“我也正想着一个人去比较孤单呢，跟你一起走自然是最好，但是没有合适的借口罢了。”芸说：“我借口回娘家。你先上船，我随后就到。”我说：“如果是这样的话，我们回来的时候就把船停在万年桥下，我跟你一起在月下纳凉，继续我们之前在沧浪亭的风雅美事。”

那天是农历六月十八，早晨非常凉快，我带一仆人先到胥江的摆渡口，登上小船等芸。不久芸果然乘小轿来了，船夫解开缆绳，我们乘船离开了虎啸桥，渐渐地我们看见湖面上的风帆和沙鸥，水天一色。芸激动地说：“这就是传说中的太湖吗？今天看到天地这

般广阔，真是没有白过这辈子啊！想那深闺女子大多终生都见不到这种景色啊！”说话间，只见岸边的杨柳随风摆动，而我们已经抵达吴江城了。

我上岸去钱家祭拜完毕，回来发现人去船空，急忙向船夫询问，他用手指着远方说：“你难道没看到长桥柳荫下那个看鱼鹰抓鱼的人吗？”原来芸与船家女已经上岸了。我走到芸的身后，见芸热得粉汗盈盈，正靠在船家女子身上看得出神！我拍了拍她的肩膀说：“你的衣服都被汗水湿透了！”芸回过头说：“我是害怕钱家人也到船上来，所以就暂时躲避一下。你怎么这么快就回来了？”我笑着说：“我想来追捕逃犯啊！”接着我挽着芸回到船上，船驶回到万年桥下，这时太阳还没落山呢。我们打开船上的窗户，清风徐来，芸轻轻摇着纨扇，身着罗衫，和我一起吃瓜解暑。不一会儿，晚霞映着万年桥，烟雾笼罩着柳岸，银月升上天空，渔火满江。我打发仆人与船夫到船尾一块儿饮酒。船家女儿叫素云，曾经和我一起喝过酒，人也不俗气，我就招呼她过来与芸一起坐。

评 析

泛舟湖上，清风徐来，晚霞映桥，烟笼柳岸，银月升天，渔火满江。在这样如诗如画的夜景下，邀月共饮，这是多么惬意的事情啊！

船头不张灯火，待月快酌，射覆为令。素云双目闪闪，听良久，曰：“觞政[①]侬颇娴习，从未闻有斯令，愿受教。”芸即譬其言而开导之，终茫然。余笑曰："女先生且罢论，我有一言作譬，即了然矣。"芸曰："君若何譬之？"余曰："鹤善舞而不能耕，牛善耕而不能舞，物性然也。先生欲反而教之，无乃劳乎？"

素云笑捶余肩曰："汝骂我耶！"芸出令曰："只许动口，不许动手。违者罚大觥[2]。"素云量豪，满斟一觥，一吸而尽。余曰："动手但准摸索，不准捶人。"芸笑挽素云置余怀，曰："请君摸索畅怀。"余笑曰："卿非解人，摸索在有意无意间耳，拥而狂探，田舍郎之所为也。"

时四鬓所簪茉莉，为酒气所蒸，杂以粉汗油香，芳馨透鼻。余戏曰："小人臭味充满船头，令人作恶。"素云不禁握拳连捶曰："谁教汝狂嗅耶？"芸呼曰："违令，罚两大觥！"素云曰："彼又以小人骂我，不应捶耶？"芸曰："彼之所谓小人，盖有故也。请干此，当告汝。"素云乃连尽两觥，芸乃告以沧浪旧居乘凉事。素云曰："若然，真错怪矣，当再罚。"又干一觥。芸曰："久闻素娘善歌，可一聆妙音否？"素即以象箸击小碟而歌。芸欣然畅饮，不觉酩酊，乃乘舆先归。余又与素云茶话片刻，步月而回。时余寄居友人鲁半舫家萧爽楼中，越数日，鲁夫人误有所闻，私告芸曰："前日闻若婿挟两妓饮于万年桥舟中，子知之否？"芸曰："有之，其一即我也。”因以偕游始末详告之，鲁大笑，释然而去。

乾隆甲寅七月，亲自粤东归。有同伴携妾回者，曰徐秀峰，余之表妹婿也。艳称新人之美，邀芸往观。芸他日谓秀峰曰：“美则美矣，韵犹未也。”秀峰曰：“然则若郎[3]纳妾，必美而韵者乎？”芸曰：“然。”从此痴心物色，而短于资[4]。

注 释

① 觞政：指宴席上喝酒的规矩。

② 觥：古代的一种酒杯。

③ 若郎：你的郎君。

④ 短于资：缺少钱。

译 文

船头没有点灯，我们在月光下欢畅对饮，玩射覆酒令。素云忽闪着双眼盯着看了很长时间说：“我对猜酒令十分熟悉，可是我从来没见过你们这种酒令，我希望你们能教教我啊。”芸试着举例子描述，可她还是有点茫然听不懂。我便笑着说：“女先生还是别教了，我用一句话来作比喻，你就听明白了。”芸说：“你拿什么比喻呢？”我说：“仙鹤善于舞蹈却不善于耕地，水牛善于耕地却不善于跳舞，这是动物的天性。先生教学生违背天性，这不是白费力气吗？”素云笑着捶打我的肩膀说：“你这是在骂我啊！”芸急忙说：“君子动口不动手，违反规定的人要罚酒一大杯！”素云酒量特别好，她倒满了一大杯酒，一口气就喝完了。我说：“即使要动手也只准摸人，不能捶打别人！”芸笑着拉起素云推到我怀里说：“请夫君摸个痛快摸个够！”我笑着说：“你不懂啊，摸索是在有意无意之间进行的，抱着狂摸，那是凡夫俗子才会干的事情呢！”

此时她们鬓发上戴的茉莉花被酒气熏染，再加上她们身上的粉汗油香，都飘进我的鼻子里了。我笑着对芸说：“小人的臭味充满了整个船头，令人恶心！”素云忍不住握拳连连捶打我说：“谁让你一个劲儿嗅个不停的？”芸说：“你又犯规了，喝酒！”素云连忙说：“他骂我是小人，难道我还不该打他？”芸说：“他叫你小人，其实是有原因的，你先把酒喝了，我一定会将其中的原因告诉你。”素云于是连喝了两大杯酒。芸才告诉她我们当初在沧浪亭里谈论时称茉莉花是小人、佛手果是君子的事情。素云听了说：“如果真是这样，那真是错怪他了，我应该接受惩罚！”说完她又喝了一大杯酒。芸接着又说：“早就听说素云唱歌好听，可否让我们听听你美妙的歌声？”素云就用象牙筷子敲击着小碟唱起来，芸高兴地喝着酒，不知不觉已喝得酩酊大醉了，我就先让她坐轿子回去了。我和素云又喝茶聊了一会儿，才踏着月色回去了。当时我在好朋友鲁半舫家的萧爽楼中借住，几天之后，鲁半舫妻子听了外边的传闻，便偷偷问芸说：“我听说你丈夫前两天和两个妓女在万年桥下小船上一块喝酒，这事你知不知道？”芸说：“确实有这么回事，其中有一个就是我呢！”然后芸又将我们一块出游的事情告诉了鲁夫人。鲁夫人听后大笑起来，也放心地回去了。

乾隆甲寅年（1794年）的七月，我从广东回到家，随行有个同伴是我的表妹夫，叫徐秀峰，他带回来一个美妾。他十分得意，四处炫耀自己的妾有多么漂亮，还邀请芸过去看。有一天芸对徐秀峰说：“这个美人确实够美，但缺少美的韵味呢！”表妹夫急忙问：

“这么说，你的夫君要是纳妾，就一定是个既漂亮又有韵味的女子吧？”芸说：“那是当然了！”从那以后，芸就一门心思为我物色这样的人，只是苦于资金不足。

评 析

陈芸陪伴丈夫外出，得以观太湖的云淡烟青，见识天地的宽广辽阔。归来后，夫妻二人和美丽的船家女儿素云，一起对月畅饮、嬉戏，伴随着素云悠扬的船家小调，整个画面充满了儿女私情的柔媚与浪漫。这场尽兴之旅后来引起别人的误会，更是一则趣闻。

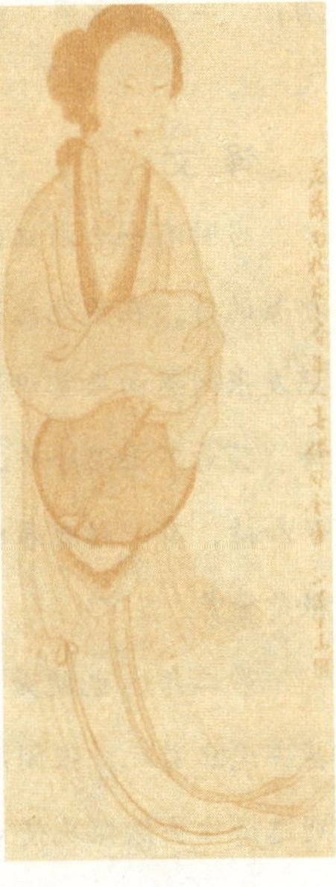

时有浙妓温冷香者，寓于吴，有《咏柳絮》四律，沸传吴下，好事者多和之。余友吴江张闲憨素赏冷香，携柳絮诗索和。芸微[1]其人而置之，余技痒而和其韵，中有“触我春愁偏婉转，撩他离绪更缠绵”之句，芸甚击节。

明年乙卯秋八月五日[2]，吾母将挈芸游虎丘[3]，闲憨忽至曰：“余亦有虎丘之游，今日特邀君作探花使者。”因请吾母先行，期于虎丘半塘相晤，拉余至冷香寓。见冷香已半老，有女名憨园，瓜期未破[4]，亭亭玉立，真“一泓秋水照人寒”[5]者也，款接间，颇知文墨。有妹文园，尚雏。余此时初无痴想，且念一杯之叙，非寒士所能酬，而既入个中，私心忐忑，强为酬答。因私谓闲憨曰：“余贫士也，子以尤物玩我乎？”闲憨笑曰：“非也，今日有友人邀憨园答我，席主为尊客拉去，我代客转邀客，毋烦他虑也。”余始释然。

注释

① 微：轻视，看不起。

② 乙卯秋八月五日：1795年9月17日。

③ 虎丘：在今苏州城西北，有“吴中第一名胜”之誉。

④ 瓜期未破：瓜期，此处指年纪不满十六岁；未破，指尚未成婚。

⑤ 一泓秋水照人寒：化用唐朝诗人崔钰《有赠》一诗，原诗为：“一眸春水照人寒。”

译文

当时有一个浙江的妓女叫温冷香，她在吴地暂居，写了四篇咏柳絮的诗，在吴地传得沸沸扬扬，许多好事者写诗与她唱和。我的朋友张闲憨向来赏识这个叫温冷香的女子，就带着她的诗来让我和诗。芸看不上温冷香，就把她的诗歌丢在一边。我一时技痒，便作了和诗，有“触我春愁偏婉转，撩他离绪更缠绵”这样的诗句，芸很是赞赏。

第二年，也就是乙卯年秋天的八月五日，我的母亲打算带着芸去虎丘游玩，张闲憨突然来到我家说：“我也要去虎丘，今天特别邀请你去做探花使者。”于是我就请母亲带着芸先走，约好在虎

丘半塘那里碰面。张闲憨拉着我到温冷香的住所，只见冷香已是徐娘半老。她有一个女儿叫憨园，大概还没到十六岁，出落得亭亭玉立，如“一泓秋水照人寒”。寒暄之间，我们得知憨园颇通文墨。她有一个妹妹叫文园，年龄还很小。我当时并没有痴心妄想，觉得仅仅是坐下喝茶交谈，都不是我这样的穷人所能负担的。但既然已经来了，心里还有些忐忑不安，也只能勉强应酬。我偷偷地对张闲憨说：“我是个穷人，你不会是拿这位美女来戏弄我吧？”张闲憨笑着说：“不是的，今天有一个朋友邀请憨园来款待我，可惜主人被另一位尊客拉走了，我请你来做客，也是顺水人情，你不要有其他什么顾虑。”我这才放心了。

评 析

陈芸一直想给丈夫找个有神韵的女子做妾，身为原配夫人不妒忌，不但不阻止丈夫纳妾，反而上赶着去物色绝色女子。她如此宽容大度，可能是受到当时男子娶妾的风俗影响。当然，她内心可能也有一点虚荣心，要给丈夫找个既美丽又有韵致的妾。温冷香，她看不上，那个“一泓秋水照人寒”的女子她是否能看上呢？这节简单的叙事，却能撩拨起人们心中的丝丝柔情。人与人之间的感觉其实很难说。有缘，还得有情。

至半塘，两舟相遇，令憨园过舟叩见吾母。芸、憨相见，欢同旧识，携手登山，备览名胜。芸独爱千顷云高旷，坐赏良久。返至野芳滨，畅饮甚欢，并舟而泊。及解维，芸谓余曰：“子陪张君，留憨陪妾可乎？”余诺之。返棹至都亭桥，始过船分袂。归家已三鼓。

芸曰：“今日得见美而韵者矣，顷已约憨园明日过我，当为子图之。”余骇曰：“此非金屋不能贮，穷措大[1]岂敢生此妄想哉？况我两人伉俪正笃，何必外求？”芸笑曰：“我自爱之，子姑待之。”

明午，憨果至。芸殷勤款接，筵中以猜枚赢吟输饮为令，终席无一罗致[2]语。及憨园归，芸曰：“顷又与密约，十八日来此结为姊妹，子宜备牲牢[3]以待。”笑指臂上翡翠钏曰：“若见此钏属于憨，事必谐矣，顷已吐意，未深结其心也。”余姑听之。

十八日大雨，憨竟冒雨至。入室良久，始挽手出，见余有羞色，盖翡翠钏已在憨臂矣。焚香结盟后，拟再续前饮，适憨有石湖之游，即别去。芸欣然告余曰：“丽人已得，君何以谢媒耶？”余询其详，芸曰：“向之秘言，恐憨意另有所属也，顷探之无他，语之曰：‘妹知今日之意否？’憨曰：‘蒙夫人抬举，真蓬蒿倚玉树也，但吾母望我奢[4]，恐难自主耳，愿彼此缓图之。’脱钏上臂时，又语之曰：‘玉取其坚，且有团圞不断之意，妹试笼之以为先兆。’憨曰：‘聚合之权总在夫人也。’即此观之，憨心已得，所难必者冷香耳，当再图之。”

余笑曰：“卿将效笠翁之《怜香伴》耶？”芸曰：“然。”自此无日不谈憨园矣。后憨为有力者夺去，不果。芸竟以之死。

注释

① 穷措大：穷书生。措大，亦作醋大，古代指酸腐的读书人。

② 罗致：招致人才，这里指撮合。

③ 牲牢：古指宴飨或祭祀时所用的猪、牛、羊。这里指丰盛的菜肴。

④ 望我奢：对我期待很高。这里指希望用她赚很多的钱。

译文

随后我们一起乘船到了半塘，正好与母亲的船碰上了，我便叫憨园去拜见我母亲。芸与憨园相见后，高兴得就像老朋友相见一样，并手拉着手一起登山，尽情欣赏名胜景色。芸向来喜欢千顷白云的高旷，坐着欣赏了很久。返回到野芳滨后，两船并靠停好，大家便开怀畅饮起来。等到解缆回去时，芸对我说："你陪张闲憨，留下憨园陪我一会儿可以吗？"我同意了。直到船驶到都亭桥，我们才分开。回到家已经是三更了，芸说："今天，终于见到既漂亮又有韵味的女子了，刚才我已与憨园约好明天来探望我，我打算为你筹谋纳妾的事。"我惊讶地说："这里可没有金屋藏得起这样的女子！而且我是一个穷书生，怎么敢有这样的妄想啊！何况你我夫妻情深，何必要另有所求？"芸笑着说："是我自己喜欢她，你就等着吧！"

第二天中午，憨园真的来了，芸对她十分热情。宴席上我们猜谜、行酒令，谁猜对了要吟诗，猜输了要罚酒。直到宴席结束，也没有谈一句关于要把憨园和我撮合的话。等到憨园回去后，芸说："刚才我又和她私下约定了，十八日来家里和我结拜为姐妹，你也应该准备好结拜时的供品。"说完，她笑着指着手腕上的翡翠玉镯说："到时，你要是看见这翡翠玉镯戴在憨园的手腕上了，那事情就是成了。刚才我在话语间已经流露出那个意思，只是我还不知道她怎么想！”我只好随她了。

十八日下大雨，憨园竟然冒着大雨赶来了。她与芸进了卧室很久，才和芸挽手出来。看到我时，憨园面带羞红，而我也看见翡翠玉镯已经戴在憨园的手腕上了。她俩焚香结拜后，我们打算继续上次的对饮，但是憨园要赴石湖之约，只好让她先走了。芸高兴地问：“美人现在已经求到，你准备怎么感谢我这个媒人啊？”我询问其中的详情，芸说：“我一直没和憨园明说，怕她已心有所属，刚才我探问她，她说还没有意中人。于是我就对她说：‘妹妹知道我今天的意思吧？’她说：‘承蒙夫人抬爱，我这是蓬蒿倚着玉树了。但是我母亲指望我挣大钱，这事情我恐怕自己做不了主，我们还是慢慢筹划吧！’当时我摘下玉镯给她戴上说：‘玉镯取其坚硬，寓意团圆不断，妹妹先戴上它讨个好兆头。’憨园说：‘是聚是合就看夫人了！’这么看来，憨园的心是已经得到了，难办的就是温冷香了，以后再考虑怎么办。”

我笑着说：“你这是要效仿李渔《怜香伴》中为丈夫纳妾的做法吗？”芸说：“没错！”从那以后，我们就没有一天不谈论憨园的。后来，憨园竟被有权势的人夺去，这件事也就不了了之了，而芸也因此郁郁而终。

评 析

沈复如同清初的纳兰性德那样，是一位多情的文人。因为有情，才能够把平凡的夫妻之情描写得生动趣味，饱含深情。自古以来，白头偕老的恩爱夫妻并不多见，沈复和陈芸也是如此。但是，他把

夫妻之间二十三年的情感，浓缩成有血有肉的文字，这文字里，蕴含着永恒的生命力。他能够有芸娘这样的红颜知己，虽然只有短暂的欢乐，但也算是上苍的格外眷顾。

卷二　闲情记趣

余忆童稚时，能张目对日，明察秋毫。见藐小微物；必细察其纹理，故时有物外之趣。夏蚊成雷，私拟作群鹤舞空，心之所向，则或千或百果然鹤也。昂首观之，项为之强①。又留蚊于素帐中，徐②喷以烟，使其冲烟飞鸣，作青云白鹤观，果如鹤唳云端，怡然称快。

于土墙凹凸处、花台小草丛杂处，常蹲其身，使与台齐，定神细视，以丛草为林，以虫蚁为兽，以土砾凸者为丘，凹者为壑，神游其中，怡然自得。一日，见二虫斗草间，观之正浓，忽有庞然大物拔山倒树而来，盖一癞蛤蟆也，舌一吐而二虫尽为所吞。余年幼方出神，不觉呀然惊恐，神定，捉蛤蟆，鞭数十，驱之别院。年长思之，二虫之斗，盖图奸③不从也，古语云“奸近杀”，虫亦然耶？

贪此生涯，卵为蚯蚓所哈（吴俗称阳曰“卵”），肿不能便，捉鸭开口哈之，婢妪偶释手，鸭颠其颈作吞噬状，惊而大哭，传为语柄。此皆幼时闲情也。

注 释

① 项为之强（jiāng）：脖子发僵。强，通“僵”，僵硬。

② 徐：慢慢地。

③ 图奸：想要做不好的事。这里指虫子想强行交配。

译 文

我记得自己幼年的时候，能够睁大眼睛直视太阳，还能够看清秋天鸟兽身上新长出的细毛；每次遇到微小的东西，我一定会仔细观察它们的纹理，所以，我经常能感受到一种超脱事物之外的乐趣。

夏天的蚊子总会发出雷鸣般的嗡嗡声，我想象着它们是群鹤在空中飞舞，这么一想，眼前蚊子好像真的变成了千百只白鹤。我抬头盯着看它们，累得脖子都变得僵硬了。我还留了几只蚊子在蚊帐里，再慢慢用烟雾来熏这些蚊子，让它们在烟雾中飞舞，我把它们当作青云白鹤图景来观赏，就好像群鹤真的在云端鸣叫一样，这让我感到十分高兴。

我常常蹲在土墙凹凸不平的地方，或者长满杂草的地方，与花坛视线平齐，仔细地观察，我把草丛当作树林，把虫子和蚂蚁当作野兽，把土块当作山丘，把凹陷的地方当作沟壑，我的精神思维在这微观景象中神游，怡然自得。一天，我看见两只虫子在草丛中打斗，看得兴趣正浓的时候，突然有一个庞然大物拔山倒树而来，我仔细一看，原来是一只癞蛤蟆，它的舌头一伸就将两只小虫子吃掉了。由于我当时年纪还小，看得正出神，不禁吓了一跳叫出声来。等我定了定神后，我捉住那只癞蛤蟆，用鞭子抽打了它几十下，然后把它驱赶到别的院子里去了。长大后，我再回头想起这件事，才明白两只虫子相斗，原来是因为一只虫子想交配，而另一只不同意。古话说“奸邪会招来杀祸”，虫子也是这个道理吗？

我很享受当时那种有趣的童年生活，有一次，我的蛋蛋（吴地俗称男性睾丸为“蛋”）被蚯蚓咬了，结果肿得无法小便。家里人捉来了一只鸭子来吮吸，女仆偶尔松开鸭子，鸭子就扑腾着伸直脖子似乎要把我的蛋蛋吞咽下去，一时吓得我嗷嗷大哭起来，这件事后来被传为笑话。这都是我小时候遇到的一些闲情童趣啊！

评 析

人在小时候的种种想法可能令人啼笑皆非，但它展现了生命之初的灵动。小时候的沈复似乎天赋异禀，格外调皮，他把蚊子捉到帐里，用烟熏它，使之冲烟飞鸣，想象为青云白鹤，鹤唳云端，怡然自得。这是孩子与生俱来的童真和性情。

及长，爱花成癖，喜剪盆树。识张兰坡，始精[①]剪枝养节之法，继悟接花叠石之法。花以兰为最，取其幽香韵致也，而瓣品之稍堪入谱者不可多得。兰坡临终时，赠余荷瓣素心春兰一盆，皆肩平心阔，茎细瓣净，可以入谱者，余珍如拱璧[②]。值余幕游于外，芸能亲为灌溉，花叶颇茂，不二年，一旦[③]忽萎死，起根视之，皆白如玉，且兰芽勃然，初不可解，以为无福消受，浩叹而已，事后始悉有人欲分不允，故用滚汤灌杀也。从此誓不植兰。次取杜鹃，虽无香而色可久玩，且易剪裁。以芸惜枝怜叶，不忍畅剪，故难成树。其他盆玩皆然。

注释

① 精：精通。

② 珍如拱璧：指像对待美玉那样珍视。

③ 一旦：一天早晨。

译文

我长大后，爱花成癖，喜欢修剪盆栽树木。认识张兰坡后，我才开始精通修枝养节的技巧，后来我又领悟到嫁接花木和堆叠石景的方法。盆景首推兰花，因为它的香味清幽而别有韵味，而兰花的造型和品相能称得上精品的种类却不多。张兰坡临终的时候，把一盆荷瓣素心兰赠给了我，这种兰花的花叶平整舒展，花茎较细，花瓣成色纯粹，是可以载入花谱的精品，我非常喜爱，视为珍宝。在我外出做事的时候，芸会亲自给它浇水，兰花也被养得花繁叶茂。可不到两年，一天早上，花突然枯萎死去，我拔起它的根一看，其根部白得像玉，且新长出来的嫩芽也显得生机勃勃。我开始不明白原因，以为是自己无福享受，感叹不已。后来才知道有人想要兰花分株，被拒后，他故意用开水把兰花烫死了。从那之后，我发誓不再栽种兰花了。盆景中排行第二的花要属杜鹃，虽然它没有什么香气，但它的花期长，能够让人欣赏很久，而且容易修剪。因为芸怜惜它的枝叶，不忍心大剪，所以最后不能长成好的盆栽，其他的盆景也都是这种情况。

评 析

沈复得到朋友张兰坡临终所赠的一盆兰花，很是名贵，回到家呵护备至。可惜因为别人的嫉妒，这盆兰花被热水浇灌而死。从此，沈复再也不种兰花，怕想起伤心往事，这也表现出作者本性多情的一面。

惟每年篱东[①]菊绽，积兴成癖。喜摘插瓶，不爱盆玩。非盆玩不足观，以家无园圃，不能自植，货于市者，俱丛杂无致，故不取耳。其插花朵，数宜单，不宜双，每瓶取一种不取二色，瓶口取阔大不取窄小，阔大者舒展不拘。自五、七花至三四十花，必于瓶口中一丛怒[②]起，以不散漫、不挤轧、不靠瓶口为妙，所谓“起把宜紧”也。或亭亭玉立，或飞舞横斜。花取参差，间以花蕊，以免飞钹耍盘[③]之病；叶取不乱，梗取不强，用针宜藏，针长宁断之，毋令针针露梗，所谓“瓶口宜清”也。视桌之大小，一桌三瓶至七瓶而止，多则眉目不分，即同市井之菊屏矣。几之高低，自三四寸至二尺五六寸而止，必须参差高下互相照应，以气势联络[④]为上，若中高两低，后高前低，成排对列，又犯俗所谓“锦灰堆”矣。或密或疏，或进或出，全在会心者，得画意乃可。

注释

① 篱东：源于陶渊明“采菊东篱下”，被后人认为是种植菊花的地方。

② 怒：怒放。

③ 飞钹（bó）耍盘：杂耍，这里是指菊花摆放不好就会成为笑话。

④ 气势联络：气势上相互联系。

译文

每年篱笆边上的菊花盛开的时候，我秋天赏花的癖好才能得到满足。我习惯摘菊花插瓶欣赏，而不喜欢盆栽。不是因为菊花盆栽不能观赏，而是因为我家中没有花园，不能自己种植，而在花市买来的盆栽多半品种杂乱，缺乏品位，所以我就不买盆菊。插花的花朵数量最好选单数而不要选双数。每个瓶子只能插一种花还需保持颜色一致，不要取两种颜色的花。瓶子的口要大，不要取小口瓶，瓶口大才能够让菊花舒展。插花无论是插五朵、七朵还是三四十朵，都要使花茎在瓶口集成一丛，且花朵舒展怒放，布局不散漫，也不拥挤，不挨着瓶口的距离是最合适的，这就是人们常说的“起把宜紧”。插花可以亭亭玉立，也可以飞舞横斜。花朵宜参差错落，中间间隔花蕊，从而不会让人觉得插的花像杂耍一样没有品位。叶子不要杂乱，枝条不要僵硬，如果要用针固定，就应该隐藏起来，针要是太长的话，宁可折断它，不要让它从

枝条里露出来，这就是人们常说的“瓶口宜清”。根据桌子的大小，一张桌子可放三到七瓶花，多了便眉目不清楚，就像是集市上摆着的菊花架子一样。根据桌子的高度，插花花朵的高度最好是在三四寸到二尺五六寸之间，一定要参差不齐，相互呼应，在气势形状上形成整体。如果花朵中间高两边低，或者后面高前面低，而且排成一排排、一列列，那就又落俗套了，成了“锦灰堆”。摆疏一点儿或者密一点儿，多摆一盆或少摆一盆，这些全在于懂插花的人的画面整体布局。

评 析

沈复嗜花如命，他爱花、养花，这说明了他对生活的热爱，以及对生活情趣的讲究。中国古代的插花艺术，讲究优秀的鉴赏力，这都需要对美有良好的感悟。尽管作者一生不第不仕，生活贫苦，靠外出游幕和随人经商为生，有时还经营字画，也仅能糊口；但他的生活不乏趣味，意兴一起，一草一木皆有风致。

若盆碗盘洗[1]，用漂青松香榆皮面和油，先熬以稻灰，收成胶，以铜片按钉向上，将膏火化，粘铜片于盘碗盆洗中。俟冷，将花用铁丝扎把，插于钉上，宜偏斜取势，不可居中，更宜枝疏叶清，不可拥挤。然后加水，用碗沙少许掩铜片，使观者疑丛花生于碗底方妙。

若以木本花果插瓶，剪裁之法（不能色色自觅，倩人攀折者每不合意），必先执在手中，横斜以观其势，反侧以取其态；相定之后，剪去杂技，以疏瘦古怪为佳；再思其梗如何入瓶，或折或曲，插入瓶口，方免背叶侧花[2]之患。若一枝到手，先拘定其梗之直者插瓶中，势必枝乱梗强，花侧叶背，既难取态，更无韵致矣。折梗打曲之法，锯其梗之半而嵌以砖石。则直者曲矣，如患梗倒，敲一二钉以管[3]之。即枫叶竹枝，乱草荆棘，均堪入选。或绿竹一竿配以枸杞数粒，几茎细草伴以荆棘两枝，苟位置得宜，另有世外之趣。若新栽花木，不妨歪斜取势，听其叶侧，一年后枝叶自能向上，如树树[4]直栽，即难取势矣。

注 释

① 盆碗盘洗：都是指容器。

② 背叶侧花：叶子背面朝人，花朵也歪斜着。

③ 管：固定住。

④ 树树：每一棵树。

译 文

如果是在盆、碗、盘子等浅口的器具中插花，就要用漂清、松香、榆皮、面粉和油，再和上稻灰，一起熬制成胶。然后把钉子的钉尖朝上，固定在铜片上，再将胶体加热融化，涂在铜片背面，再把铜片粘在盆、碗、盘子等器具中。等到胶冷却，再把用铁丝扎成的花束，插在钉子上。最好是有点偏斜，不要放在正中间，花的枝叶要稀疏不浓密，不拥挤。之后再加水，用少量沙子埋在底部，遮住铜钉，让观赏者觉得花是从碗的底部生长出来的。

如果是以木本花果插瓶（不能每一色花都自己去找，请人攀折的又往往不如意），裁剪的办法一定要把花枝拿在手中，先横着看它的长势势态，再从各种角度来看它的姿态。看好以后，把多余的枝叶剪掉，最好能体现出花枝的疏朗、清瘦、古朴、奇特的特质。然后还要思考怎么把花枝插入瓶中，要么折断，要么弯曲，这样才能够避免叶子翻背和花朵的方向歪斜而不能展现插花之美。如果拿到一枝花，不修剪就直接把花茎直直插入瓶中，一定会显得枝叶杂乱而枝干僵直，花朵歪斜而叶子朝后，这样没有一点美感，更别提韵味了。有一个使花茎变弯曲的办法：把花茎的一半锯开，再填充上砖石，这样就使笔直的枝干变弯了。如果担心枝干倒了，就敲进去一两个钉子固定住，如此就算是枫叶和竹子、乱草和荆棘，也能够插瓶。既可以用一管绿竹搭配几粒枸杞子，也可以用几把细草凑上两株荆棘，只要摆放位置恰当，就会别有一番野趣。如果是新移栽的花草和树木，让它歪斜着生长，一年之后它的枝叶也能够向上生长。要是每一棵树都被栽种得笔直，那么就很难长成好的盆栽树木的姿态了。

评 析

这段是说插花之前，选择枝条的细节，要把握俯仰横侧等各种自然情态，同时也要把握插入瓶中的姿势，或折或曲，位置得当，才有超然世外之趣。

至剪裁盆树，先取根露鸡爪者[①]，左右剪成三节，然后起枝。一枝一节[②]，七枝到顶，或九枝到顶。枝忌对节如肩臂，节忌臃肿如鹤膝；须盘旋出枝，不可光留左右，以避赤胸露背之病[③]；又不可前后直出。有名双起三起者，一根而起两三树也。如根无爪形，便成插树，故不取。然一树剪成，至少得三四十年。余生平仅见吾乡万翁名彩章者，一生剪成数树。又在扬州商家见有虞山游客携送黄杨、翠柏各一盆，惜乎明珠暗投[④]，余未见其可也。若留枝盘如宝塔，扎枝曲如蚯蚓者，便成匠气矣。

注 释

① 鸡爪者：像鸡爪一样。

② 一枝一节：每个枝条和枝干相交的部位。

③ 病：缺点。

④ 明珠暗投：好的东西没有找到赏识它的人。

译 文

至于如何裁剪盆树，要选取那种根露在外面长得像鸡爪一样的，将它从左到右分成三部分开始修剪，然后从最粗的枝干开始修剪小枝。每根枝条与枝干相交的部位称为一个节点，一棵树一般只留下七节，最多不能超过九节。修剪时，最忌讳的是把枝干修剪得像肩膀一样对称，把结节的部位修剪得像白鹤细腿上的膝盖那样臃肿突出。最佳状态的盆树的枝条是盘旋向上自然生长的姿态，不能只向两边伸展，以防止出现光着胸、露着背的缺陷，更不能让枝条前后直着生长。所谓“双起”和“三起”，是指同一树根上面竟然长出两三根分杈。如果它的根部没有像鸡爪那样，那就成了直插生长的树，所以不能选择。然而，一棵树能够剪裁成功，至少需要三四十年。我一生中只见过我的老乡万彩章花了一辈子时间，才成功修剪了几棵好树。我还在扬州的一位商人家中，看到了常熟虞山的游客送来的黄杨和翠柏各一盆，只能叹息明珠暗投，落在不识货的商人手里，我觉得这样是不相宜的。如果修剪后保留下来的枝条能够盘旋得像宝塔一样，枝节弯曲得像蚯蚓一样，那便有匠气了。

评 析

插花盆景，贵在脱离匠气，自然流畅。真正的插花大师，需要艺术家的眼光，需要灵性和创意，重要的是还得有良好的心态。

点缀盆中花石，小景可以入画，大景可以入神。一瓯[①]清茗，神能趋入其中，方可供幽斋之玩。种水仙无灵璧石[②]，余尝以炭之有石意者[③]代之。黄芽菜心，其白如玉，取大小五七枝，用沙土植长方盆内，以炭代石，黑白分明，颇有意思。以此类推，幽趣无穷，难以枚举。如石菖蒲[④]结子，用冷米汤同嚼，喷炭上，置阴湿地，能长细菖蒲；随意移养盆碗中，茸茸可爱。以老莲子磨薄两头，入蛋壳使鸡翼之，俟雏成取出；用久年燕巢泥加天门冬[⑤]十分之二，捣烂拌匀，植于小器中，灌以河水，晒以朝阳，花发大如酒杯，叶缩如碗口，亭亭可爱。

注 释

① 瓯（ōu）：杯。

② 灵璧石：产于安徽省灵璧县的石头。石质细润，多为黑色，供石首选。

③ 有石意者：有点石头之意的东西。

④ 石菖蒲：草本植物，长得像菖蒲，但是植株比较矮小。

⑤ 天门冬：多年生攀缘草本植物，也叫“天冬草”。

译 文

用花朵和石头来点缀盆景，所造小景可以入画，搭造的大景能够引人入胜。这时候泡一杯清茶，倘若喝茶的清雅之境能够与造景和谐，这盆景才能够供人在幽雅静室中品鉴赏玩。种植水仙时我没有灵璧石做点缀，就试着用长得像石头的木炭替代。黄芽菜的菜心像玉一样洁白，我选用大小不等的五株或七株，用沙土种在长方形的盆子中，用木炭代替石头做点缀，这样看着黑白分明，我觉得很有意思。以此类推，用木炭代替石头的办法摆放盆景，既清幽又有趣，我就不一一列举了。还可以把石菖蒲籽和冷米汤一起在嘴里咀嚼，然后喷洒在木炭上，再把木炭放在阴暗潮湿的地方，不久木炭上就会长出细细的菖蒲，可随便移植到盆碗里，看着绿茸茸的，十分惹人喜爱。也可以把坚硬的老莲子两端磨薄后，放进蛋壳中，让老母鸡孵化，等到同窝的鸡蛋孵化成小鸡的时候把它拿出来；以十比二的比例取沉积多年的燕窝泥和天门冬，一起捣烂再搅拌均匀，然后再装进小容器中，再把处理过的莲子种进去，每天用河水浇灌，让它在早上晒太阳，莲花绽放时，花朵变得像酒杯一样大，而莲叶则缩小到只有碗口那么大，在容器中亭亭玉立，显得十分可爱。

评 析

选择花朵和石头来点缀盆景是很有讲究的。要根据各种花的种类，选取不同的培养沙土，以及点缀物，才能相得益彰。从这里可以看出沈复本人有着深厚的艺术修养，在养花种草、插花盆栽、叠石造景上具有广博的知识和丰富的经验，更有不少独到而精辟的审美见解。

若夫园亭楼阁，套室回廊，叠石成山，栽花取势，又在大中见小，小中见大，虚中有实，实中有虚，或藏或露，或浅或深。不仅在“周回曲折”四字，又不在地广石多，徒烦工费。或掘地堆土成山，间以块石，杂以花草，篱用梅编，墙以藤引，则无山而成山矣。大中见小者，散漫处[①]植易长之竹，编易茂之梅以屏之。小中见大者，窄院之墙宜凹凸其形，饰以绿色，引以藤蔓，嵌大石，凿字作碑记形，推窗如临石壁，便觉峻峭无穷；虚中有实者，或山穷水尽处，一折而豁然开朗，或轩阁设厨处，一开而通别院；实中有虚者，开门于不通之院，映以竹石，如有实无也。设矮栏于墙头，如上有月台而实虚也。

贫士屋少人多，当仿吾乡太平船[2]后梢之位置，再加转移其间。台级为床，前后借凑，可作三榻，间以板而裱以纸，则前后上下皆越绝，譬之如行长路，即不觉其窄矣。余夫妇乔寓扬州时，曾仿此法，屋仅两椽，上下卧室、厨灶、客座皆越绝而绰然有余。芸曾笑曰："位置虽精，终非富贵家气象也。"是诚然欤！

余扫墓山中，捡有峦纹[3]可观之石，归与芸商曰："用油灰叠宣州石于白石盆，取色匀也。本山黄石虽古朴，亦用油灰，则黄白相间，凿痕毕露，将奈何？"

芸曰："择石之顽劣者[4]，捣末于灰痕处，乘湿糁之，干或色同也。"乃如其言，用宜兴窑长方盆叠起一峰：偏于左而凸于右，背作横方纹，如云林石法，巉岩[5]凹凸，若临江石矶状；虚一角，用河泥种千瓣白萍；石上植茑萝，俗呼云松。经营数日乃成。至深秋，茑萝蔓延满山，如藤萝之悬石壁，花开正红色，白萍亦透水大放，红白相间。神游其中，如登蓬岛。置之檐下，与芸品题：此处宜设水阁，此处宜立茅亭，此处宜凿六字曰“落花流水之间”，此可以居，此可以钓，此可以眺。胸中丘壑，若将移居者然。一夕，猫奴争食，自檐而堕，连盆与架顷刻碎之。余叹曰：“即此小经营[6]，尚干造物忌耶！”两人不禁泪落。

注 释

① 散漫处：没有精心打理的地方。

② 太平船：船上有船舱能够供人居住。

③ 峦纹：像山峦一样的纹路。

④ 顽劣者：此处指粗劣的石头。

⑤ 巉（chán）岩：高而陡峭的山岩。

⑥ 小经营：小东西、小乐趣。

译 文

说到布置亭园楼阁、套室回廊，或者叠石成山、栽花取势，讲究大中见小、小中窥大，使虚中带实，实中有虚，或藏或露，又或浅或深。这就不仅是“周回曲折”四字能概括得了，也不在于地广石多，这样只是平添工夫和花费。可以挖土堆积成山，再用石块间隔，中间夹杂种植花草，然后用梅枝编成篱笆，把藤蔓牵引上墙，这样就原本无山也就有山景了。所谓大中见小，是在空旷的土地上种上容易生长的竹子，选生长繁茂的梅树枝条编织成篱笆屏障。所谓小中见大，则是使窄院的墙壁凹凸不平，牵引藤蔓，用绿色点缀；再在墙壁凹陷处镶嵌上大石头，石头上像石碑一样刻字，这样一推开窗户就像是面对山间石壁，感受到险峻之美。“虚中有实”一说，则仿佛身处山穷水尽的地方，一拐弯就出现开阔的景象，也如在轩宇阁楼设置的橱窗，一打开就能通向别的院子。而“实中有虚”说的是在封闭的院落中开一道假门，竹子和石头掩映其中，看着像有道门而其实没有；或是在墙头装上低矮的栅栏，就像是上面有月台一样，其实是没有的。

穷人家的屋子很少，但是家人却很多，可以效仿我们家乡太平船船尾的布置，再增添一点能够移动的家具。把台阶当作床，前后互相拼凑，能够做成三张床，用纸板做隔断并糊上白纸，就能前后上下形成一个相互独立的空间，就像是走一条很长的路，不会觉得狭窄。我夫妻二人在扬州居住的时候，就用过这个方法。虽然只有两间屋子，但我们使卧室、厨房、客厅相通而又隔断，打破了原来的空间界限，反而让空间显得宽绰有余。芸曾笑着说：“这样虽然布置得精巧，但是终归不是富贵人家的气象呢！”确实如此啊！

一次，我在山里扫墓时，捡到一些有像山峦纹理的石头，很是好看，我回来对芸说：“用油灰把宣州石粘起来，堆叠在一起做成假山，放到石盆内做成盆景，这样可以使色彩协调一致。这种黄色山石虽然古朴，但糊上油灰后则显得黄白相间，就会显露出人工雕琢的痕迹，你看怎么办比较好呢？”芸说：“挑一些粗劣的石头，把它们捣成粉末，趁着油灰还没干的时候抹在油灰粘连的地方，等干了以后就和黄石的颜色一致了。”我于是按她的说法去做，在宜兴烧制的长方形泥盆中堆叠起一座假山：山体向左边偏斜，右边凸出来，背面作横向纹理，就像元代画家倪瓒所画的山石，陡峭的山岩凹凸不平，如临江石矶；盆内一角，我用河泥种植千瓣白莲；假山上种植茑萝花，俗称“云松”。经过我们几天努力，这座盆景终于完成。深秋季节，茑萝花长得假山上满山都是，就如藤蔓悬挂在石壁上。茑萝花一片红色，白萍也冒出水面，红白相间，神游其中，仿佛登上了蓬莱仙阁。我将这盆景放在屋檐下，与芸一起品评不休：这里应设个水阁，那里应设个茅亭；这里应凿上六个字“落花流水之间”，那里可以居住；这里可以垂钓，那里能够登高远眺。心中有许多关于山水的构想，就好像我们都要搬到其中去居住一样！一天傍晚，两只小猫互相争抢食物，从屋檐上掉下来，一下子把盆景和盆架都砸碎了。我不禁叹息道：“就这么点小玩意，难道也犯了老天爷的忌讳吗？”我俩不禁潸然泪下。

评 析

大中见小，小中见大，虚中有实，实中有虚，这可用于绘画山水，也可用于园林建筑，种植花卉等。其实，最关键的是，要达到此种境界，必须要胸有丘壑，方能包罗万象，推陈出新，引人注目。

静室焚香，闲中雅趣。芸尝以沉速等香，于饭镬[①]蒸透，在炉上设一铜丝架，离火中寸许，徐徐烘之，其香幽韵而无烟。佛手忌醉鼻嗅，嗅则易烂；木瓜忌出汗，汗出，用水洗之；惟香圆无忌。佛手、木瓜亦有供法，不能笔宣[②]。每有人将供妥者随手取嗅，随手置之，即不知供法者也。

余闲居，案头瓶花不绝。芸曰：“子之插花能备风晴雨露[③]，可谓精妙入神。而画中有草虫一法，盍仿而效之。”余曰：“虫踯躅[④]不受制，焉能仿效？”芸曰：“有一法，恐作俑[⑤]罪过耳。”余曰：“试言之。”曰：“虫死色不变，觅螳螂蝉蝶之属，以针刺死，用细丝扣虫项系花草间，整其足，或抱梗，或踏叶，宛然如生，不亦善乎？”余喜，如其法行之，见者无不称绝。求之闺中，今恐未必有此会心者矣。

注 释

① 饭镬（huò）：做饭用的锅。

② 宣：解释清楚。

③ 风晴雨露：不同的天气，这里是指作者插花的形态各异。

④ 踯躅：踌躇不前，这里是指虫子乱跳乱蹦。

⑤ 作俑：参见“始作俑者”，第一个做坏事的人。

译 文

在静室内焚香，是一种闲适的雅趣。芸曾经把沉香、速香等香放进锅里蒸透，取出放在炉子上设置的铜丝架上，架子高度距离炉火半寸左右，慢慢烘烤，烘出来的香味非常幽雅，而且还没有烟。佛手果忌讳酒后用鼻子去嗅，酒气一熏容易腐烂；木瓜忌讳用汗手去触摸，摸了就得用水洗干净。只有香圆没有什么忌讳。佛手柑和木瓜的供法也非常讲究，这里不能用文字一一解释清楚。常常有人把供品随手拿来就闻，又随手放回去，这就是不懂得供法规则的人。

我闲居在家的时候，桌子上总少不了插花，芸说：“你的插花，能表现出花在风晴雨露时候的各种姿态风韵，可谓出神入化。但是绘画中有草虫一法，你为什么不效仿一下呢？”我说：“虫子跳来跳去，我不能掌握，怎么能够效仿？”芸说：“我倒有一个办法，就怕有始作俑者的罪过呢！”我说：“你说说看。”芸说：“虫子死后，颜色不会变，我们可以寻找螳螂、鸣蝉、蝴蝶之类的虫子，用针将它们刺死，拿细丝线捆住它们的脖子系在花草之间，再调整它们足的姿势，让它们或者抱在花梗上，或者踏在叶子上，这样就像活的一样，不是很好吗？”我听了之后很高兴，就按她的方法去做了，看到的人都称赞不已。在闺阁中，如今恐怕未必能找到像芸这样能明白我心意的女子了！

评　析

插花可以达到一种很奇妙的艺术境界，假如心性自适，偶尔为之，则会水到渠成，若是刻意追求，效果往往适得其反。譬如，上文中的沈复夫妇，只是把插花当作一种闲情逸致，反而更显日常的生活情调。只不过，以针刺虫，来布局造景获得一时的欣赏，不值得提倡效仿。

余与芸寄居锡山[1]华氏，时华夫人以[2]两女从芸识字。乡居院旷，夏日逼人，芸教其家作活花屏法，甚妙。每屏一扇，用木梢二枝，约长四五寸，作矮条凳式，虚其中，横四挡，宽一尺许，四角凿圆眼，插竹编方眼，屏约高六七尺，用砂盆种扁豆置屏中，盘延屏上，两人可移动。多编数屏，随意遮拦，恍如绿阴满窗，透风蔽日，纡回曲折，随时可更，故曰活花屏，有此一法，即一切藤本香草随地可用。此真乡居之良法也。

注 释

① 锡山：相传周秦时代盛产锡，故称锡山。在江苏省无锡市，后指代无锡。

② 以：让。

译 文

我和芸寄宿在锡山华氏家中的时候，华夫人叫她的两个女儿跟芸一起学习识字。这里乡下的房子有很大的院落，没有遮挡显得很空旷，所以夏天太阳很晒，芸就教她们做“活屏风”，很是奇妙：每扇屏风的底部用两根四五寸长的木梢，做成矮凳子的样式固定扇架，屏风中间钉上宽一尺左右的四根横挡，屏风的四角凿出圆洞，然后插入方格屏竹，整座屏风高六七尺，再用砂盆栽种扁豆，摆放在屏风下，让扁豆藤向上盘旋生长，这样的屏风两个人就可以搬动。再多编几个屏风，随意摆放遮挡，就好像是绿荫满窗，既可以透风遮日，又可以营造弯曲迂回的视野，随时都可以更换，所以才叫“活屏风”。用她这个方法，则地上所有藤本香草植物都能够利用起来，这可真是乡居的绝好方法啊！

评 析

因时因地制宜，虽身处“草屋陋室”，也可以做出精妙的布局，获得意外之趣，关键在于有心，用心。“活屏风”再次表现出陈芸的生活智慧和情趣，也难怪她是沈复一生都念念不忘的奇女子。

友人鲁半舫名璋，字春山，善写松柏及梅菊，工隶书，兼工铁笔[①]。余寄居其家之萧爽楼一年有半。楼共五椽[②]，东向，余居其三。晦明风雨，可以远眺。庭中有木犀一株，清香撩人。有廊有厢，地极幽静。移居时，有一仆一妪，并挈其小女来。仆能成衣，妪能纺绩，于是芸绣、妪绩、仆则成衣，以供薪水。

余素爱客，小酌必行令。芸善不费之烹庖[3]，瓜蔬鱼虾，一经芸手，便有意外味。同人知余贫，每出杖头钱，作竟日叙。余又好洁，地无纤尘，且无拘束，不嫌放纵。时有杨补凡，名昌绪，善人物写真；袁少迂，名沛，工山水；王星澜，名岩，工花卉翎毛，爱萧爽楼幽雅，皆携画具来。余则从之学画，写草篆，镌图章，加以润笔，交芸备茶酒供客，终日品诗论画而已。更有夏淡安、揖山两昆季[4]，并缪山音、知白两昆季，及蒋韵香、陆橘香、周啸霞、郭小愚，华杏帆、张闲憨诸君子，如梁上之燕，自去自来。芸则拔钗沽酒，不动声色，良辰美景，不放轻越。今则天各一方，风流云散，兼之玉碎香埋，不堪回首矣！非所谓“当日浑闲事，而今尽可怜”者乎！

注释

① 铁笔：刻刀，指刻图章。

② 椽：房间数。

③ 不费之烹庖：不用花费太多的饭菜。

④ 昆季：兄弟。

译文

我的朋友鲁半舫，名璋，字春山，擅长画松柏与梅菊，在隶书方面也很在行，对篆刻也颇有研究。我曾借住在他家萧爽楼一年半，萧爽楼一共有五间房，朝东，我住了三间。不管是阴天晴天，还是刮风下雨，我们都可以站在楼上远眺。庭院中有一棵桂花树，清香撩人。楼中有走廊有厢房，地理位置很幽静。我们搬过来时带有一对佣人夫妻和他们的小女儿。男仆能做衣服，女仆能纺织，于是，仆人纺织、做衣，芸刺绣，所得银钱作为生活开支。

我向来好客，喝酒的时候一定要行酒令。芸擅长烹饪且花费不多，瓜果蔬菜和鱼虾只要一经芸的烹制，就会成为意想不到的美味。朋友们知道我家贫穷，每次都是他们自己出酒钱，一聚就是一整天。我又爱整洁，地上打扫得没有一点儿灰尘，而且对朋友不加拘束，不嫌放纵。当时我结交的朋友有杨补凡，名昌绪，善于画人物；袁少迂，名沛，擅长画山水；王星澜，名岩，擅长画花鸟。他们十分喜欢萧爽楼的清幽雅致，都带着画具来这里作画，我就跟着他们一起学习画画。我写草书和篆书，雕刻印章，所得的报酬再加上润笔费，一起交给芸去备些茶水酒菜来招待客人，那时候我们整天品诗论画。还有夏淡安、夏揖山两兄弟和缪山音、缪知白两兄弟，以及蒋韵香、陆橘香、周啸霞、郭山愚、华杏帆、张闲憨等人，就像梁上燕子一样，任凭自去自来。有时没钱，芸就把头上的首饰卖了来买酒招待客人，不动声色，良辰美景从不轻易错过。如今回忆起来，朋友们都已天各一方，美好的日子也已经风流云散，再加上芸已经香消玉殒，往事真是不堪回首啊！这不就和诗句“当日浑闲事，而今尽可怜”所说的一样吗？当时所有寻常小事，到了今天都是可爱的。

评析

生活总有不尽如人意的地方，但夫妻两人知足常乐。作者寄居友人的萧爽楼一年过半，交往许多风雅之士，谈诗论画，生活倒也过得闲适自在。但终“天各一方，风流云散，兼之玉碎香埋，不堪回首”，读来不免让人痛心。

萧爽楼有四忌：谈官宦升迁、公廨①时事、八股时文、看牌掷色，有犯必罚酒五斤。有四取：慷慨豪爽、风流蕴藉、落拓不羁、澄静缄默。长夏无事，考对为会，每会八人，每人各携青蚨②二百。先拈阄，得第一者为主考，关防别座，第二者为誊录，亦就座，余作举子，各于誊录处取纸一条，盖用印章。主考出五七言各一句，刻香为限，行立构思，不准交头私语，对就③后投入一匣，方许就座。各人交卷毕，誊录启匣，并录一册，转呈主考，以杜徇私。十六对中取七言三联，五言三联。六联中取第一者即为后任主考，第二者为誊录，每人有两联不取者罚钱二十文，取一联者免罚十文，过限者倍罚。一场，主考得香钱百文。一日可十场，积钱千文，酒资大畅④矣。惟芸议为官卷，准坐而构思。

杨补凡为余夫妇写载花小影⑤，神情确肖。是夜，月色颇佳，兰影上粉墙，别有幽致。星澜醉后兴发曰：“补凡能为君写真，我能为花图影。”余笑曰：“花影能如人影否？”星澜取素纸铺于墙，即就兰影，用墨浓淡图之。日间取视，虽不成画，而花叶萧疏，自有月下之趣。芸宝之，各有题咏。

注 释

① 公廨：公堂，官府。

② 青蚨：这里是指钱。

③ 对就：对子对好。

④ 酒资大畅：喝酒的钱十分充足。

⑤ 载花小影：这里应该是用花装饰的画像。

译文

萧爽楼一共有四忌：一忌谈论官员升迁，二忌谈论朝廷政事，三忌谈论八股文章，四忌抛骰打牌。凡有违反必罚买五斤酒。另外有四种情况是提倡的：一是大方豪爽，二是风流潇洒，三是落拓不羁，四是沉静缄默。长夏漫漫，无所事事，我们聚会决定考对诗，每次需要八个人，每个人各带二百铜钱。先抓阄，抓到第一的人就是主考，坐在专设的考官位；抓到第二的人做抄录员，也入座。剩下的人就是考生，每位考生到抄录员处领一张纸，并在上面盖上自己的印章。主考官出一句五言诗、一句七言诗，以燃香来计时；考生们可以站着或者踱步构思，但不能交头接耳窃窃私语。对完对子后，把对子投入一个小匣中，然后才可以坐下来。等到所有人交完卷子，抄录员打开匣子，将所有考卷上的对子誊写成册一并交给主考官，以此杜绝徇私舞弊。在十六个对句中抽取三联五言诗、三联七言诗。选中的六联对诗中获得到第一名和第二名的人，分别做下一场考试的主考官和抄录员。如果所对的两联诗都没被选中，则需罚钱二十文，如果只被选中一联则少罚十文钱，超过时限的要加倍处罚。一场活动下来，主考官能得钱一百文。一天可进行十场，也就能积攒上千文铜钱，这样就有充足的资金来作酒钱了。唯独芸作为不受规则限制的“官生”，被大家允许坐在旁边一起对诗构思。

杨补凡为我们夫妻俩画了用花装饰的肖像，神情惟妙惟肖。

画画当天，月色十分美好，兰花的影子照在粉墙上，别有一番优雅的情趣。王星澜喝醉酒后，兴致勃勃地说：“杨补凡能为你们画像，我能画兰花影像。”我笑着说：“花的影子能和人的影子一样吗？”王星澜则拿来白纸，将白纸挂在墙上，对着兰花的影子，蘸墨进行涂描，时浓时淡。第二天白天他拿出来观看，虽不能成一幅画，但是花叶萧疏，自有一番月下花影的意韵。芸十分珍爱这幅画，我们每个人都在画上题咏留字。

评 析

花影虽不能与人影相比，但自有灵韵风采，只有真正爱花的人才能懂得花影的美。朋友画的兰花花影，竟让芸爱若珍宝，不仅仅因为同是惜花人，更因为这幅画凝结了友人间的深情厚谊。

苏城有南园、北园二处，菜花黄时，苦无酒家小饮。携盒而往，对花冷饮[①]，殊无意味。或议就近觅饮者，或议看花归饮者，终不如对花热饮为快。众议未定，芸笑曰："明日但各出杖头钱，我自担炉火来。"众笑曰："诺。"

众去，余问曰："卿果自往乎？"芸曰："非也，妾见市中卖馄饨者，其担锅、灶无不备，盍雇之而往？妾先烹调端整，到彼处再一下锅，茶酒两便。"余曰："酒菜固便矣，茶乏烹具。"芸曰："携一砂罐去，以铁叉串串罐柄，去其锅，悬于行灶[②]中，加柴火煎茶，不亦便乎？"余鼓掌称善。

街头有鲍姓者，卖馄饨为业，以百钱雇其担，约以明日午后，鲍欣然允议。明日看花者至，余告以故，众咸叹服。饭后同往，并带席垫至南园，择柳阴下团坐。先烹茗，饮毕，然后暖酒烹肴。是时风和日丽，遍地黄金，青衫红袖，越阡度陌[③]，蝶蜂乱飞，令人不饮自醉。既而酒肴俱熟，坐地大嚼，担者颇不俗，拉与同饮。游人见之莫不羡为奇想。杯盘狼籍，各已陶然，或坐或卧，或歌或啸。红日将颓，余思粥，担者即为买米煮之，果腹而归。芸曰："今日之游乐乎？"众曰："非夫人之力不及此。"大笑而散。

贫士起居服食以及器皿房舍，宜省俭而雅洁，省俭之法曰"就事论事[④]"。余爱小饮，不喜多菜。芸为置一梅花盒：用二寸白磁深碟六只，中置一只，外置五只，用灰漆就，其形如梅花，底盖均起凹楞，盖之上有柄如花蒂。置之案头，如一朵墨梅覆桌；启盏视之，如菜装于瓣中，一盒六色[⑤]，二三知己可以随意取食，食完再添。另做矮边圆盘一只，以便放杯箸酒壶之类，随处可摆，移掇亦便。即食物省俭之一端也。

余之小帽领袜皆芸自做，衣之破者移东补西，必整必洁，色取暗淡以免垢迹，既可出客，又可家常。此又服饰省俭之一端也。

初至萧爽楼中，嫌其暗，以白纸糊壁，遂亮。夏月楼下去窗，无阑干，觉空洞无遮拦。芸曰：“有旧竹帘在，何不以帘代栏？”余曰：“如何？”芸曰：“用竹数根，黝黑色，一竖一横，留出走路，截半帘搭在横竹上，垂至地，高与桌齐，中竖短竹四根，用麻线扎定，然后于横竹搭帘处，寻旧黑布条，连横竹裹缝之。偶可遮拦饰观，又不费钱。”此“就事论事”之一法也。以此推之，古人所谓竹头木屑皆有用，良有以也。

夏月荷花初开时，晚含而晓放，芸用小纱囊撮条叶少许，置花心。明早取出，烹天泉水泡之，香韵尤绝。

注 释

① 冷饮：这里是指喝凉的酒水。

② 行灶：可以移动的灶台。

③ 越阡度陌：也作“越陌度阡”，指走过乡间小路。古时，乡村田野的道路，纵者为阡，指南北走向的小路；横者为陌，指东西走向的小路。

④ 就事论事：按照事情本身的性质来评论是非得失。

⑤ 六色：六种菜色。

译 文

苏州城外有南园和北园两处景点，油菜花开时，想去游玩，苦于没有酒舍可以喝酒，所以人们往往带着酒菜前往，赏花喝凉酒，一点意思也没有了。有朋友说要就近找个地方喝酒，也有人说要赏

花之后回来再喝，但到底还是比不上边赏花边喝热酒来得痛快，大家众说纷纭没有定下主意。芸笑着说：“明天你们各自带着酒钱，我自然就会带着炉子来。”大家都笑着说：“没问题！”

众人离开之后，我问芸说：“你难道真的要自己带着炉子去吗？”芸说：“不是的，我看到集市上有卖馄饨的，他有担子挑着锅碗炉火，一应齐全，为什么不雇他到那里去呢？我先备好酒菜，到园子再热一下就可以了，这样喝茶和喝酒就都方便了。”我说：“酒和菜固然是热起来十分方便，但是没有煮茶的工具。”芸说：“我带着一个砂罐去，用铁叉子穿着它的把手，把锅拿开，再把罐子悬空架在炉火上方，加些柴火煮茶，不是很方便吗？”我拍手叫好。

街头有一个姓鲍的人，以卖馄饨为生，我们花了一百个铜钱雇他，约定时间为第二天的午后，卖馄饨的人十分高兴地答应了。第二天赏花的时候人都到齐了，我告诉他们芸的主意，大家都十分佩服。午饭以后，大家一起出发，带着席子和垫子。到了南园，我们在柳荫之下围成一圈坐好，先煮茶喝茶，再温酒、热菜。那天风和日丽，遍地油菜，金黄一片，赏花人的青衫红袖穿梭在乡野田间，蜜蜂和蝴蝶在花丛间翩翩起舞，让人沉醉其间，不饮自醉。等到酒菜温好，大家就坐在地上大饱口福。卖馄饨的也不是个俗人，所以我们就拉着他一起喝酒。游人看到了，没有不羡慕的。吃饱喝足之后，每个人都陶然欲醉，有的坐着有的躺着，有的唱歌有的长啸。太阳快要落山的时候，我想喝粥，卖馄饨的为我们买来大米煮粥，大家吃得饱腹方才回家。芸问我们：“今天玩得高兴吗？”大家说：“要不是因为夫人的办法，哪会有如此尽兴！”说完大家都笑着散了。

贫穷人的起居、衣服和食物，还有日常用的器皿以及居住的房屋，都应该简朴、雅致而又干净，这就叫作“就事论事”。我喜欢小酌，不喜欢多吃菜。芸就为我布置了一个梅花盒：里面放六只两寸大的白瓷碟子，中间放一只，四周放五只，用油灰漆好固定住，形状就像梅花一样。盒子底部有凹棱，盖子上有花蒂样的抓手。梅花盒放在几案上，犹如一朵墨梅覆盖在桌面上。打开盖子，里面的菜肴有六种，就像放在花瓣中一样。邀请两三个知己可以随意取用，吃完之后再添。另外还做了矮边圆盘一只，以便摆放酒杯、筷子和酒壶，可随处摆放移动，用起来很方便，这是节省食物的一种办法。

我穿的衣服、袜子，戴的帽子，都是芸亲手做的，衣服破了就移东补西，但是一定整洁。衣服颜色选取深色，不容易弄脏，不仅能穿着去拜访朋友，也能做家居服，为家里节省不少服饰的开支。

刚开始到萧爽楼的时候，我们嫌光线太暗，所以就用白纸糊墙，房间顿时就明亮起来。夏天，楼下的窗子没有遮挡的栏杆，我们感觉很空洞。芸说：“我们还有旧竹帘在，为什么不用它来代替栏杆呢？”我说：“怎么代替？”芸说：“用几根黑色的竹子，横着放一根，竖着放一根，留出走路的地方。把竹帘截掉一半，搭在横竹竿上，使得帘子垂下来与桌面齐平。中间竖起四根短竹竿，用麻绳扎好绑在竹帘上，再在横竹竿搭帘子的地方，找一些旧的黑布条将横竹竿包裹起来缝好，这样既可以遮挡，又可以做装饰，还不浪费钱呢！”这就是“就事论事”的一种方法！

夏季荷花开了，夜晚含苞而清晨开放。芸用小纱袋包上一点茶叶，放花心中。等到第二天早上再取出来，用雨水来烹煮泡茶，其清香味道真是奇妙绝伦！

评 析

与众多意气相投、知情达意的朋友相聚一起，游山玩水。林间野趣，再加上其中浪漫的文化气息，徜徉其间，人间一切沉重的东西，都会抛到一边，让心灵回归自然。你会重新发现，世界是如此精彩，这都是热爱生活的人才能领悟到的。

卷三　坎坷记愁

人生坎坷何为乎来哉？往往皆自作孽耳。余则非也，多情重诺，爽直不羁，转因之为累。况吾父稼夫公慷慨豪侠，急人之难、成人之事、嫁人之女、抚人之儿，指不胜屈[①]，挥金如土，多为他人。余夫妇居家，偶有需用，不免典质。始则移东补西，继则左支右绌。谚云："处家人情[②]，非钱不行。"先起小人之议，渐招同室之讥。"女子无才便是德"，真千古至言也！余虽居长而行三，故上下呼芸为"三娘"。后忽呼为"三太太"，始而戏呼，继成习惯，甚至尊卑长幼，皆以"三太太"呼之，此家庭之变机欤？

注释

① 指不胜屈：数不胜数。

② 处家人情：为人处世，人情世故。

译文

人世间的坎坷从何而来？往往是自作孽招来的呀！但我却不是这样。我多情而重诺，性格豪爽而率直，反而因此受到了连累。何况，我的父亲大人稼夫公，慷慨大方，常常急人所难，成人之美，资助别家的女儿出嫁，还抚养别人家的儿子，帮助人的事情数不胜数，简直是挥金如土为他人。而我们夫妻在家居住的时候，有时急用需要去典当抵押。刚开始是挖东墙补西墙，紧接着难免捉襟见肘。俗话说："为人处世，人情世故，没有不用到钱的。"起先，我们夫妻被小人议论，后来慢慢也遭到自家人嘲笑了。所谓"女子无才便是德"，这句话真是至理格言啊！我在家里是长子，但在家族中排行第三，所以家里上上下下都称呼芸为"三娘"，后来又突然叫她"三太太"。刚开始还只是开玩笑，后来大家便成了习惯，甚至不管尊卑长幼也都称呼芸为"三太太"。这些难道是家庭变故的征兆吗？

评 析

人世的坎坷，一生的颠沛，也许是性格使然。从沈复的描述可以看出，他父亲，为人豪爽仗义，挥金如土，大多是为他人，所以也往往被奸佞小人利用。而沈复夫妻却是过得清苦，两人率性淳朴，待人真诚，却招致一生坎坷命运。

乾隆乙巳，随侍吾父于海宁官舍。芸于吾家书中附寄小函，吾父曰："媳妇既能笔墨，汝母家信付彼司[1]之。"后家庭偶有闲言，吾母疑其述事不当，仍不令代笔。吾父见信非芸手笔，询余曰："汝妇病耶？"余即作札问之，亦不答。久之，吾父怒曰："想汝妇不屑代笔耳！"迨[2]余归，探知委曲，欲为婉剖，芸急止之曰："宁受责于翁，勿失欢于姑也。"竟不自白[3]。

注 释

① 司：负责。

② 迨：等到。

③ 白：解释。

译 文

乾隆乙巳年（1785年），我随同父亲供职于海宁县官署。在寄来的家书中总有芸给我的信件。我的父亲说：“你媳妇既然能动笔写信，以后你母亲的来信，就让她代写吧。”可是后来家里偶尔出现闲言碎语，我母亲就怀疑芸在信上叙述不妥当，所以就不再让她代笔写信了。后来父亲见信上不是芸的笔迹，就问我：“你媳妇生病了吗？”我就写信去询问情况，很久都没有得到芸的回信。过了很长时间，父亲就很生气地跟我说：“我看你媳妇是不屑于代笔写信吧！”等我回到家，探究其中的原因，才知道是芸受了委屈。我本来想委婉向父亲解释芸为何没有代笔写信，可是芸急忙制止我说：“我宁可受公公的指责，也不愿失去婆婆的欢心。”所以，到最后芸也没作自我辩白。

评 析

“木秀于林，风必摧之”，何况在那样女子无才便是德的时代，陈芸遭遇非议也是意料之中的事情。从妻子的代笔写信，到后来的不再书写，中间必然有缘故。到底为了何事，妻子宁愿被公公责备，也不愿去辩白，其中隐情，聪明的沈复应该能猜出一二吧。

庚戌之春，予又随侍吾父于邗江幕中，有同事俞孚亭者挈眷居焉。吾父谓孚亭曰：“一生辛苦，常在客中，欲觅一起居服役之人[①]而不可得。儿辈果能仰体亲意，当于家乡觅一人来，庶[②]语音相合。”孚亭转述于余，密札致芸，倩媒物色，得姚氏女。芸以成否未定，未即禀知吾母。其来也，托言邻女为嬉游者，及吾父命余接取至署，芸又听旁人意见，托言吾父素所合意者。吾母见之曰：“此邻女之嬉游者也，何娶之乎？”芸遂并失爱于姑矣。

注释

① 起居服役之人：这里是指侍妾。

② 庶：希望。

译文

庚戌年（1790年）的春天，我又跟随父亲到了江苏扬州邗江做幕僚。当时有个父亲的同僚叫俞孚亭，他带着家属住在那里。有一天我父亲对俞孚亭说：“我这一辈子在外面辛苦奔波，想找一个能服侍起居的人却没有。儿辈们要是能体谅我的心意，在家乡帮我找一个这样的人来就好了，至少语言可以相通。”俞孚亭将父亲的话转告给了我，我悄悄写了封信给芸，让她请媒人物色人选，后来芸真的选中一个姚姓女子。芸因为不确定这件事情能不能成功，就没敢马上告诉我母亲。等姚姓女子来家后，芸借口说是邻家女过来玩耍。等父亲让我接姚姓女子去官署后，芸又听从旁人意见，说这女子是父亲以前就喜欢的人。我母亲见到这个姚姓女子后说："这不是你邻家过来玩耍的女子吗？你父亲为什么会娶她？"为此，芸就一并失去了婆婆的欢心。

评 析

清官难断家务事，很多时候往往是好心办坏事。可能婆婆对媳妇总是带着挑剔之心吧，即便是陈芸这样端庄贤淑的女子也难讨婆婆欢心。

壬子春，余馆真州。吾父病于邗江，余往省，亦病焉。余弟启堂时亦随侍。芸来书曰："启堂弟曾向邻妇借贷，倩芸作保，现追索甚急。"余询启堂，启堂转以嫂氏为多事，余遂批纸尾曰："父子皆病，无钱可偿，俟启弟归时，自行打算可也。"

未几病皆愈，余仍往真州。芸覆[①]书来，吾父拆视之，中述启弟邻项事，且云："令堂以老人[②]之病皆由姚姬而起，翁病稍痊，宜密嘱姚托言思家，妾当令其家父母到扬接取。实彼此卸责之计也。"吾父见书怒甚，询启堂以邻项事，答言不知，遂札饬余曰："汝妇背夫借债，谗谤小叔，且称姑曰令堂、翁曰老人，悖谬之甚！我已专人持札回苏斥逐，汝若稍有人心，亦当知过！”

余接此札，如闻青天霹雳，即肃书认罪，觅骑遄归[3]，恐芸之短见也。到家述其本末，而家人乃持逐书至，历斥多过，言甚决绝。芸泣曰：“妾固不合妄言，但阿翁当恕妇女无知耳。”越数日，吾父又有手谕至，曰：“我不为已甚。汝携妇别居，勿使我见，免我生气足矣。”乃寄芸于外家，而芸以母亡弟出，不愿往依族中，幸友人鲁半舫闻而怜之，招余夫妇往居其家萧爽楼。

越两载，吾父渐知始末，适余自岭南归，吾父自至萧爽楼谓芸曰：“前事我已尽知，汝盍归乎？”余夫妇欣然仍归故宅，骨肉重圆。岂料又有憨园之孽障耶！

注 释

① 覆：又、再。

② 老人：这里指作者的父亲。

③ 遄（chuán）归：快速地回来。

译 文

壬子年（1792年)的春天，我在真州坐馆。父亲在邗江生病了，我去看望他，结果自己也生病了，我弟弟启堂当时在侍奉父亲。芸写信给我说：“启堂曾经向邻居借钱，让我给做担保，现在人家催着还钱呢。”我问启堂这事，启堂反怪嫂子多管闲事。我于是回复给芸的信尾处说：“我们父子俩都生病了，没有钱偿还，等启堂回家后，他自己处理吧。”

没过多久，我们父子都病愈了，我仍回真州。离开后芸的信到了，父亲就把信拆开看了，信中说了我的弟弟跟邻居的债务事情，而且里面还写道："母亲认为公公的病是因为姚家的女儿才得的，等到公公稍微好一点，你应当悄悄地跟姚氏说，让她推说想念家乡，我自然会让她的父母去扬州接她回去。这实在是彼此推卸责难的权宜之计。"父亲看了信后十分生气，急忙询问弟弟欠债的事，弟弟却回答说不知道。于是父亲就写信命令我说："你的媳妇背着你在外面借钱，还让启堂也跟着受牵连，还称婆婆是'令堂'，称公公为'老人'，真是大逆不道至极！我已经专门让人拿着我的书信回苏州驱逐她出门，你若稍有良知，也应该知道自己的过错！"我接到这封信的时候，如同晴天霹雳，立刻恭恭敬敬写信认错，再找一匹良驹快马赶回家中，害怕芸会寻短见。我刚到家把来龙去脉告诉母亲，家里的下人才带着父亲驱逐的书信回来了。信中列数指责芸的各种过错，言辞非常激烈，不留任何情面。芸哭着说："我是不应该乱说话，但是公公也应该宽恕妇道人家的无知呀！"

过了几天，父亲又有来信说："我不想做得太过分。你带着你媳妇到别处去居住吧！别让我看见，免得让我生气。"于是我让芸先回娘家住一阵子。但是芸的母亲已经去世，而且弟弟也外出了，所以也不愿长住在她的家族中。幸亏我的好朋友鲁半舫听说此事后很是同情我们，所以让我们俩住到他家的萧爽楼中。

两年过去了，我父亲渐渐地知道了这件事情的经过和缘由。正逢我从岭南回来后，父亲来到萧爽楼对芸说："以前的事情我已经知道了，你何不回家去住呢？"我两人非常高兴，仍然回到以前的屋子居住，家人得以重聚。谁能想到后来又出了憨园这么个祸根呢！

评 析

沈复的弟弟，堂堂七尺男儿，不能一人做事一人当，不讲信义，也不顾嫂子做担保的情谊，反而落井下石；急脾气的公公，听信片面之词，武断发作，冤枉陈芸，还要驱逐她；因为公公纳妾的事，又得罪了婆婆。如果不念夫妻情谊，这样的日子要如何继续呢？

芸素有血疾，以其弟克昌出亡不返，母金氏复念子病没[1]，悲伤过甚所致。自识憨园，年余未发，余方幸其得良药。而憨为有力者夺去，以千金作聘，且许养其母。佳人已属沙叱利[2]矣！余知之而未敢言也，及芸往探始末知之，归而呜咽，谓余曰："初不料憨之薄情乃尔也！"余曰："卿自情痴耳，此中人何情之有哉？况锦衣玉食者，未必能安于荆钗布裙也，与其后悔，莫若无成。"因抚慰之再三。而芸终以受愚为恨，血疾大发，床席支离，刀圭[3]无效，时发时止，骨瘦形销。不数年而逋负[4]日增，物议日起，老亲又以盟妓[5]一端，憎恶日甚，余则调停中立，已非生人之境矣。

注 释

① 没：死去。

② 沙叱利：少数民族的人，传言倚仗势力抢走别人的妻子柳氏。

③ 刀圭：旧时用刀圭来量取药末，所以用"刀圭"指代医术。

④ 逋负：欠债。

⑤ 盟妓：和妓女结拜为姐妹。

译 文

芸一直患有咯血的毛病，因为她弟弟离家出走，她的母亲因思念儿子生病去世，所以她悲伤过度而落下这个病。自从认识憨园，她一年多没有发过病，我还庆幸她得到良药。但是后来，憨园被有权势的人夺去，那人用千金作聘礼，还许诺赡养她的母亲。就这样，佳人已属于“沙叱利”了！我知道后一直不敢把这件事告诉芸，等芸去探知实情后，回来哭着对我说：“当初我真没想到憨园这么薄情寡义啊！”我说：“你向来痴情罢了，在那种圈子长大的人，哪能有什么情谊呢？何况她那种过惯锦衣玉食生活的人，也未必能过得惯这样粗茶淡饭的生活，与其以后后悔，倒不如没办成好呢！”因此我再三安慰。但是芸终究因为受到愚弄而愤恨，致使咯血病又发作。她整日卧病在床，床榻上凌乱不堪，药物医治也没什么效果。她的病情时而发作，时而好转，人瘦得几乎只剩下骨头。没过几年，我们欠下的债务与日俱增。家里人对她也是议论四起，我的父母又因为她和憨园结拜过姐妹，对她十分厌恶，我就一直尽量从中调解。但是这里已经不适合我们居住了。

评 析

自古以来，妓女总是为了钱财而活。毕竟，像苏小小那样重情重义的人，历史上是少之又少的。陈芸曾为丈夫觅妾而与憨园结拜过姐妹，这却给了亲友口实，落了话柄，以致在病中被非议，惹公婆不喜。沈复在父母和妻子之间，居中调停，也确实很为难。

芸生一女名青君，时年十四，颇知书，且极贤能，质钗典服，幸赖辛劳。子名逢森，时年十二，从师读书。余连年无馆，设一书画铺于家门之内，三日所进，不敷一日所出，焦劳困苦，竭蹶时形[1]。隆冬无裘，挺身而过，青君亦衣单股栗，犹强曰“不寒”。因是芸誓不医药。

偶能起床，适余有友人周春煦自福郡王幕中归，倩人绣《心经》[2]一部，芸念绣经可以消灾降福，且利其绣价之丰，竟绣焉。而春煦行色匆匆，不能久待，十日告成，弱者骤劳，致增腰酸头晕之疾。岂知命薄者，佛亦不能发慈悲也！

绣经之后，芸病转增，唤水索汤，上下厌之。有西人赁屋于余画铺之左，放利债为业，时倩余作画，因识之。友人某向渠借五十金，乞余作保，余以情有难却，允焉，而某竟挟资远遁。西人惟保是问，时来饶舌。初以笔墨为抵，渐至无物可偿。岁底吾父家居，西人索债，咆哮于门。吾父闻之，召余诃责曰：“我辈衣冠之家，何得负此小人之债！”正剖诉间，适芸有自幼同盟姊锡山华氏，知其病，遣人问讯。堂上误以为憨园之使，因愈怒曰：“汝妇不守闺训，结盟娼妓；汝亦不思习上，滥伍小人。若置汝死地，情有不忍。姑宽三日限，速自为计，迟必首[3]汝逆[4]矣！”

注 释

① 竭蹶（jué）：原指走路艰难，后用来形容经济困难。

②《心经》：指的是佛教的《般若波罗蜜多心经》。

③ 首：向官府举报告发。

④ 逆：忤逆父母的罪行。

译 文

我和芸一共生了两个孩子，女儿叫青君，那时候已经十四岁，她爱读书，知书达理又贤惠能干，日子艰苦时，典当衣服首饰，多亏了她的操劳。儿子叫逢森，已经十二岁，跟着老师念书。我连年没有差事，只好在家门口开了一间书画铺。三天所挣的钱还不够一天的开销。辛劳困苦，艰难度日。隆冬腊月，我们没有厚的衣服御寒，只能勉强熬过去了。青君衣衫单薄冷得发抖，可她还强说自己不冷。因此，芸发誓不再看病吃药。

当时正好我的朋友周春煦从福郡王府回来，他要请人绣一部《心经》。芸考虑到绣《心经》能够消灾避难，而且刺绣的工钱很高，她就强挺着病躯绣起了《心经》。可是周春煦来得十分匆忙，又急于赶回去，不能久待，芸便赶着用了十天时间就绣好了。但是由于芸本身虚弱，突然连日劳作使得她又添上了腰酸头晕的毛病。谁知薄命的人，就连佛祖也不能对她大发慈悲啊！

绣完《心经》后，芸的病更严重了，每天需要人端水吃饭、喂药，家里的人都觉得厌烦了。这时，有一个西洋人在我的画铺左边租了一间房屋，主要以发放高利贷来维持生计，有时候他让我帮忙画画，所以也就和我熟悉起来。我有一个朋友跟他借了五十两银子，请求我为他担保，我觉得不好拒绝就答应了。但是这个人居然拿着钱逃走了，事后西洋人就问我这个担保人要债，经常来找我吵闹。起初我用自己的字画来抵押，后来就没有什么东西可以抵押了。年底的时候，我的父亲回到家里居住，西洋人跑来要债，在家门口大声咆哮。我的父亲听见了，对我叱责说："我们是书香人家，你为什么要欠这些小人的钱呢！"我正在解释辩白这件事的时候，正碰上芸小时候结拜的干姐姐华夫人派人前来拜访，她已经嫁到锡山姓华的人家，听说芸生病，让人来看望她。我的父母误以为那人是憨园派来的，所以更加生气地对我说："你的媳妇不守妇道，跟妓女结交，你也不思进取，跟小人为伍。如果把你置于死地，有点于心不忍，给你们三天时间，迅速搬出去自谋生路吧。迟了就按忤逆和不孝父母之罪去官府告你们！"

评 析

贫贱夫妻百事哀，穷苦的生活使得他们的孩子从小就见惯了世态炎凉，很懂事，尽管冬天没有厚衣服穿，也不叫苦惹父母伤心。而后沈复为朋友仗义作保，却被欺骗，不仅要偿还巨额债务，还招致亲人的误解斥责，甚至被扫地出门，让本来困苦的生活雪上加霜。此处也给后文芸说"求亲不如求友"埋下了伏笔。

芸闻而泣曰："亲怒如此，皆我罪孽。妾死君行，君必不忍；妾留君去，君必不舍。姑密唤华家人来，我强起问之。"因令青君扶至房外，呼华使问曰："汝主母特遣来耶？抑便道来耶？"曰："主母久闻夫人卧病，本欲亲来探望，因从未登门，不敢造次，临行嘱咐：'倘夫人不嫌乡居简亵[1]，不妨到乡调养，践幼时灯下之言。'"盖芸与同绣日，曾有疾病相扶之誓也。因嘱之曰："烦汝速归，禀知主母，于两日后放舟密来。"

其人既退，谓余曰："华家盟姊情逾骨肉，君若肯至其家，不妨同行，但儿女携之同往既不便，留之累亲又不可，必于两日内安顿之。"

时余有表兄王荩臣一子名韫石，愿得青君为媳妇。芸曰："闻王郎懦弱无能，不过守成之子，而王又无成可守。幸诗礼之家，且又独子，许之可也。"余谓荩臣曰："吾父与君有渭阳之谊[2]，欲媳青君，谅无不允。但待长而嫁，势所不能。余夫妇往锡山后，君即禀知堂上，先为童媳，何如？"荩臣喜曰："谨如命。"逢森亦托友人夏揖山转荐学贸易[3]。

注 释

① 简亵：简单，简陋。

② 渭阳之谊：外甥和舅舅的关系。

③ 贸易：做生意。

译 文

芸听到这件事后哭着对我说："公婆如此生气，都是我的罪过，要是我死了，你一个人出去，你肯定不忍心；如果我留在家里而你出去，你一定不舍得。你姑且悄悄招来华家派来的那个人，我勉强起床问问他。”于是我就让女儿青君扶着芸出卧室，再招呼华夫人派来的人询问说：“是你家夫人特地让你来看我，还是顺道来看我？”那人说：“我家夫人很早就听说您生病卧床了，本来想亲自来看您，但因为没有来过，不敢冒昧登门拜访。我来的时候她嘱咐我，要是您不嫌弃乡下地方简陋，不妨到乡下去调养，让她践行小时候的灯下之约。”原来芸与她小时候一起学习刺绣，曾经许下过将来患病相互扶持的誓言。所以芸嘱咐那人说：“麻烦你赶快回去告诉华夫人，请她过两天秘密派小船来接我们。”

那人走后，芸对我说：“结拜姐姐华夫人对我的恩情远胜过亲人，你要是愿意到她家去，不妨跟我一起！但是把儿女都带去也不方便，留下来会拖累父母也不合适。咱们要走的话，这两天内一定要将他们安顿好。”

那时候我有个表兄叫王荩臣，他儿子叫王韫石，表兄很愿意我女儿青君做儿媳妇。芸说：“我听说这个孩子软弱无能，不过是一个守成之子，而且王荩臣又没有多少家业可守。幸好他们是书香之家，而且王韫石又是家里的独生子，这门亲事可以答应。”我便对王荩臣说：“家父是你的舅舅，彼此是舅甥的情谊，所以你想让青君做你的儿媳妇，我们没有不答应的。但是形势紧急，等到青君长大之后再嫁到你们家，恐怕不行。我们夫妻俩去锡山华家后，你随后去请示我的父母，让青君先到你们家做童养媳，怎么样？”王荩臣很高兴地答应了。我的儿子逢森，也被我拜托朋友夏揖山举荐去学习做生意了。

评析

把女儿给人家做童养媳，骨肉分离之痛必煎熬着陈芸的心。然而贫困交加，实属无奈之举，儿子也从读书郎变成学做生意的学徒。一双儿女，不得父母照顾，只好听天由命。真是贫贱夫妻百事哀啊，世事无常，造成这许多不可挽回悲剧的根本原因还是沈复的软弱可欺吧。父亲脾气粗暴而且武断，把他们赶出家门，作为儿子的，尽管要讲究孝道，但总应该有所力争，不是为自己，而是为妻子，还有一双小儿女。

安顿已定，华舟适至，时庚申之腊二十五日也。芸曰："孑然出门，不惟招邻里笑，且西人之项无著，恐亦不放，必于明日五鼓悄然而去。"余曰："卿病中能冒晓寒耶？"芸曰："死生有命，无多虑也。"密禀吾父，亦以为然。

是夜先将半肩行李挑下船，令逢森先卧。青君泣于母侧，芸嘱曰："汝母命苦，兼亦情痴，故遭此颠沛，幸汝父待我厚，此去可无他虑。两三年内，必当布置重圆[①]。汝至汝家须尽妇道，勿似汝母。汝之翁姑以得汝为幸，必善视汝。所留箱笼什物，尽付汝带去。汝弟年幼，故未令知，临行时托言就医，数日即归，俟[②]我去远告知其故，禀闻祖父可也。"

旁有旧妪，即前卷中曾赁其家消暑者，愿

送至乡，故是时陪侍在侧，拭泪不已。将交五鼓，暖粥共啜[3]之。芸强颜笑曰："昔一粥而聚，今一粥而散，若作传奇，可名《吃粥记》矣。"逢森闻声亦起，呻曰："母何为？"芸曰："将出门就医耳。"逢森曰："起何早？"曰："路远耳。汝与姊相安在家，毋讨祖母嫌。我与汝父同往，数日即归。"

鸡声三唱，芸含泪扶妪，启后门将出，逢森忽大哭曰："噫，我母不归矣！"青君恐惊人，急掩其口而慰之。当是时，余两人寸肠已断，不能复作一语，但止以"勿哭"而已。青君闭门后，芸出巷十数步，已疲不能行，使妪提灯，余背负之而行。将至舟次，几为逻者所执[4]，幸老妪认芸为病女，余为婿，且得舟子皆华氏工人，闻声接应，相扶下船。解维后，芸始放声痛哭。是行也，其母子已成永诀矣！

注 释

① 重圆：重新团圆。

② 俟（sì）：等待

③ 啜：吃。

④ 执：抓住。

译 文

安顿好两个孩子后，华家来接我们的小船刚好到了，那天正好是嘉庆庚申年（1800年）腊月二十五。芸说："我们这样孑然一身出门，不仅招惹邻居说闲话，而且欠下那个西洋人的债还没有解决，恐怕他也不肯轻易放过我们呢！我看要走的话就在明天五更时悄悄出门。”我说：“你还病着，能顶得住清晨的风寒吗？”芸说：“生死有命，没有什么好顾虑的。”于是我私下里告诉我的父亲，他也同意了。

当天晚上，我先将半担行李放在船上，然后让儿子逢森先睡觉，青君哭着坐在芸旁边。芸嘱咐她说：“你娘我命苦，又痴情，所以才会遭遇这样颠沛流离的苦难。幸好你父亲待我好，我这样离开也没有什么顾虑了。两三年内，我们一定想办法团聚。你到了王家后，一定要守妇道，千万别像我一样。你公公婆婆都会以得到你这样好的儿媳，感到有福气，也必然会善待你。我们留下箱柜里的一些杂物，都交给你带走。你弟弟还小，所以没告诉他我们的去向。临走时我跟他说我要去看病，过些日子再回来。等我们走远了，你再告诉弟弟实情，再去报告给你祖父就行了。”

这时旁边有个老太太，就是前卷中我们租她家房子避暑的房东太太，愿意送我们到乡下去。所以这时候她一直陪在旁边，一直为我们流眼泪。天将近五更的时候，我们热了粥一起吃。芸强颜欢笑对我说：“我们过去因为一碗粥而欢聚，如今以一碗粥而道别，如果要写本传奇戏剧，那就叫它《吃粥记》了。”此刻逢森听到声音，急忙爬起来问道：“母亲你要干什么去？”芸说：“我要出门去看病。”逢森又问：“为什么起这么早？”芸说：“因为路途太远，你和姐姐在家要听话，不要惹你祖母生气。我跟你父亲一起去，过几天才会回来。”

鸡叫了三遍，芸哭着扶着老太太，打开后门准备出去。逢森突然大哭起来说：“噫！我的母亲不会回来了！”青君害怕惊醒了别人，赶紧捂住他的嘴巴安慰他。此时，我们都肝肠寸断，一句话也说不出来，只能不停劝他不要哭而已。

女儿青君关上门后，芸走出小巷十几步远，就已经疲惫得走不动了。我叫老太太提着灯笼，自己背着芸往前走。快要走到停船处的时候，差点被巡逻的人抓住。幸亏老太太急中生智，把芸当作自己生病的女儿，把我说是她的女婿，而且船上都是华家的人，听到声音后赶忙来接应，扶着上了船。解开缆绳开船后，芸这才开始放声痛哭起来。没想到这次出行，居然成了儿女与母亲的诀别！

评 析

世事无常，人生难料，种种变故，沈复回忆起来也不免热泪盈眶吧。他的一双儿女，青君和逢森，身在变故的旋涡之中，不知命运走向。跨越时空，小儿子逢森的哭诉“我母亲不会再回来了啊！”似乎是一语成谶，从此母子天各一方，直至死亡。

华名大成，居无锡之东高山，面山而居，躬耕为业，人极朴诚，其妻夏氏，即芸之盟姊也。是日午未之交[1]，始抵其家。华夫人已倚门而待，率两小女至舟，相见甚欢，扶芸登岸，款待殷勤。四邻妇人孺子哄然入室，将芸环视，有相问讯者，有相怜惜者，交头接耳，满室啾啾[2]。芸谓华夫人曰：“今日真如渔父入桃源矣。”华曰：“妹莫笑，乡人少所见，多所怪耳。”自此相安度岁。

至元宵，仅隔两旬而芸渐能起步，是夜观龙灯于打麦场中，神情态度，渐可复元。余乃心安，与之私议曰："我居此非计，欲他适而短于资，奈何？"芸曰："妾亦筹之矣。君姊丈范惠来现于靖江盐公堂司会计，十年前曾借君十金，适数不敷，妾典钗凑之，君忆之耶？"余曰："忘之矣。"芸曰："闻靖江去此不远，君盍一往？"余如其言。

时天颇暖，织绒袍哔叽短褂，犹觉其热。此辛酉正月十六日也。是夜宿锡山客旅，赁被而卧。晨起趁江阴航船，一路逆风，继以微雨，夜至江阴江口。春寒彻骨，沽酒御寒，囊为之罄[3]。踌躇终夜，拟卸衬衣质钱而渡。十九日北风更烈，雪势犹浓，不禁惨然泪落，暗计房资渡费，不敢再饮。

注 释

① 午未之交：午时和未时交接的时间，下午一点左右。

② 啾啾：象声词，这里指说话的声音。

③ 罄：空了。

译 文

华老爷名叫大成，居住在无锡东面的高山上，房子面对着山。他依靠种地维持生计，为人十分纯朴，他的夫人夏氏跟芸是结拜的姐妹。那天下午一点，我们才到他们家，华夫人已经在门口等着了，她带着两个小女儿来到船边，姐妹相见甚欢。她扶着芸上了岸，十分殷勤地款待我们。周围的街坊邻居、老人孩子都热热闹闹地进了屋，把芸仔细打量了一遍，有的来问好，有的表示怜惜，大家交头接耳，满屋子都是说话声。芸对华夫人说：“今天真像是陶渊明说的‘渔夫进了桃花源’了！”华夫人说：“妹妹不要笑话，乡下人少见多怪，没见过什么世面罢了！”从那以后，我们在这里安定下来，平静度日。

到元宵节，仅隔了二十天，芸竟然能慢慢站起来走路了。那天夜里我们在打麦场观看龙灯，见她的神色也渐渐恢复元气。我这才放下心来，私下对她说：“我们居住在这里并不是长久之计，想搬走，又没钱，你说怎么办？”芸说：“我也在筹谋这件事呢，你姐夫范惠来现在在靖江县盐业公堂当会计，十年前他曾向你借了十两银子，那时候钱不够，我还当了一个银钗才帮他凑足，你还记得吗？”我说：“我已经把这事给忘记了。”芸说：“我听说这里离靖江不远，你为什么不去一趟看看情况呢？”我便按她说的去做了。

那天正好是辛酉年（1801年）正月十六，天气还挺暖和，我只穿了一件绒袍和一件哔叽短褂，竟然还觉得热。当天夜里我在锡山旅馆投宿，租了床被子睡觉。早上起来乘船去江阴，一路上逆风而行，还下起了小雨，直到夜里才到了江阴口岸。这时夜晚又觉得春天的寒气刺骨，我就去买酒喝御寒，很快口袋里的钱就要用完了。我整夜犹豫不决，就打算把衬衣典当了换钱渡江。到了十九日，北风吹得更加猛烈了，好像快要下雪了，我不禁流下眼泪，心里暗自盘算住宿和渡江的钱，就再也不敢喝酒了。

评 析

天无绝人之路，让人欣慰的是，在好心的盟姐的帮助下，沈复夫妻总算找到了一个暂时逃脱困境，芸的身体得以调养的地方。山清水秀，人心淳朴，陈芸的身体不到一个月就大有起色，暗示了之前家中不利休养的生存环境。然而，寄人篱下的生活不能长久，救急不救穷，小两口商量着新的解决办法，于是沈复踏上了新的路途。一路拮据窘迫的境况，让人不忍，但家里的顶梁柱仍要前行。

正心寒股栗间，忽见一老翁草鞋毡笠负黄包入店，以目视余，似相识者。余曰："翁非泰州曹姓耶？"答曰："然。我非公，死填沟壑矣！今小女无恙，时诵公德。不意今日相逢，何逗留于此？"盖余幕泰州时有曹姓，本微贱，一女有姿色，已许婿家，有势力者放债谋其女，致涉讼，余从中调护，仍归所许，曹即投入公门为隶，叩首作谢，故识之。余告以投亲遇雪之由，曹曰："明日天晴，我当顺途相送。"出钱沽酒，备极款洽。

二十日晓钟初动，即闻江口唤渡声，余惊起，呼曹同济。曹曰："勿急，宜饱食登舟。"乃代偿房饭钱，拉余出沽。余以连日逗留，急欲赶渡，食不下咽，强啖麻饼两枚。及登舟，江风如箭，四肢发战。曹曰："闻江阴有人缢于靖，其妻雇是舟而往，必俟雇者来始渡耳。"枵腹[①]忍寒，午始解缆。至靖，暮烟四合矣。曹曰：“靖有公堂两处，所访者城内耶？城外耶？”余踉跄随其后，且行且对曰：“实不知其内外也。”曹曰：“然则且止宿，明日往访耳。”进旅店，鞋袜已为泥淤湿透，索火烘之，草草饮食，疲极酣睡。

晨起，袜烧其半，曹又代偿房饭钱。访至城中，惠来尚未起，闻余至，披衣出，见余状惊曰：“舅何狼狈至此？”余曰：“姑勿问，有银乞借二金，先遣送我者。”惠来以香饼二圆授余，即以赠曹。曹力却，受一圆而去。余乃历述所遭，并言来意。惠来曰：“郎舅至戚，即无宿逋[②]，亦应竭尽绵力，无如航海盐船新被盗，正当盘账之时，不能挪移丰赠，当勉措番银二十圆以偿[③]旧欠，何如？”余本无奢望，遂诺之。留住两日，天已晴暖，即作归计。

二十五日仍回华宅。芸曰：“君遇雪乎？”余告以所苦。因惨然曰：“雪时，妾以君为抵靖，乃尚逗留江口。幸遇曹老，绝处逢生，亦可谓吉人天相矣。”

越数日，得青君信，知逢森已为揖山荐引入店，荩臣请命于吾父，择正月二十四日将伊接去。儿女之事粗能了了，但分离至此，令人终觉惨伤耳。

注释

① 枵（xiāo）腹：饿着肚子。

② 宿逋：往日的债务。

③ 偿：偿还。

译 文

正在我心寒体颤的时候，忽然看见一个穿着草鞋、戴着斗笠的老人，背着个黄色包袱走进店里。他打量着我，我也觉得好像在哪里见过他，所以问道：“老人家，你是泰州的曹老汉吗？”他回答说：“是啊，当年要不是恩公，恐怕我早就死在山沟了。现在我女儿平安无恙，她还时常念叨您的恩德呢！没想到今天在这个地方与您遇见，您为什么会在这里停留呢？”说起这个姓曹的老人，他还是我当初在泰州做幕僚的时候认识的。那时，他家里贫穷，有个女儿长得很是漂亮，已经许配了人家。一个有权势的人放高利贷给曹老汉想图谋他的女儿来抵债，致使诉讼公堂打起了官司。我当时从中调解，使他女儿得以回家，嫁给了原来许配的人家。后来曹老汉进县府公门当了差役，当面向我叩头表示感谢，所以我才会认识他。我告诉曹老汉自己出门投亲，途中遇到大风雪，曹老汉说：“等明天天晴了，我正好和你顺路，送你一程。”接着，他又出钱买酒热情款待我。

正月二十日早，晨钟才刚刚敲响，我就听到有人在渡口叫人开船，我被惊醒，叫曹老汉一起渡河。曹老汉说：“不用急，咱们大可吃饱了之后再上船。”于是他帮我付了房钱和饭钱，拉着我出去喝酒。我因为已经停留了很多天，着急上船，所以吃不下什么东西，勉强吃了两块麻饼垫肚。等到登上船，江面上的风就像利箭一样，我的四肢都已经冻得发僵了。曹老汉说：“我听说江阴有个人在靖江上吊死了，他的妻子雇这只船去那里，一定会等到雇船的人来了才会开船的。”我忍饥挨饿，到中午的时候船才开动，到镇江已经是暮色四起的傍晚。曹老汉说：“靖江有两个盐业公署，你要找的那个人住在城内还是在城外？”我一步一踉跄地跟在他后面，一边走一边说：“我也实在不知道他到底是住在城内还是城外。”曹老汉说：“既然这样，就先住下吧，明天再去拜访。”于是我们进了旅馆，这才发现我的鞋袜都浸满污泥，湿透了，便向店小二要来炭火烘烤。我们随便吃了点东西，实在是累极了，倒头就睡，睡得十分香甜。

早上起来的时候，我发现袜子被烧掉了一半，曹老汉又为我交了房钱和饭钱。找到城中的盐业公署时，姐夫范惠来还没有起床，听说我来了，披着衣服就出来了。他看到我凄惨的样子，十分惊讶地问：“小舅子，你怎么狼狈到这种地步了？”我说：“你先别多问了，有银子就借我二两，让我先还给送我来的这位老人。”范惠来听了就给我拿出两块外国银币，我把它还给曹老汉。可是曹老汉拒绝不收，最后只坚持拿了一块走了。随后我就将途中遭遇，以及此次的来意告诉了他。姐夫惠来说：“小舅子是我的至亲之人，即便我以前没有欠你钱，也应当竭尽全力资助你。不过最近我们的航海盐船刚被盗，现在又是盘账的时候，我不能挪用公款多给你，所以只能勉强凑够二十块外国银币给你，以偿还我欠下的旧债，你觉得怎么样？”我本来就没有抱太大的希望，就答应了。我在惠来那里住了两天，天气已经变暖了，便打算回家去。

二十五日我回到华家居住的地方，芸急忙问我：“路上下大雪了吧？”我便将一路上的苦楚告诉了她。芸非常悲伤地说：“下雪的时候，我以为你已到达靖江了呢！没想到你还停留在江口。幸亏你遇到了曹老汉，而绝处逢生，这真是吉人自有天助啊！”

过了几天，我们收到女儿青君的来信说，逢森已由夏揖山推荐到小店当学徒了，王荩臣已取得我父亲的同意，选择正月二十四

日为婚期，把青君接过去的事情。儿女们的事情就这样草草有了结果，但是骨肉分离到这种程度，终究我们做父母的还是觉得十分凄惨伤心啊！

评析

沈复讨债的路途中，因手头拮据，又困于大雪，幸好遇到曾经帮助过的曹老汉，才得以解困。姐夫范惠来愿意还钱，并把当年的十两银子偿还为二十块外国银币，也是帮了忙。这些都是天意，所谓“行善得善”，此话虽浅显，道理却很深刻。

二月初，日暖风和，以靖江之项[①]薄备行装，访故人胡肯堂于邗江盐署，有贡局众司事公延入局，代司笔墨，身心稍定。

至明年壬戌八月，接芸书曰：“病体全瘳[②]，惟寄食于非亲非友之家，终觉非久长之策，愿亦来邗，一睹平山之胜。”余乃赁屋于邗江先春门外，临河两椽，自至华氏接芸同行。华夫人赠一小奚奴曰阿双，帮司炊爨[③]，并订他年结邻之约。

时已十月，平山凄冷，期以春游。满望散心调摄，徐图骨肉重圆。不满月，而贡局司事忽裁十有五人，余系友中之友，遂亦散闲。芸始犹百计代余筹画，强颜慰藉，未尝稍涉怨尤。至癸亥仲春，血疾大发。余欲再至靖江作“将伯”之呼，芸曰：“求亲不如求友。”余曰：“此言虽是，亲友虽关切，现皆闲处，自顾不遑。”芸曰：“幸天时已暖，前途可无阻雪之虑，愿君速去速回，勿以病人为念。君或体有不安，妾罪更重矣。”

时已薪水不继，余佯[4]为雇骡以安其心，实则囊饼徒步，且食且行。向东南，两渡叉河，约八九十里，四望无村落。至更许，但见黄沙漠漠，明星闪闪，得一土地祠，高约五尺许，环以短墙，植以双柏，因向神叩首，祝曰：“苏州沈某，投亲失路至此，欲假神祠一宿，幸神怜佑。”于是移小石香炉于旁，以身探之，仅容半体。以风帽反戴掩面，坐半身于中，出膝于外，闭目静听，微风萧萧而已。足疲神倦，昏然睡去。

及醒，东方已白，短墙外忽有步语声，急出探视，盖土人[5]赶集经此也。问以途，曰；“南行十里即泰兴县城，穿城向东南十里一土墩，过八墩即靖江，皆康庄也。”余乃反身，移炉于原位，叩首作谢而行。过泰兴，即有小车可附[6]。申刻抵靖，投刺焉。良久，司阍者[7]曰：“范爷因公往常州去矣。”察其辞色，似有推托，余诘之曰：“何日可归？”曰：“不知也。”余曰：“虽一年亦将待之。”阍者会余意，私问曰：“公与范爷嫡郎舅耶？”余曰：“苟非嫡者，不待其归矣。”阍者曰：“公姑待之。”越三日，乃以回靖告，共挪二十五金。

注 释

① 靖江之项：上次靖江之行得来的姐夫范惠来偿还的银两。

② 瘳(chōu)：病愈。

③ 炊爨（cuàn）：烧火煮饭。

④ 佯：假装。

⑤ 土人：当地人。

⑥ 附：乘坐。

⑦ 司阍者：看门的人。

译文

二月初，天气十分暖和，我用范惠来还的钱准备了简单的行李，到邗江盐署拜访以前的老朋友胡肯堂。在税务衙门的管事共同推举下，我暂时负责文书工作，如此，生活感觉稍微安定。

到了第二年，也就是壬戌年（1802年）八月的时候，我收到芸的来信，说："我的身体已经痊愈，只是一直寄宿在非亲非故的人家里，终究觉得不是长远打算，我也想要去邗江，看一看平山的美好景色。"于是我就在邗江的先春门外租了房子，是靠近河流的两间屋子，然后我亲自去华家接了芸跟我一起住。华夫人送给我们一个小丫头名叫阿双，帮芸煮饭做菜，还跟芸约定来年也要搬过来继续做邻居。芸搬过来已经十月了，平山已是十分寒冷，我们就想着明年春天的时候再去平山游玩。那时，我心中想的都是要让芸调理好身体，慢慢地再设法让全家人团聚。不料不到一个月，税局突然裁员十五人，因为我是托人介绍来的，所以也在被裁之列。芸开始想方设法帮我筹划，还强打着精神安慰我，没有一点儿抱怨。到了癸亥年（1803年）春天，芸的咯血病突然又发作了，我想要再去靖江找姐夫求助，芸却说："求亲不如求友。"我说：话是这样说，但是朋友尽管关心我们，现在他们却都赋闲在家，已经自顾不暇了。"芸说："幸好天气已经变暖，前行的道路也不用担心下雪，希望你快去快回，不要担心我这个病人。你的身体如果出了什么毛病，我的罪过就更重了。"

当时我的薪水已经不发放了，我就假称我雇了骡子代步让芸安心，实际上是带着装饼的行囊徒步前行，路上边走边吃饼。我向东南方向走，渡过两次分汊的河流，差不多行了有八九十里路，到处都没有村庄的痕迹。到了夜里一更多，只见黄沙漫漫，繁星闪闪。我寻找到一间土地庙，差不多有五尺高，四周被矮墙围着，旁边种了两排柏树，然后我就向土地神磕头祈祷说："我是来自苏州的沈某人，因为投奔亲戚流落至此，想要借您的神庙住一晚上，希望神明保佑我。"于是我就把香炉搬到一边，把身体塞进去试探，发现只能容纳半个身体。我用帽子反戴在脸上，半个身子坐在里面，膝盖露在外面。我闭目静听，微风习习。由于两脚疲乏，精神困顿，所以我很快便睡着了。

醒来的时候，天已经亮了，矮墙外忽然听见有脚步和说话的声音。我急忙探头一看，原来是当地人赶集经过这里。我便向他们问路，他们说："向南走十里就是泰兴县城，穿过县城向东南走十里路有一个土墩。走过八个土墩，就到靖江了，剩下的路就好走了。"我于是又返回来将小香炉搬到原来的位置上，再向土地神叩头作谢后才离开。过了泰兴，我就搭上了过路的小车。下午四点左右到了靖江盐署，我递上名帖求见我的姐夫。过了很久，看门的人才出来说："范老爷因公到常州去了！"我看他说话的神色有点故意推托的意思，就问："那他什么时候能回来？"对方说："我也

不知道！”我说：“就算是等上一年，我也在这里等他！”看门人知道我的意思，偷偷问我：“你真是范老爷的亲小舅子？”我说：“如果不是亲小舅子，我就不在这里等了！”看门人便说：“那您姑且等着。”过了三天，守门人将姐夫范惠来从常州回到靖江的消息告诉我，我这次向他一共借了二十五两银子。

评 析

一场闲适落尽，冷冷清清，只剩下秋般的萧瑟。这人情冷暖，中间的是是非非很少有人能够说清楚、道明白，毕竟沈复的姐夫最终还是借了二十五两银子给他。世界之大，哪有什么十全十美？唯有知恩，知足，知苦，知乐。

雇骡急返，芸正形容惨变，咻咻涕泣。见余归，卒然曰：“君知昨午阿双卷逃乎？倩人大索，今犹不得。失物小事，人系伊母临行再三交托，今若逃归，中有大江之阻，已觉堪虞，倘其父母匿子图[1]诈，将奈之何？且有何颜见我盟姊？”余曰：“请勿急，卿虑过深矣。匿子图诈，诈其富有也，我夫妇两肩担一口耳，况携来半载，授衣分食，从未稍加扑责，邻里咸知。此实小奴丧良，乘危窃逃。华家盟姊赠以匪人，彼无颜见卿，卿何反谓无颜见彼耶？今当一面呈县立案，以杜后患可也。”

芸闻余言，意似稍释。然自此梦中呓语，时呼“阿双逃矣”，或呼“憨何负我”，病势日以增矣。

余欲延医诊治，芸阻曰；“妾病始因弟亡母丧，悲痛过甚，继为情感，后由忿激，而平素又多过虑，满望努力做一好媳妇而不能得，以至头眩、怔忡诸症毕备，所谓病入膏肓[②]，良医束手，请勿为无益之费。忆妾唱随二十三年，蒙君错爱，百凡体恤，不以顽劣见弃，知己如君，得婿如此，妾已此生无憾！若布衣暖，菜饭饱，一室雍雍，优游泉石，如沧浪亭、萧爽楼之处境，真成烟火神仙矣。神仙几世才能修到，我辈何人，敢望神仙耶？强而求之，致干造物之忌，即有情魔之扰。总因君太多情，妾生薄命耳！”因又呜咽而言曰：“人生百年，终归一死。今中道相离，忽焉长别，不能终奉箕帚[③]，目睹逢森娶妇，此心实觉耿耿。”言已，泪落如豆。

注 释

① 图：图谋。

② 病入膏肓（huāng）：形容病情严重，无法医治。

③ 箕帚（jī zhǒu）：料理家务。

译 文

我赶紧雇了骡子返回家，发现芸正面容憔悴惨淡，并一直喘息哭泣着。她见我回来，突然说：“你知道昨天下午小丫头阿双拿着我们的钱财逃跑了吗？我请人到处找她，现在也没找到。丢失钱财是小事，可是阿双是她母亲临走时再三交托我的。她如果逃跑回家，中途有大江阻隔，本来就让人非常担心。如果她父母故意把她藏匿起来向我们敲诈，我们又该怎么办？我还有什么脸面去见干姐姐？”我说：“你先别急，你想得太严重了。他们要是想要敲诈，应当去找富人家，而我们夫妻俩身无长物，没什么可敲诈的。何况带她来了半年，我们经常把衣服和食物分给她，也从未对她指责打骂，这些我们的邻居都是知道的。这件事纯粹是小丫头丧尽天良，趁你生病偷盗财物。华夫人把这样的人送给你，她自己已经没面子见你了，你怎么反说没有脸再见她呢？现在我们应该把这件事报官立案，以杜绝后患。”芸听了我的话，心情也就稍微放松了。但从那以后她常常说梦话，比如“阿双逃跑了”！或是“憨园为什么辜负我”？她的病情日渐严重了。

我想要去找医生来给芸看病，她阻止我说：“我的病是最初因为弟弟离家、母亲去世而太过悲伤，接着又因为感情上受了欺骗而心情激愤，而且我平时又多愁善感，本来满心希望做一个好媳妇而不能做到，以至于头眩心悸，多种疾病一起发作起来，正所谓病情已到了不可挽救的地步，就是再好的医生也没有办法，你就不要为了我再花冤枉钱了。想到我嫁给你二十三年，承蒙你的爱护和百般体谅，不因为我的顽劣而舍弃我。有一个像你这样的夫君，像你这样的知己，我这辈子已经没有什么遗憾了。过去那段以布衣取暖，以菜饭充饥，一家人其乐融融地在一起，在山水之间游玩，尤其是在沧浪亭、萧爽楼中的日子，真的像是神仙过的日子。而真正的神仙要修炼好几辈子，像我这样的凡夫俗子怎么敢奢求去当神仙呢！所以说，强求过那样的生活，才犯了上天的忌讳，也就有了过于沉溺情爱而扰乱身心的恶果。总之，就是因为你对我太多情了，而我又太薄命了才这样！”接着，她又哭着说道：“人生短短百年，终归一死。现在我俩中道相离，即将永别，我不能终身侍奉你，帮你操持家务，也看不到儿子逢森娶亲结婚了，我心里实在是觉得无法释怀。”说完，她的眼泪像珍珠一般滚落下来。

评 析

人生百年，终归尘土。弥留之际，即便有万般不舍也敌不过时光荏苒。这其中的悲痛，寥寥数语又岂能说清。古人说，“情深不寿”，这大概也是陈芸对自身命运的妥协。古往今来，女子即使再聪慧，也逃不过一个“情”字，这个“情”字能让女子对自身的任何处境，都甘之如饴，甚至临死前都叹息自己福分不够。

余勉强慰之曰：“卿病八年，恹恹欲绝者屡矣，今何忽作断肠语耶？”芸曰：“连日梦我父母放舟来接，闭目即飘然上下，如行云雾中，殆魂离而躯壳存乎？”

余曰：“此神不收舍，服以补剂，静心调养，自能安痊。”芸又欷歔[1]曰：“妾若稍有生机一线，断不敢惊君听闻。今冥路已近[2]，苟再不言，言无日矣。君之不得亲心，流离颠沛，皆由妾故，妾死则亲心自可挽回，君亦可免牵挂。堂上春秋高矣，妾死，君宜早归。如无力携妾骸骨归，不妨暂厝[3]于此，待君将来可耳。愿君另续德容兼备者，以奉双亲，抚我遗子，妾亦瞑目矣。”言至此，痛肠欲裂，不觉惨然大恸。余曰：“卿果中道相舍，断无再续之理，况‘曾经沧海难为水，除却巫山不是云’耳。”芸乃执

余手而更欲有言，仅断续叠言“来世”二字，忽发喘口噤，两目瞪视，千呼万唤已不能言。痛泪两行，涔涔流溢，既而喘渐微，泪渐干，一灵缥缈，竟尔长逝！时嘉庆癸亥三月三十日也。当是时，孤灯一盏，举目无亲，两手空拳，寸心欲碎。绵绵此恨，曷其有极！承吾友胡省堂以十金为助，余尽室中所有，变卖一空，亲为成殓。

鸣呼！芸一女流，具男子之襟怀才识。归吾门后，余日奔走衣食，中馈缺乏，芸能纤悉不介意。及余家居，惟以文字相辩析而已。卒之疾病颠连[4]，赍恨以没[5]，谁致之耶？余有负闺中良友，又何可胜道哉！奉劝世间夫妇，固不可彼此相仇，亦不可过于情笃。话云“恩爱夫妻不到头”，如余者，可作前车之鉴也。

注 释

① 欷歔（xī xū）：同“唏嘘”，哭泣后不由自主地急促呼吸。

② 冥路已近：死期将至。

③ 暂厝（cuò）：人死后浅埋以待改葬或停柩待葬。

④ 颠连：困顿不堪；困苦。

⑤ 赍（jī）恨以没：赍恨，抱憾。指陈芸带着遗憾离世。

译 文

我强忍着悲伤说：“你患病已经八年，病得快要活不下去有多次了，可还是挺过来了，今天怎么忽然说起这些伤心断肠的话呢？”芸说：“连日来，我梦见我父母派船来接我，闭上眼睛便感觉身子在上下飘浮，像是在云雾中行走。大概是魂魄已经离开，而只留下了躯壳了吧？”我说：“你这是魂不守舍，服用补药，静下心来休养，自然就能够痊愈。”芸又哭着说：“要是我还有一线生机，我也不敢让你受惊听到这些话。如今我的死期将至，要是现在还不说，以后就没有机会对你说了。你得不到父母的喜欢而颠沛流离在外，都是我造成的。我死后，他们的心自然可以挽回，你也就没有什么好牵挂的了。公公婆婆岁数大了，你应该早些回家尽孝。如果夫君没有能力把我的遗骨带回去，可以暂时浅埋在这里，以后再想办法。希望你再续娶一个德貌兼备的女子，以侍奉父母双亲，把我的孩子抚养成人，这样我死也可以瞑目了。”说到这里，我俩悲痛欲绝，大哭起来。我说：“如果你真的半路离开我，我断然没有续娶的道理，何况‘曾经沧海难为水，除却巫山不是云’啊！”芸拉着我的手像是还有话说，但只是断断续续重复着“来世”二字。突然，她发出喘息声，紧闭着嘴，瞪起两眼紧紧看着我，任凭我怎么呼唤她，她也无法出声。只有她脸上悲痛流下的两行眼泪，接着，她的喘息声减弱，眼泪也渐渐干了，而她的灵魂已经飘然离去，她就这么离开人世了！那时正是嘉庆癸亥年（1803年）三月三十日。当时，我孑然一身，只有孤灯相伴，举目无亲，两手空空，寸心欲碎。我内心的痛苦绵绵不绝，什么时候才是个尽头啊！

多亏了朋友胡肯堂资助我十两银子，我将室内所有的东西变卖一空，亲自为芸入殓丧事。呜呼！芸虽是个女子，却有着男子的胸襟和才识！自从她嫁到我家，我每天都在为生计奔波，缺衣少食，可她却毫不介意。我在家的时候，也只是跟我互相辩论欣赏诗文罢了。最后她身患重病，颠沛流离，带着遗憾去世，这是谁造成的呢？我对这位闺中良友的亏欠，又怎能说得完呢？我劝人世间的夫妻，固然不能相互仇视，但也不能过于深情。俗话说“恩爱夫妻不到头”，像我这样，可以作为前车之鉴啊！

评析

陈芸知书达理，沈复重情重义，夫妻俩相敬如宾，可惜恩爱夫妻不长久。芸娘之逝，令人伤悲，儿女不得见，客死异乡，犹自遗言切切，令人心酸难耐，而沈复则是举目无亲，最后得到朋友的帮助，才将妻子安葬。这其中的悲伤与无奈，岂“前车之鉴”四字了得?

回煞[①]之期，俗传是日魂必随煞而归，故房中铺设一如生前，且须铺生前旧衣于床上，置旧鞋于床下，以待魂归瞻顾，吴下相传谓之“收眼光”。延羽士作法，先召于床而后遣之，谓之“接眚[②]”。邗江俗例，设酒肴于死者之室。一家尽出，调之“避眚”。以故有因避被窃者。

芸娘眚期，房东因同居而出避，邻家嘱余亦设肴远避。众冀魄归一见，姑漫应之。同乡张禹门谏余曰：“因邪入邪，宜信其有，勿尝试也。”余曰：“所以不避而待之者，正信其有也。”张曰：“回煞犯煞，不利生人，夫人即或魂归，业已阴阳有间，窃恐欲见者无形可接，应避者反犯其锋耳。”时余痴心不昧，强对曰：“死生有命。君果关切，伴我何如？”张曰：“我当于门外守之，君有异见，一呼即入可也。”

余乃张灯入室，见铺设宛然而音容已杳，不禁心伤泪涌。又恐泪眼模糊失所欲见，忍泪睁目，坐床而待。抚其所遗旧服，香泽犹存，不觉柔肠寸断，冥然昏去。转念待魂而来，何去遽[3]睡耶？开目四现，见席上双烛青焰荧荧，缩光如豆，毛骨悚然，通体寒栗。因摩两手擦额，细瞩之，双焰渐起，高至尺许，纸裱顶格几被所焚。余正得借光四顾间，光忽又缩如前。此时心舂股栗，欲呼守者进观，而转念柔魂弱魄，恐为盛阳所逼，悄呼芸名而祝之，满室寂然，一无所见。既而烛焰复明，不复腾起矣。出告禹门，服余胆壮，不知余实一时情痴耳。

注 释

① 回煞：又称回魂，指的是人死若干日后灵魂回家一次的行为，一般在人死后七天发生。

② 接眚（shěng）：一般是在人死后的“头七”举办的，又称回魂、回煞、做七。避眚、眚期，指人死后若干天魂要回家，届时家属应出避。

③ 遽（jù）：快速。

译 文

所谓回煞之期，是指亡魂一定会带着凶煞回到旧居，所以房间里的摆设应该和死者生前一样，还要在床上铺上死者生前的旧衣服，在床下放好旧鞋子，以待亡魂回来的时候查看，吴地人称之为“收眼光”。请道士来作法场，先把亡魂招至床上，然后再遣出，叫作“接眚”。按邗江的风俗，还得在死者的屋里摆设酒菜，一家人都出去，叫“避眚”。因此，当地有因为避眚而家里被盗的

情况。

到了芸的眚期，房东因为过去是和我们一起生活而外出回避，邻家嘱咐我要回避后也远远避开了。我本来就希望与芸的魂灵再见一面，姑且敷衍答应他们。我的同乡张禹门规劝我说：“因邪入邪，你最好相信有这回事，不要去尝试啊！”

我说：“我不躲避反而在屋里等她，就是因为相信魂灵的存在。”张禹门说：“魂灵回煞会带有煞气，对活人没有好处，夫人的魂灵即使回来了，也跟你阴阳相隔，我只是怕你想要见到却看不见，应该避开的你却冲犯她的凶气。”当时我实在是太痴心了，坚持说：“生死都有定数，你这么关心我，跟我一起怎么样？”张说：“我可以在门外守候，你要是觉得异常，叫我一声我立马进去。”

于是，我便点灯进入屋子，看到屋内的铺设还如芸生前的一样，而芸的音容笑貌却永远见不到了，我不禁伤心落泪。我又担心眼泪模糊了双眼，错过与芸相见的机会，只好忍着泪睁大眼睛，坐在床上等着。我摸着她留下来的旧衣服，感觉香泽犹存，我不由得伤心欲绝，柔肠寸断，昏沉欲睡。忽然一想，她的魂灵马上就要回来，我怎么能这么快睡着呢？我睁开眼向四处观看，只见灵位上的蜡烛火焰荧荧闪亮，烛光小如黄豆，顿时毛骨悚然，我浑身寒冷发抖起来。于是我搓搓双手，擦了擦额头，再仔细观察，发现烛焰渐渐亮起来，升高到一尺左右，用纸裱糊的棚顶几乎要被火点燃了。我正借着亮光四处查看，烛光忽然又微弱到之前的样子。此时我心里紧张得怦怦跳，本想喊门外的张禹门进来观看，但是考虑到芸的柔弱魂魄，恐怕会被生人的阳气伤害，只好悄悄地叫着芸的名字祈祷，屋子里很安静，什么也没见到。一会儿烛焰又亮了，只是不像刚才腾起那么高了。我这才出门把这件事告诉张禹门，他很佩服我的胆量，却不知这都是因为我的情痴所致啊！

评 析

沈复对妻子恩爱情深没错，可是他的软弱也铸就了他的悲哀。他不顾生死，陪伴在妻子亡魂身边，可最终于事无补，只落得个“情痴”罢了。

芸没后，忆和靖“妻梅子鹤[1]”语，自号梅逸。权[2]葬芸于扬州西门外之金桂山，俗呼郝家宝塔。买一棺之地，从遗言寄于此。携木主[3]还乡，吾母亦为悲悼，青君、逢森归来，痛哭成服。启堂进言曰：“严君[4]怒犹未息，兄宜仍往扬州，俟严君归里，婉言劝解，再当专札相招。”余遂拜母别子女，痛哭一场，复至扬州，卖画度日。

因得常哭于芸娘之墓，影单形只，备极凄凉，且偶经故居，伤心惨目。重阳日，邻冢皆黄，芸墓独青，守坟者曰：“此好穴场，故地气旺也。”余暗祝曰：“秋风已紧，身尚衣单，卿若有灵，佑我图得一馆，度此残年，以待家乡信息。”

未几，江都幕客章驭庵先生欲回浙江葬亲，倩余代庖三月，得备御寒之具。封篆[⑤]出署，张禹门招寓其家。张亦失馆，度岁艰难，商于余，即以余资二十金倾囊借之，且告曰：“此本留为亡荆扶柩之费，一俟得有乡音，偿我可也。”是年即寓张度岁，晨占夕卜，乡音殊杳。

注 释

① 妻梅子鹤：北宋诗人林逋以梅为妻，以鹤为子。表示清高或隐居。

② 权：暂时。

③ 木主：灵位。

④ 严君：父亲。

⑤ 封篆（zhuàn）：旧时官署于岁暮年初停止办公之称。官印多为篆文，停止办公即不用印，故名。

译 文

芸病故后，我想起了宋代林逋的“梅妻鹤子”，就自号为“梅逸”。我暂时将芸安葬在扬州西门外的金桂山，当地俗称郝家宝塔。我买了一块能掩埋棺材的墓地，按她的遗言暂且寄埋在这里。然后我带着她的灵位回到家乡。我母亲也为芸的去世感到难过，女儿青君和儿子逢森都回来了，都穿着丧服伤心痛哭。弟弟启堂却对我说：“父亲的怒气还未消，哥哥你还是回到扬州去，等父亲回来，我会好生劝他，然后再写信叫你回来！”

我只好大哭一场，告别母亲和子女，又回到扬州，靠卖画来维持生计。

从此，我常到芸的墓地哭诉，一个人孤孤单单，很是凄凉。偶尔经过故居，更加触景伤情。到了重阳节，别家的坟墓上的草都已经枯黄了，但芸的坟上却仍是青绿色。守坟人说：“这是块风水好的墓地，地气旺盛啊！”我暗暗祈祷：“秋风已紧，可我身上还穿着单薄的衣服，你若有灵，请保佑我能谋个职位，度过残冬，以等待家里的音信。”

没过多久，江都府幕僚章驭庵先生要回浙江奔丧，请我去帮忙打理事务三个月，所以我才有钱买了御寒的衣服。岁末年初官衙封印放假后，我也交接了公务离开了，张禹门又邀请我到他家去住。当时他也无事可做，度日艰难，和我商量解决办法，于是我拿出攒下的二十两银子借给他，并说：“这钱本来是我留下来为了我亡妻的灵柩带回乡迁葬，等到我家里有消息来，你再还我吧！这一年我都在张禹门家度过，早晚都占卜，盼着消息，可却一直杳无音信。

评 析

沈复的弟弟告知他父亲还在生气，让他仍回扬州等待通知再回家，这里潜伏已久的暗笔显露出来。沈复的弟弟为什么在这时候劝说沈复离开，下文马上揭晓。但在前文中，沈复夫妻在家庭生活中遭遇的父母的误解甚至驱逐，这里看去都有迹可循。原来是有人从中作梗，否则如此一位仗义疏财、深明大义的公公，怎么会如此讨厌沈复夫妻，尤其是身为婆婆的娘家人做儿媳的陈芸，也不该轻易就遭到婆婆的厌弃，甚至在芸缠绵病榻、草草安排子女终生的重大事情上，也不吝给予任何帮助，以致沈复夫妻艰难度日，并发出“求亲不如求友”的感慨。

至甲子三月，接青君信，知吾父有病。即欲归苏，又恐触旧忿。正趑趄[①]观望间，复接青君信，始痛悉吾父业已辞世。刺骨痛心，呼天莫及，无暇他计，即星夜驰归，触首灵前，哀号流血。呜呼！吾父一生辛苦，奔走于外。生余不肖，既少承欢膝下，又未侍药床前，不孝之罪何可逭[②]哉！吾母见余哭，曰：“汝何此日始归耶？”余曰：“儿之归，幸得青君孙女信也。”吾母目余弟妇，遂默然。余入幕守灵至七，终无一人以家事告，以丧事商者。余自问人子之道已缺，故亦无颜询问。

一日，忽有向余索逋者[③]登门饶舌[④]，余出应曰，“欠债不还，固应催索，然吾父骨肉未寒，乘凶追呼，未免太甚。”中有一人私谓余曰：“我等皆有人招之使来，公且避出，当向招我者索偿也。”余曰：“我欠我偿，公等速退！”皆唯唯而去。

余因呼启堂谕之曰：“兄虽不肖，并未作恶不端，若言出嗣降服，从未得过纤毫嗣产，此次奔丧归来，本人子之道，岂为产争故耶？大丈夫贵乎自立，我既一身归，仍以一身去耳！”言已，返身入幕，不觉大恸。叩辞吾母，走告青君，行将出走深山，求赤松子[⑤]于世外矣。

注释

① 趑趄（zī jū）：犹豫不决的样子。

② 逭（huàn）：逃避。

③ 索逋（bū）者：要债的人。

④ 饶舌：吵闹。

⑤ 赤松子：神话传说中，入山修道最后羽化成仙的上古仙人。

译文

直到甲子年（1804年）三月，我收到了女儿青君的来信，说我的父亲生病了，我想要回到苏州，又害怕父亲还在因以前的事情生气。我正在犹豫不决时，又收到了青君的来信，才惊痛得知父亲已经去世了。我悲痛刺骨，呼天不应，后悔莫及，我没有时间考虑别的，连夜就赶回了家，在父亲的灵位前磕头，痛哭，以致额头都出血了。呜呼！父亲一生都在外奔走，生了我这个不孝顺的儿子，既没有承欢膝下，又没有在他生病的时候端药侍奉，这个不孝的罪名怎能逃避！母亲看到我哭得伤心，说："你为什么今天才回来啊？"我说："我这次回来，幸亏接到了您的孙女青君给我的信。"母亲瞪了一眼我的弟媳妇，然后一句话也没有说。我在灵堂守灵，一直守了七天，家中始终没有一个人跟我说家里发生的事情，也没有人跟我商量父亲的丧事。我自愧没有尽到做儿子的责任，所以也没有颜面去询问情况。

有一天，忽然有个讨债的人登门来吵闹，我出去应付说："欠你们的钱不还，你们应该来要，但是我父亲尸骨未寒，你们就乘人之危来追讨债务，实在是太过分了！"其中有一个人私下悄悄地

对我说：“我们都是有人指使才来的，你暂且先出去躲避，我们自会向招来我们的人要钱的。”我说：“我欠你们的钱我会还，你们快点回去吧。”这些人听了之后都回去了。于是，我叫来弟弟启堂，对他说：“我虽然是个不孝的儿子，却没有胡作非为。更别说我已经过继给伯父了，为父亲服丧都要降级，也从未得到过分毫遗产，这次我为父亲奔丧而来，只是为了尽人子之道，哪里是为了来争夺遗产呢？大丈夫贵在自立，我既然是一人回来，自然也会空手而去！”说完，我转身进入灵堂，不禁痛哭起来。随后我向母亲叩头拜别，又跟女儿青君告别，说是我要隐居深山，像神仙赤松子一样，羽化登仙飘然世外。

评 析

为了争夺家产，沈复的弟弟连父亲去世的消息也不告诉哥哥，陷沈复于不孝；灵堂上甚至叫来人催债，更是落井下石。对此，沈复除了伤心兄弟之情不复存在外，也只能无可奈何地离去。“本是同根生，相煎何太急。”只能感叹，书香世家，父亲仗义疏财、哥哥至情至性，这样的家门中也会出现一位为钱财不择手段的弟弟启堂。作为兄长，沈复的坎坷命运中，有此一劫也就不可避免了。

青君正劝阻间，友人夏南熏字淡安、夏逢泰字揖山两昆季寻踪而至，抗声谏余曰：“家庭若此，固堪动忿，但足下父死而母尚存，妻丧而子未立，乃竟飘然出世，于心安乎？”余曰：“然则如之何？”淡安曰：“奉屈暂居寒舍，闻石琢堂殿撰有告假回籍之信，盍俟其归而往谒[1]之？其必有以位置君也。”余曰：“凶丧未满百日，兄等有老亲在堂，恐多未便。”揖山曰：“愚兄弟之相邀，亦家君意也。足下如执以为不便，四邻有禅寺，方丈僧与余交最善，足下设榻于寺中，何如？”余诺之。青君曰：“祖父所遗房产，不下三四千金，既已分毫不取。岂自己行囊亦舍去耶？我往取之，径送禅寺父亲处可也。”因是于行囊之外，转得吾父所遗图书、砚台、笔筒数件。

寺僧安置予于大悲阁。阁南向，向东设神像。隔西首一间，设月窗，紧对佛龛，中为作佛事者斋食之地，余即设榻其中。临门有关圣提刀立像，极威武。院中有银杏一株，大三抱，荫覆满阁，夜静风声如吼。揖山常携酒果来对酌，曰：“足下一人独处，夜深不寐，得无畏怖耶？”余口：“仆[2]一生坦直，胸无秽念，何怖之有？”居未几，大雨倾盆，连宵达旦[3]三十余天，时虑银杏折枝，压梁倾屋。赖神默佑，竟得无恙。而外之墙坍屋倒者不可胜计，近处田禾俱被漂没。余则日与僧人作画，不见不闻。

注 释

① 谒（yè）：拜见。

② 仆：古时自谦称“我”。

③ 连宵达旦：通宵达旦。整整一夜，从天黑到天亮。

译 文

女儿青君正在劝阻我，我的朋友夏南熏（字淡安）、夏逢泰

（字揖山）两兄弟寻着我的踪迹来了。他们反对并规劝我说：“你家里到了这样的地步，固然是令人生气。但是你的父亲死了，你母亲尚在人间，妻子过世了，可是你的儿子还未成年，你竟然要这样飘然出世，你怎么能安心呢？”我说：“那又能怎么办？”夏淡安说：“你先委屈下，暂时屈身住在我的寒舍，听说状元石琢堂写了请假回乡探亲的信，你为什么不等他回来后去拜访他呢？他一定会帮你安排个职位。”

我说：“我服丧不满百天，你家中还有老父母亲，恐怕多有不便。”夏揖山说：“我们兄弟二人来邀请你，也是家父的意思啊！你要是执意觉得不方便，我家西边有个寺庙，方丈师父与我的交情最好，你在那座寺庙住下来，怎么样？”我答应了。青君说：“祖父遗留下来的房产，至少有三四千两银子，您既然分毫不取，难道连自己的铺盖行李也不要了吗？等我去取了，直接送到寺庙里你的住处好了。”因此，我除了自己的行李之外，又得到父亲遗留下来的书籍、砚台、笔墨等物品。

寺庙里的僧人将我安置在大悲阁里。大悲阁面向南，东面放着一座神像。西面第一间房子开了一扇窗户，紧对着放神像的佛龛，里面本来是烧香拜佛的人吃斋的地方，我就把床榻安在那里。门口有个关帝提刀站立的神像，十分庄严威武。庭院中有一棵银杏树，有三人合抱那么粗，树荫几乎覆盖了整个大悲阁，夜风吹起树冠就像是人的怒吼声。夏揖山常带些酒菜瓜果来和我喝酒，他说：“你一人住在这里，夜深人静没有睡着的时候，难道不觉得害怕吗？”我说：“我一生坦荡正直，心中也没污秽杂念，有什么可害怕的呢？”住了好几天，突然下起倾盆大雨，整日整夜地足足下了三十多天。当时我害怕银杏树会被风雨折断树枝，从而压断房梁使房屋倒塌。全靠神灵保佑，一切竟然安然无恙。而寺庙之外的房子墙壁却倒塌了不计其数，附近的田地和庄稼都被淹没了。我就每天和僧人作画，对外面的事情不闻不问。

评 析

困顿不堪的时候幸好有朋友的相助，沈复才得以渡过生活的种种难关，如这里提到的夏南熏、夏逢泰等人。异姓骨肉情谊堪比亲情，这也算是沈复人生的大幸啊！芸芸众生，世事多舛，有一得必有一失。

七月初，天始霁。揖山尊人号莼芗，有交易赴崇明，偕余往，代笔书券得二十金。归，值吾父将安葬，启堂命逢森向余曰："叔因葬事乏用，欲助一二十金。"余拟倾囊与之，揖山不允，分帮其半。余即携青君先至墓所，葬既毕，仍返大悲阁。

九月杪[1]，揖山有田在东海永泰沙，又偕余往收其息。盘桓两月，归已残冬，移寓其家雪鸿草堂度岁。真异姓骨肉也。

乙丑七月，琢堂始自都门回籍。琢堂名韫玉，字执如，琢堂其号也，与余为总角交[2]。乾隆庚戌殿元，出为四川重庆守。白莲教之乱，三年戎马，极著劳绩。及归，相见甚欢，旋于重九日挈眷重赴四川重庆之任，邀余同往。余即叩别吾母于九妹倩陆尚吾家，盖先君故居已属他人矣。吾母嘱曰："汝弟不足恃[3]，汝行须努力。重振家声，全望汝也！"逢森送余至半途，忽泪落不已，因嘱勿送而返。

舟出京口，琢堂有旧交王惕夫孝廉[4]在淮扬盐署，绕道往晤，余与偕往，又得一顾芸娘之墓。返舟由长江溯流而上，一路游览名胜。至湖北之荆州，得升潼关观察之信，遂留余与其嗣君敦夫眷属等，暂寓荆州，琢堂轻骑减从至重庆度岁，遂由成都历栈道之任。

丙寅二月，川眷始由水路往，至樊城登陆。途长费短，车重人多，毙马折轮，备尝辛苦。抵潼关甫三月，琢堂又升山左廉访，清风两袖。眷属不能偕行，暂借潼川书院作寓。十月杪，始支山左廉俸，专人接眷。附有青君之书，骇悉逢森于四月间夭亡。始忆前之送余堕泪者，盖父子永诀也。呜呼！芸仅一子，不得延其嗣续耶！

琢堂闻之，亦为之浩叹，赠余一妾，重入春梦。从此扰扰攘攘，又不知梦醒何时耳。

注 释

① 杪（miǎo）：指年月或四季的末尾。

② 总角交：总角之交，指孩童时代的玩伴。

③ 恃：依靠。

④ 孝廉：起于汉代，用来举荐官员的一种方式。

译 文

七月初，天开始转晴了。夏揖山的父亲夏莼芗先生，要去崇明岛做一笔生意，叫我一起去，帮他代笔文书、契约事宜，让我挣了二十两银子。回来之后，正值我父亲将要安葬，弟弟启堂便叫我儿子逢森对我说："叔叔因为安葬费用不足，想叫您掏出一二十两银子来。"我打算把口袋里的银子全都交给他，而夏揖山却不答应，只让我帮忙出了一半的十两银子。我便带着女儿先到了墓地，安葬后仍回到大悲阁。

九月底，夏揖山有片田地在东海永泰沙，又叫我陪同去收租息。结果忙碌了两个月，归来时已经是残冬了，我又移居到他家的"雪鸿草堂"过了年。夏氏兄弟对我这么好，真算得上是我的异姓骨肉啊！

乙丑年（1805年）七月，石琢堂才从京城回到家乡。石琢堂名韫玉，字执如，琢堂是他的号，和我是儿时的玩伴。他是乾隆庚戌年（1790年）的状元，出任四川重庆太守。当时白莲教动乱，他出兵镇压，三年戎马生涯，战功显著。他回来后，我们见面十分高兴。转眼间到了重阳节，他带着家眷返回四川重庆赴任，并邀请我和他一起去。我去告别母亲，当时她住在我九妹夫陆尚吾家，因为我父亲的故居已经卖给别人了。我母亲嘱咐我说："你弟弟启堂已经不能指望了，你此行要重振家风和名声，加倍努力，全靠你了！"儿子逢森将我送到半路，突然泪流不止，于是我告诉他不要再送，赶紧回去。

船出了京口（今江苏镇江），石琢堂有一个老朋友王惕夫举孝廉，任职于淮扬盐业公署，他绕道去见他，我也跟着一块去了，顺路我又能去看望芸的墓地。返回时，我们坐船逆流而上，一路游览了很多山水名胜。到了湖北荆州，石琢堂收到他升任潼关观察使的委任信，于是留下我和他的长子石敦夫及其家眷等暂居荆州，他则一人轻装简从前往重庆过年，再经过成都的栈道去潼关上任。

丙寅年（1806年）二月，石琢堂在四川的家眷才从水路赶来，到了樊城上了岸。我们会合后一起赶赴潼关，因路途遥远，花费巨大，而且车重人多，马累死了，车轮断裂，一路很是辛苦。刚到潼关三个月，石琢堂又升迁为山东的按察使。石琢堂为官清廉，两袖清风。他的家眷不能陪同前往，只好暂居潼关书院。十月底，他才收到山东按察使的俸禄，派专人来接家眷。来人捎来了青君的书信。打开书信一看，我才骇然知道我儿子逢森已经在四月夭折了。这才回想起他为我送行的时候，一直流着眼泪。真想不到这是我们父子俩的永别啊！呜呼！芸就只生了这么一个儿子，现在她的血脉不能延续了啊！

琢堂听说这件事，也为我感慨叹息。后来，他送给我一个小妾，我又重回春闺梦乡的生活。从此人世间纷纷扰扰，又不知道梦醒何时！

评 析

患难见真情，沈复一生颠沛流离，遭遇种种坎坷，能有个石琢堂这样的朋友，也算是不枉此生了。妻子亡故之后，儿子也随之而去，世事纷纷乱乱，何时是个尽头。对于沈复来说，这是岁月永久的遗恨。

卷四　浪游记快

余游幕三十年来，天下所未到者，蜀中、黔中与滇南耳。惜乎[①]轮蹄[②]征逐，处处随人，山水怡情，云烟过眼，不过领略其大概，不能探僻寻幽也。余凡事喜独出己见，不屑随人是非，即论诗品画，莫不存人珍我弃、人弃我取之意。故名胜所在，贵乎心得，有名胜而不觉其佳者，有非名胜而自以为妙者，聊以平生所历者记之。

注 释

① 惜乎：可惜的是。

② 轮蹄：乘着车、骑着马。

译 文

我做幕僚这三十年来四处游历，天下没有去过的地方，恐怕就只有四川中部、贵州中部、云南南部了。可惜这些游历都是乘车骑马远途奔波，都是别人的随从，沿途的风景怡人，像是过往云烟般从眼前掠过，只能让我领略大概，而不能尽情去探索发现这些景色的僻静幽深处。我做事喜欢遵循自己的想法，不喜欢与他人跟风，比如论诗品画，常有别人爱惜珍重的我却遗弃，别人不屑的我反倒喜欢的情况。所以，名胜的妙处，贵在我心中有所得，有很多名胜景点我看了并不觉得好，而有些不知名的景色我却觉得别有趣味，妙不可言，在此就将我平生的这些游历记载下来。

评析

作者在这里简短地交代了自己过去三十多年的幕僚生活，实属生活所迫而一生颠沛流离，沈复却又能不随波逐流，坚持己见，有自己独特的审美趣味，善于发现生活的美，才留下这样一篇给后人一览当时风景的佳作。

余年十五时，吾父稼夫公馆于山阴赵明府幕中。有赵省斋先生名传者，杭之宿儒[1]也，赵明府延教其子，吾父命余亦拜投门下。

暇日出游，得至吼山[2]，离城约十余里，不通陆路。近山见一石洞，上有片石横裂欲堕，即从其下荡舟入。豁然空其中，四面皆峭壁，俗名之曰“水园”。

临流建石阁五椽，对面石壁有“观鱼跃”三字，水深不测，相传有巨鳞潜伏。余投饵试之，仅见不盈尺者出而唼食[3]焉。阁后有道通旱园，拳石乱矗，有横阔如掌者，有柱石平其顶而上加大石者，凿痕犹在，一无可取。

游览既毕，宴于水阁，命从者放爆竹，轰然一响，万山齐应，如闻霹雳声。此幼时快游之始。惜乎兰亭[4]、禹陵[5]未能一到，至今以为憾。

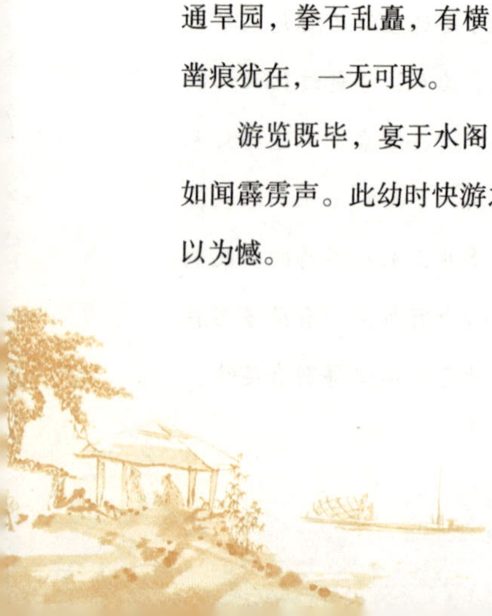

注释

① 宿儒：有声望的学者。

② 吼山：如今的绍兴东部。

③ 唼（shà）食：唼，指咬。吞食。

④ 兰亭：位于绍兴西南，王羲之曾经在这里作《兰亭集序》。

⑤ 禹陵：大禹的陵墓，位于浙江绍兴。

译文

在我十五岁那年，我的父亲稼夫公在山阴赵县令的官衙任幕僚。有一位赵省斋先生，名叫赵传，是杭州非常有声望的学者。赵县令就把他请来给自己的儿子当老师，我的父亲也命我拜在他的门下求学。

在读书闲暇时候，我们外出游玩去过吼山。吼山离城有十多里，不通陆路，只能走水路。靠近吼山，会看到一个石洞，上面有一片巨石，中间裂开好像随时都会掉下来的样子，我们从这片巨石下摇着小船进入石洞。石洞里面很空旷，进来后有种豁然开阔的感觉，四周都是陡峭的石壁，俗称为“水园”。

临河建有五间石阁，正对面的石壁上还刻有“观鱼跃”。河水深不可测，据说潜伏着巨大的鱼。不过我曾经丢鱼饵到水里试探，却只看见过不到一尺长的鱼儿跳出水面来咬鱼饵。石阁后面有一条路通向旱园，旱园内乱石林立，有的宽阔如手掌，有的柱石顶上削平，却又架有大石，上面人工开凿的痕迹清晰可见，所以这里的景色也就没有可取之处了。

游览之后，我们又回到水阁上开宴饮酒，叫随从放炮仗，炮仗的轰响声在整个山林间激起响应般的回声起伏，好像阵阵霹雳。这就是我小时候畅快游历的开始，可惜那个时候没有去兰亭、禹陵，直到现在我都觉得十分遗憾。

评 析

15 岁时，沈复就跟着父亲外出学习、游历，早早接触学识之外的人文景观，亲近大自然并从中获得美的体验，也造就了他极高的审美素养。

至山阴之明年，先生以亲老不远游，设帐于家[1]，余遂从至杭，西湖之胜因得畅游。结构之妙，予以龙井为最，小有天园次之。石取天竺之飞来峰，城隍山之瑞石古洞。水取玉泉，以水清多鱼，有活泼趣也。大约至不堪者[2]，葛岭之玛瑙寺。其余湖心亭，六一泉[3]诸景，各有妙处，不能尽述，然皆不脱脂粉气，反不如小静室之幽僻，雅近天然。

苏小墓在西泠桥侧。土人指示，初仅半丘黄土而已，乾隆庚子圣驾南巡，曾一询及。甲辰春，复举南巡盛典，则苏小墓已石筑其坟，作八角形，上立一碑，大书曰："钱塘苏小小之墓"。从此吊古骚人，不须徘徊探访矣！余思古来烈魄忠魂堙没不传者，固不可胜数，即传而不久者亦不为少，小小一名妓耳，自南齐至今，尽人而知之，此殆[4]灵气所钟，为湖山点缀耶？

桥北数武，有崇文书院，余曾与同学赵缉之投考其中。时值长夏，起极早，出钱塘门，过昭庆寺，上断桥，坐石阑上。旭日将升，朝霞映于柳外，尽态极妍；白莲香里，清风徐来，令人心骨皆清。步至书院，题犹未出也。

午后缴卷，偕缉之纳凉于紫云洞，大可容数十人，石窍上透日光。有人设短几矮凳，卖酒于此。解衣小酌，尝鹿脯甚妙，佐以鲜菱雪藕，微酣出洞。缉之曰：“上有朝阳台，颇高旷，盍往一游？”余亦兴发，奋勇登其巅，觉西湖如镜，杭城如丸，钱塘江如带，极目可数百里。此生平第一大观也。

坐良久，阳乌将落，相携下山，南屏晚钟动矣。韬光、云栖路远未到，其红门局之梅花，姑姑庙之铁树，不过尔尔。紫阳洞予以为必可观，而访寻得之，洞口仅容一指，涓涓流水而已，相传中有洞天，恨不能抉门而入。

注 释

① 设帐于家：在家里办学。

② 不堪者：此处指不经一看的景点。

③ 六一泉：位于西湖孤山下。欧阳修曾经在此居住，因为欧阳修号六一居士，所以名为六一泉。

④ 殆：大概。

译 文

我到山阴县的第二年，赵先生因为父母年迈，不便外出远游，所以就在家中设馆教书，我也就跟着赵先生来到了杭州，并得以畅快游历，领略西湖胜景。在西湖的各种景致中，龙井以它的结构精妙而称最，天园以它的小巧玲珑排在第二。山石可取天竺山飞来峰和城隍山的瑞石古洞为佳品。水之佳品在玉泉，因为那里的泉水清澈而鱼多，有种活泼的趣味。大概最不值得看的就是葛岭的玛瑙寺了。其他景点如湖心亭、六一泉等都各有特点，不能一一说尽，然而这些地方不免有人工凿制的痕迹，反倒不如小静室幽雅僻静，情趣接近于天然。

苏小小的墓在西泠桥边，据当地人介绍，最开始的时候，那里只不过是半丘黄土。乾隆庚子年（1780年)间，圣驾南巡时问及此事。到甲辰年（1784年）的春天，圣驾再一次南巡的时候，苏小小的坟墓已经用石头筑好了，坟墓呈八角形，上面还竖着一块石碑，刻着大字“钱塘苏小小之墓”。从此，凭吊古人遗迹的文人就再也不需要左右徘徊四处寻找了！我想，自古以来那些被埋没的忠魂烈魄已经不计其数，就算是那些有名气但是没有流传多久的也不在少数，苏小小只是一个名妓罢了，从南齐到现在，却没有人不知道她的，这大概是因为她受天地灵气的钟爱，做了西湖山水的点缀吧！

往西泠桥北走几步，就到了崇文书院，我曾跟同学赵缉之一起来这里投考。当时正好是夏天，我们很早就出门了，出了钱塘门之后又走过昭庆寺，上了断桥，坐在石头栏杆上，看到红艳的旭日冉冉升起，明媚的朝霞映着堤岸杨柳，景色艳丽动人。湖中白莲花飘散的淡淡清香，随着微风徐徐，令人心旷神怡。我们到书院的时候，考题却还没有出。

午后交完卷，我和赵缉之到紫云洞里去乘凉，紫云洞大到可以容纳几十个人，阳光从石洞中可以透进来。有人在那里摆上短小的茶几矮凳卖酒。我和赵缉之就在那里解衣喝酒，佐以鹿脯，味道分外美妙，再加上新鲜甜脆的菱角莲藕，一直喝到略微有点醉的时候才出了紫云洞。赵缉之跟我说："这上面有个朝阳台，十分高旷，我们为什么不去游玩一下呢？"我也动了游兴，于是两人兴致勃勃地登上了山顶。站在山顶上放眼望去，西湖就像是一面大的镜子，杭州城则像一枚弹丸，钱塘江如一条长的丝带，极目望去有数百里之远，这是我有生以来见到的第一大景观。

我们在山顶坐了很久，太阳快要落山的时候，才携手下山，此时南屏山佛寺的晚钟已经敲响。韬光寺、云栖寺这两处景点因为太远就没有去看，红门局的梅花、姑姑庙的铁树我们看起来觉得不过如此。我个人认为紫云洞是一定要去看的，而寻访到后一看，洞口只有一指宽，只有涓涓细流而已。据说里面别有洞天，我恨不得撬开石洞钻进去看个究竟。

评 析

湖心亭、六一泉等著名景致，在作者眼里都不脱脂粉气，因为作者更欣赏天然的美景，可那都是可遇而不可求的，于当时如此，于现今又何尝不是呢?

清明日，先生春祭扫墓，挈[1]余同游。墓在东岳，是乡多竹，坟丁掘未出土之毛笋，形如梨而尖，作羹供客。余甘[2]之，尽其两碗。先生曰：“噫！是虽味美而克心血，宜多食肉以解之。”余素不贪屠门之嚼，至是饭量且因笋而减，归途觉烦躁，唇舌几裂。过石屋洞，不甚可观。水乐洞峭壁多藤萝，入洞如斗室，有泉流甚急，其声琅琅。池广仅三尺，深五寸许，不溢亦不竭。余俯流就饮，烦躁顿解。洞外二小亭，坐其中可听泉声。衲子[3]请观万年缸。缸在香积厨[4]，形甚巨，以竹引泉灌其内，听其满溢，年久结苔厚尺许，冬日不冰，故不损也。

辛丑秋八月，吾父病疟返里，寒索火，热索冰，余谏[5]不听，竟转伤寒，病势日重。余侍奉汤药，昼夜不交睫者[6]几一月。吾妇芸娘亦大病，恹恹在床。心境恶劣，莫可名状。吾父呼余嘱之曰：“我病恐不起，汝守数本书，终非糊口计，我托汝于盟弟蒋思斋，仍继吾业可耳。”越日思斋来，即于榻前命拜为师。未几，得名医徐观莲先生诊治，父病渐痊。芸亦得徐力起床。而余则从此习幕[7]矣。此非快事，何记于此？曰：此抛书浪游之始，故记之。

注 释

① 挈：带领、带着。

② 甘：甘之如饴，喜欢的样子。

③ 衲（nà）子：和尚。

④ 香积厨：佛寺厨房。

⑤ 谏：劝谏、劝告。

⑥ 昼夜不交睫者：白天黑夜都没有闭眼。

⑦ 习幕：学习做幕僚。

译 文

到了清明节，先生春祭去扫墓，带我一同前往。墓在东岳，那里的竹子比较多，守墓人将还没有长出地面的毛笋挖了出来，它的形状像梨子但略尖，守墓人将毛笋做汤招待我们。我很喜欢喝这种汤，一连喝完两大碗。先生就跟我说："哎，这个东西的味道虽然很好，但是吃多了心里却会不舒服，要多吃点肉才能化解。"我向来不喜欢吃肉食，这时也因为吃了毛笋而饭量减小了，回去的路上我感觉心烦气躁，唇舌都干得几乎要裂开了。经过石屋洞，也没觉得有什么值得观赏的。水乐洞峭壁上有很多藤萝，进去之后，我发现里面像一间小斗室，有一道清泉急流，水声琅琅。泉池大概只有三尺宽，五寸深，不会溢出来也不会枯竭。我俯下身去饮泉水，心中的烦躁气闷马上消散了。洞外有两间小亭子，坐在里面就可以听到泉水声。和尚请我们去看万年缸，缸放在佛寺的厨房里，体积很大，用竹子将泉水引到缸里去，任凭泉水漫出缸，因年久日深缸壁结了一尺多厚的青苔，冬天缸里的水不会结冰，所以缸也不会被冻坏。

辛丑年（1781年)的秋八月，我的父亲因为患了疟疾回到老家养病，他发冷的时候就要烤火取暖，发热的时候就用冰降温，我的劝告也不听，后来竟然转成了伤寒病，而且病情越来越重。我服侍父亲，为他端汤送药，将近一个月没怎么合眼休息。那时我的妻子芸也生了重病，病怏怏地躺在床榻上，我心情恶劣得难以形容。父亲把我叫去嘱咐说："我这病恐怕是好不了了，你守着那几本书，终究不是养家糊口的好办法，我将你托付给我的盟弟蒋思斋，你仍然继承我的事业就可以了。"第二天，蒋思斋就来了，父亲命令我在病榻前拜蒋思斋为师。没过多久，父亲的病得到名医徐观莲的诊治逐渐痊愈了，芸也因为徐先生的诊治而逐渐好转可以起床了。我从此便放弃读书，开始学习如何做幕僚。这些都并不是让人愉快的事，为什么我要记下来呢？我觉得，这是我抛弃书本而浪游天下的开始，所以记了下来。

评 析

万年缸因缸壁结下厚厚的青苔，冬天水不会结冰，缸也不会损坏；未出土的竹笋，煮作笋羹是一道美食。世间万物真是神奇，等着人们去实践、去探索、去发现。而世间万物变化无常，因父亲染病，沈复被父亲重新安排人生，要去拜师习幕。从此，沈复就开始了浪游天下的行程，也是本篇的由来。

思斋先生名襄，是年冬，即相随习幕于奉贤官舍。有同习幕者，顾姓名金鉴，字鸿干，号紫霞，亦苏州人也。为人慷慨刚毅，直谅[1]不阿，长余一岁，呼之为兄。鸿干即毅然[2]呼余为弟，倾心相交。此余第一知己交也，惜以二十二岁卒，余即落落寡交，今年且四十有六矣，茫茫沧海，不知此生再遇知己如鸿干者否？

忆与鸿干订交，襟怀高旷，时兴山居之想。重九日，余与鸿干俱在苏，有前辈王小侠与吾父稼夫公唤女伶演剧，宴客吾家。余患其扰，先一日约鸿干赴寒山登高，借访他日结庐之地，芸为整理小酒榼③。

越日天将晓，鸿干已登门相邀。遂携榼出胥门，入面肆，各饱食。渡胥江，步至横塘枣市桥，雇一叶扁舟，到山日犹未午。舟子颇循良，令其籴④米煮饭。

余两人上岸，先至中峰寺。寺在支硎古刹之南，循道而上，寺藏深树，山门寂静，地僻僧闲，见余两人不衫不履，不甚接待，余等志不在此，未深入。归舟，饭已熟。

注释

① 直谅：正直诚信。

② 毅然：爽快干脆的样子。

③ 榼（kē）：古代盛酒的器具。

④ 籴（dí）：买进粮食。

译文

蒋思斋先生名襄，这一年冬天，我跟着他去奉贤县的官舍学习做幕僚。一同学习的有个叫顾金鉴的人，他字鸿干，号紫霞，也是苏州人。他为人慷慨大方，刚正不阿，他比我年长一岁，我便称呼他为兄长，鸿干也爽快地叫我兄弟。我们两个倾心相交，他是我人生中第一个知己，可惜的是他二十二岁的时候就过世了，从此我便很少与人倾心相交。今年我已经四十六岁了，在茫茫人海之中，不知道这辈子还会再遇到像鸿干那样的知己吗？

回想当初我和鸿干结为挚友之时，胸怀高远开阔，两人常常会有隐居山水的念想。重阳节的时候，我和鸿干都在苏州。有个叫王小侠的前辈和我的父亲安排女伶来演戏，在我家宴请朋友。我担心太吵闹，前一天就约鸿干一起去寒山登高，并借机寻找我们以后隐居建屋的地方，芸为我准备了一只酒食盒。

第二天，天刚亮，鸿干已经登门来邀我。于是我们就带着酒食盒出了胥门，先去了一家面馆饱食一顿。然后我们渡过胥江，走到横塘枣市桥，雇了一只小船，抵达寒山的时候还没到中午。船夫十分忠厚善良，我们就叫他买米煮饭。

我和鸿干两人上了岸，先去了中峰寺。中峰寺在支硎山古刹的南面，我们顺着山道走上去，古寺藏在幽深的树林中，门口显得非常寂静。因为地处幽僻，僧人们比较闲散，看到我们穿戴得很随意，就没有热情接待，而我和鸿干本来就没打算在这里停留许久，就没有深入寺庙。回到小船上，饭已经熟了。

评 析

融入山林，无拘无束，过着自由自在的隐居生活，这是中国文人田园梦境的情结，是文人的风尚，是故年少时期的沈复和伙伴就有

这样的未来目标。

饭毕，舟子携榼相随，瞩其子守船，由寒山至高义园之白云精舍。轩临峭壁，下凿小池，围以石栏，一泓秋水，崖悬薜荔[①]，墙积莓苔。坐轩下，惟闻落叶萧萧，悄无人迹。出门有一亭，嘱舟子坐此相候。余两人从石罅[②]中入，名“一线天”。循级盘旋，直造其巅，曰“上白云”。有庵已坍颓，存一危栈，仅可远眺。小憩片刻，即相扶而下。舟子曰：“登高忘携酒榼矣。”鸿干曰：“我等之游，欲觅偕隐地耳，非专为登高也。”

舟子曰：“离此南行二三里，有上沙村，多人家，有隙地，我有表戚范姓居是村，盍往一游？”余喜曰：“此明末徐俟斋先生隐居处也，有园，闻极幽雅，从未一游。”于是舟子导往。

村在两山夹道中。园依山而无石，老树多极纡回盘郁之势，亭榭窗栏，尽从朴素，竹篱茅舍，不愧隐者之居。中有皂荚亭，树大可两抱。余所历园亭，此为第一。园左有山，俗呼鸡笼山，山峰直竖，上加大石，如杭城之瑞石古洞，而不及其玲珑。旁一青石加榻，鸿干卧其上曰：“此处仰观峰岭，俯视园亭，既旷且幽，可以开樽矣。”因拉舟子同饮，或歌或啸，大畅胸怀。土人知余等觅地而来，误以为堪舆，以某处有好风水相告。鸿干曰：“但期合意，不论风水。”岂意竟成谶语[③]！酒瓶既罄，各采野菊插满两鬓。

注释

① 薜（bì）荔：又叫“木莲”，是一种常绿藤本植物。

② 石罅（xià）：石头的缝隙间。

③ 谶语（chèn yǔ）：迷信的人指将来会应验的话。

译文

吃完饭后，船夫带着酒食盒一路跟随，叮嘱他的儿子守船。我们从寒山走到高义园的白云精舍，白云精舍正临着悬崖峭壁，下面开凿了一个小小的水池，周围用石头拦起来，池中一泓清水，崖壁上爬满薜荔藤萝，墙上积满了青苔。我们坐在窗边，只听见萧萧落叶的声音，四周悄然无声。出门的时候我们看见一个亭子，就嘱咐船夫坐在这里等候。我和鸿干两人从一条名叫“一线天”的石缝中钻进去，顺着盘旋的石阶爬上去，直爬到山顶，这山顶叫“上白云”，此处有一座已经坍塌的庵堂，只剩下一座危楼，仅可以远眺。我们在那里小憩片刻，就互相搀扶着下了山。船夫对我们说：“你们登山时忘记带酒食盒了。”鸿干说：“我们这次游历只是想要寻找一个以后可以隐居的地方，并不是专程来登山的。”

船夫说：“从这里往南走二三里，有一个上沙村，那里有很多户人家，也有很多空地。我有一个姓范的表亲，正好住在那个村

子，为什么不去那里看看呢？”我高兴地说：“那便是明末时期徐俟斋先生隐居的地方啊，据说有个园子极其幽静雅致，只是我从来没有去过。”于是船夫引导我们前往。

村子在两山之间的夹道中，园子依山建造，没有山石，老树大多盘根错节地缠绕在一起，郁郁葱葱，非常繁茂。亭阁水谢的窗栏都极尽朴素，竹篱茅屋，真不愧为隐者居住的地方。园中有一皂荚亭，树大得可由两人环抱。在我见过的所有园亭中，这里的景致可排第一。园子的左边有座山，当地人称“鸡笼山”，山峰笔直向上，上面有一块巨大的石头，就像杭州的瑞石古洞里的那块，只是不及那块石头精致玲珑。旁边的一块青石像床榻一般，鸿干躺上去说：“在这里可仰望山峰，又可俯观园林，既空旷又幽静，可以一醉方休了。”于是，我们拉着船夫一起喝酒，又是唱歌又是呼喊，胸怀畅快淋漓。当地人知道我们是来找地方的，误会我们在找坟地，就告诉我们哪里有好风水。鸿干说：“只要合心意，不管风水好坏。”谁知道这话一语成谶。酒水喝尽，我们各自采来野菊花插满双鬓。

评 析

鸿干是少年时的沈复在奉贤习幕时结交的一个朋友，两人游山玩水，志同道合，相约归隐。可惜这样的好友却过早辞世，知交难遇，唯留遗憾，徒增伤感。

归舟，日已将没。更许①抵家，客犹未散。芸私告余曰：“女伶中有兰官者，端庄可取。”余假传母命呼之入内，握其腕而睨②之，果丰颐白腻。余顾芸曰：“美则美矣，终嫌名不称实。”芸曰：“肥者有福相。”余曰：“马嵬之祸③，玉环之福安在？”芸以他辞遣之出，谓余曰：“今日君又大醉耶？”余乃历述所游，芸亦神往者久之。

癸卯春，余从思斋先生就维扬④之聘，始见金、焦面目。金山宜远观，焦山宜近视，惜余往来其间未尝登眺。渡江而北，渔洋⑤所谓“绿杨城郭是扬州”一语已活现矣！

平山堂离城约三四里，行其途有八九里，虽全是人工，而奇思幻想，点缀天然，即阆苑瑶池、琼楼玉宇，谅不过此。其妙处在十余家之园亭合而为一，联络至山，气势俱贯。其最难位置处，出城八景，有一里许紧沿城郭。夫城缀于旷远重山间，方可入画，园林有此，蠢笨绝伦。而观其或亭或台，或墙或石，或竹或树，半隐半露间，使游人不觉其触目，此非胸有丘壑者断难下手。城尽，以虹园为首，折而向北，有石梁曰“虹桥”，不知园以桥名乎？桥以园名乎？

注释

① 更许：夜间一更之后。

② 睨（nì）：斜眼看。

③ 马嵬（wéi）之祸：指的是杨贵妃在马嵬坡死去的典故。

④ 维扬：扬州。

⑤ 渔洋：渔阳山人王士祯。

译 文

回到船上的时候，太阳快要落山了，返回家中的时候已经一更之后了，家里的客人还没有散去。芸私下里跟我说："女伶里有一个叫兰官的，长相十分端庄美丽。"我便假传母亲的命令，叫兰官到我屋里来，握着她的手腕仔细打量她，果然丰满美丽，皮肤细腻润白。我回头对芸说："美则美，只是名字却和她本人不符。"芸说："丰满的女人有福气啊。"我说："从马嵬坡的灾祸来看，杨玉环的福气又去哪里了呢？"芸用别的借口将兰官支走后，跟我说："今天你又喝醉了吗？"我就把和鸿干的游历告诉芸，芸听了也神往许久。

癸卯年（1783年）的春天，我跟随蒋思斋先生到扬州就聘，这才见识到了金山、焦山的真面目。金山适合远望，焦山则宜近距离观赏，只可惜我常常在两山之间来往，却没有登山眺望过。渡江向北走，王士祯所说的"绿杨城郭是扬州"，就生动地展现在我们的眼前了。

平山堂距城三四里，走遍其中有八九里路，虽说全部都是人工造景，但是那里的构造却十分奇巧，点缀得自然和谐，想必传说中仙人居住的阆苑瑶池、琼楼玉宇也不过如此吧。平山堂的妙处在于将十几个园亭的景色连在一起，合并成一片园林，并联络到山上，气势贯通。其最难布置的地方就是出城后的八处景区中，有一里多的景区紧沿着城池。毕竟城池点缀于辽旷的重山为背景，才有入画的意境，而将园林也这样修建，就会显得十分蠢笨。而观看平山堂，无论是亭台、墙石，还是丝竹、树木，都被安排得错落有致，若隐若现，使得游人看着并不会觉得直白而碍眼，这样的精巧构思不是胸有丘壑的人，是断然不敢轻易尝试的。走到城的尽头，最先看到的是虹园，转身向北面走去，有座石桥叫作“虹桥”。也不知道虹园是因为这座虹桥得名，还是虹桥是以虹园而得名呢?

评 析

扬州园林闻名天下，平山堂在作者看来已经是可以媲美神仙洞府的所在。作者的描述和品评，可以让今人一窥当时匠人的奇思妙想和工艺水平。

荡舟过，曰“长堤春柳”，此景不缀城脚而缀于此，更见布置之妙。再折而西，垒土立庙，曰“小金山”，有此一挡便觉气势紧凑，亦非俗笔。闻此地本沙土，屡筑不成，用木排若干，层叠加土，费数万金乃成，若非商家，乌能如是。过此有胜概楼，年年观竞渡于此。河面比较宽，南北跨一莲花桥，桥门通八面，桥面设五亭，扬人呼为“四盘一暖锅”，此思穷力竭之为，不甚可取。

桥南有莲心寺，寺中突起喇嘛白塔，金顶缨络，高矗云霄，殿

角红墙松柏掩映，钟磬时闻，此天下园亭所未有者。

过桥见三层高阁，画栋飞檐，五采绚烂，叠以太湖石，围以白石栏，名曰“五云多处”，如作文中间之大结构也。过此名“蜀冈朝旭”，平坦无奇，且属附会。将及山，河面渐束，堆土植竹树，作四五曲。似已山穷水尽，而忽豁然开朗，平山之万松林已列于前矣。“平山堂”为欧阳文忠公所书。所谓淮东第五泉，真者在假山石洞中，不过一井耳，味与天泉同；其荷亭中之六孔铁井栏者，乃系假设，水不堪饮。九峰园另在南门幽静处，别饶天趣①，余以为诸园之冠。康山未到，不识如何。

此皆言其大概，其工巧处、精美处，不能尽述，大约宜以艳妆美人目之，不可作浣纱溪上观也。余适恭逢南巡盛典，各工告竣，敬演②接驾点缀，因得畅其大观，亦人生难遇者也。

注 释

① 别饶天趣：分外有种天然的趣味。

② 敬演：指的是恭敬地迎接皇上到来的布置。演，推行的意思。

译 文

荡着小船过桥，是“长堤春柳”这处景点。它并不是点缀在城郭脚下，而点缀在这里，由此更加显出设计师的匠心独运。再转弯向西，有一座用土垒的山，山上有间小庙，此山叫作“小金山”，有了这座山的遮挡，就更加显得这片园林紧凑有致，气势突出，也同样是不俗的设计。听说这里原本全是沙土，建了很多次都没有成功，后来用了很多木头排子层层叠叠地垒砌，耗费了数万银子才造成。这样的景致如若不是商家富户，又怎能建造成功？经过“小金山”就到了胜概楼，人们年年在此观看竞渡。河面比较宽阔，南北横跨一座莲花桥，桥门通向八面，桥面设计了五个亭子，扬州人称其为“四盘一暖锅”，这大概是才思穷尽后所作，并不可取。

桥的南面有莲心寺，寺中耸立一座喇嘛白塔，金顶缨络，高耸云霄，大殿的一角被红墙松柏掩映着，时常能听到钟鼓声声，这是天下园林都没有的景观啊。

过了桥之后，能见到一座三层楼高的阁楼，墙壁如画，屋檐飞翘，缤纷绚丽，外面由太湖石堆砌成假山，又围上白石栏，取名“五云多处”，就好像是文章中间的重点部分一样。过了这个地方就是“蜀冈朝旭”，看起来平淡无奇，其布置也有牵强之感。快到山脚的时候，河面渐渐变窄，河岸上堆着土，种着些竹子和树，布置了四五道弯曲，看起来山穷水尽，又忽然豁然开朗，平山的万松林已经展现在我们眼前了。“平山堂”三个字是欧阳修所写。所谓“淮东第五泉”，真泉在假山中的石洞里，不过一口井罢了，味道跟雨水差不多。而荷亭中那六口由铁栏杆围着的井是假的，那里的水并不能饮用。九峰园单独在南门一个偏僻安静的地方，格外有天然之趣，我认为这是所有园亭之中最好的景点。康山我没有去过，不知道如何。

我的描述只讲了个大概，那些园林建造得巧妙、精致之处不能一一尽述。大约适合把它们视为装扮精致的美人，却不能当作浣纱溪上的女子来观赏。那次游历我刚巧碰到皇上南巡的盛典，各个地方的建筑都已经完工，各处都在布置接驾装扮，我因此才得以畅快

游览园中胜景，这也是人生中很难遇到的经历。

评析

神州大地的自然山水，古往今来，多少文人墨客留下名诗佳句，单说金山和焦山，在历史上也都是赫赫有名，也有不少与之相关的神话传说和历史故事，如白娘子水漫金山寺。

甲辰之春，余随侍吾父于吴江明府幕中，与山阴章蘋江、武林章映牧、苕溪顾霭泉诸公同事，恭办南斗圩行宫，得第二次瞻仰天颜。

一日，天将晚矣，忽动归兴。有办差小快船，双舻两桨，于太湖飞棹[①]疾驰，吴俗呼为“出水辔头”，转瞬已至吴门桥。即跨鹤腾空，无此神爽。抵家，晚餐未熟也。吾乡素尚繁华，至此日之争奇夺胜，较昔尤奢。灯彩眩眸，笙歌聒耳，古人所谓“画栋雕甍”“珠帘绣幕”“玉栏干”“锦步障”，不啻[②]过之。余为友人东拉西扯，助其插花结彩，闲则呼朋引类，剧饮狂歌，畅怀游览，少年豪兴，不倦不疲。苟生于盛世而仍居僻壤，安得此游观哉？

是年，何明府因事被议，吾父即就海宁王明府之聘。嘉兴有刘蕙阶者，长斋佞佛[③]，来拜吾父。其家在烟雨楼侧，一阁临河，曰“水月居”，其诵经处也，洁静如僧舍。烟雨楼在镜湖之中，四岸皆绿杨，惜无多竹。有平台可远眺，渔舟星列，漠漠平波，似宜月夜。衲子备素斋甚佳。

至海宁，与白门[4]史心月、山阴俞午桥同事。心月一子名烛衡，澄静缄默，彬彬儒雅，与余莫逆，此生平第二知心交也。惜萍水相逢，聚首无多日耳。

游陈氏安澜园，地占百亩，重楼复阁，夹道回廊；池甚广，桥作六曲形；石满藤萝，凿痕全掩；古木千章，皆有参天之势；鸟啼花落，如入深山。此人工而归于天然者。余所历平地之假石园亭，此为第一。曾于桂花楼中张宴，诸味尽为花气所夺，惟酱姜味不变。姜桂之性老而愈辣，以喻忠节之臣，洵[5]不虚也。

注 释

① 飞棹（zhào）：飞快地划桨。

② 不啻（chì）：指不只，不仅仅。

③ 佞（nìng）佛：是指讨好于佛。后以为迷信佛教之称。

④ 白门：江苏省南京市的别名。

⑤ 洵（xún）：实在、的确。

译 文

甲辰年（1784年）春天，我跟随父亲到吴江何知县府中任幕僚，与山阴县的章蘋江、杭州的章映牧以及苕溪的顾蔼泉等诸位同事一起，奉命修建南斗圩行宫，于是我得有第二次机会瞻仰圣颜。

一天，天色已经黑了，我突然很想回家。正好有一条衙门办公用的小快船，有两个船橹两个船桨，我坐着这艘小快船在太湖上疾驰，这种船吴地民间称为“出水辔头”，转瞬之间船就到了吴门

桥，感觉像乘着鹤在空中飞一样，让人感到特别神清气爽。到家的时候，家里的晚饭还没有熟。我的家乡一向崇尚繁华，皇帝南巡之际更是争奇斗胜，相比平日里更加奢侈。彩色的灯绚丽夺目，夜夜笙歌都显得有些聒噪，和古人们所说的“画栋雕甍”“珠帘绣幕”“玉栏干”“锦步障”相比，有过之无不及。这期间，我也被各处的朋友们争相邀约，帮忙插花结彩，闲时就到处呼朋唤友，豪爽地喝酒，狂放地唱歌，乘着少年的兴致，从没有疲倦的时候。如果生在太平繁荣盛世而居住在穷乡僻壤，我又怎会得此游观呢？

这一年，何县令因事被弹劾，我的父亲随即到海宁王县令的府上任幕僚。嘉兴有一个叫刘蕙阶的人，长期吃斋念佛，来拜见我父亲。他家住在烟雨楼的旁边，是一座临水的阁楼，称为“水月居”，他在那里念经诵佛，屋子布置得如僧舍一样干净。烟雨楼在镜湖之中，四面是绿色的杨柳，可惜没有多少竹子，有一个空旷的平台可以远眺。渔舟星罗棋布，湖面平静如镜，这样的景色适合在月夜欣赏。另外，僧人准备的素食味道很不错。

到了海宁县，我和金陵的史心月，还有山阴县的俞午桥一同共事。史心月有一个儿子叫烛衡，他平时安静沉默，彬彬有礼，温和儒雅，跟我成为莫逆之交。他是我生平第二个知己，只可惜因萍水相逢，一起相处的时间并不多。

我们一起游览了陈氏的安澜园。安澜园占地面积一百多亩，建有重楼、亭阁、夹道回廊。池塘宽广，小桥呈六曲形，山石上长满了藤萝，将人工凿制的痕迹掩盖住了，参天古木，气势冲天，鸟啼落花，就像走进深山老林。这是人工几乎接近自然的杰作，是我所见过的平地上的假山园林中排第一的园林。我还曾经在桂花楼中摆宴待客，食物的味道都被桂花的香气掩盖了，只有腌制的酱姜的味道没有改变。姜桂的性情味道是越老越辣，以此比喻忠节之臣，实在是不算虚妄。

评 析

重重楼阁，森森古木，鸟啼花落……在人工园林中游览，却仿佛踏入深山，徜徉在美不胜收的景色中，当时的沈复该是多么惬意自在啊！

出南门即大海，一日两潮，如万丈银堤破海而过。船有迎潮者，潮至，反棹相向，于船头设一木招，状如长柄大刀，招一捺[1]，潮即分破，船即随招而入，俄顷[2]始浮起，拨转船头随潮而去，顷刻百里。塘上有塔院，中秋夜曾随吾父观潮于此。循塘东约三十里，名尖山，一峰突起，扑入海中，山顶有阁，匾曰“海阔天空”。一望无际，但见怒涛接天而已。

余年二十有五，应徽州绩溪克明府之召，由武林下“江山船”，过富春山，登子陵钓台。台在山腰，一峰突起，离水十余丈。岂汉时之水竟与峰齐耶？月夜泊界口，有巡检署。“山高月小，水落石出”，此景宛然。黄山仅见其脚，惜未一瞻面目。

绩溪城处于万山之中，弹丸小邑，民情淳朴。近城有石镜山，由山弯中曲折一里许，悬崖急湍，湿翠欲滴；渐高，至山腰，有一方石亭，四面皆陡壁；亭左石削如屏，青色光润，可鉴人形，俗传

能照前生。黄巢至此，照为猿猴形，纵火焚之，故不复现。

离城十里有火云洞天，石纹盘结，凹凸巉岩[③]，如黄鹤山樵笔意，而杂乱无章，洞石皆深绛色。旁有一庵甚幽静，盐商程虚谷曾招游设宴于此。席中有肉馒头，小沙弥眈眈[④]旁视，授以四枚，临行以番银二圆为酬，山僧不识，推不受。告以一枚可易青钱七百余文，僧以近无易处，仍不受。乃攒凑青蚨六百文付之，始欣然作谢。他日余邀同人携榼再往，老僧嘱曰："曩者[⑤]小徒不知食何物而腹泻，今勿再与。"可知藜藿[⑥]之腹不受肉味，良可叹也。余谓同人曰："作和尚者，必用此等僻地，终身不见不闻，或可修真养静。若吾乡之虎丘山，终日目所见者妖童艳妓，耳所听者弦索笙歌，鼻所闻者佳肴美酒，安得身如枯木、心如死灰哉？"

注 释

① 一捺：一按。

② 俄顷：一会儿，片刻之间。

③ 巉（chán）岩：一种陡而隆起的岩石，如悬崖或崖、孤立突出的岩石。

④ 眈眈：瞪大眼睛盯着的样子。

⑤ 曩（nǎng）者：以往，从前，过去的。

⑥ 藜藿（lí huò）：分别是两种野菜，这里是指粗劣的饭菜。

译 文

出了南门，就是大海。海上每天两次涨潮，就像万丈银堤破海而来。迎着潮水行驶的船只，在涨潮的时候就反过船桨相向而行。

船头上安着一个木招，像一把有着长柄的刀。木招向下一按，潮水就被劈开，船就随着木招向前驶入，一会儿才会在潮水之中浮起。然后船夫再将船头转向，让船沿着潮水方向行驶。就这样，片刻之间船就可以行驶约百里远。钱塘江上有一座塔院，中秋的时候，我和父亲晚上在这里观潮。沿着钱塘的东部岸堤走大约三十里，可看到一山，名“尖山”，山峰拔地而起，像是要扑入海中。山顶上有一座阁楼，匾上题着“海阔天空”四字，我们登上阁楼极目远望，钱塘江一望无际，只见滔天怒潮与天相接。

我二十五岁那年，接受了徽州绩溪县克县令的聘请，从杭州坐“江山船”，途经富春山，登上了严子陵钓台。钓台在富春山的山腰上，有一座山峰突出水面十多丈，难道汉代此处的水面和山峰齐平吗？月夜，我们将船停泊在界口，界口有个负责治安的巡检署。诗句“山高月小，水落石出”仿佛说的就是这里的景色。至于黄山，我只到了山脚下，可惜没有一睹风采。

绩溪城坐落在万山中，是个弹丸小城，那里民风淳朴。城郊有石镜山，沿着弯曲的山道走一里，之后就可以看到悬崖下流水湍急，树木苍翠。渐渐登高，到达半山腰的时候，可以看到一座方石亭，亭子的旁边都是峭壁。亭子左边的石壁像刀削的一样，润滑光亮，可以照出人形，相传可以照出上辈子的模样，黄巢在这里照出来却是猿猴的形象，他一怒之下放火烧了这个地方，从此石壁再也不能照形了。

离城十里有一处火云洞天的景色，山石花纹交错盘结，岩石错落凹凸不平，就像元代画家王蒙笔下的画一样，显得杂乱无章，洞石都是绛红色的。旁边有一座庵堂，安静清幽，盐商程虚谷曾邀友设宴于此。宴席上有包子，当时有小和尚使劲盯着看，于是我们就给了他四个。临走的时候，我们给僧人两块外国银圆来表达自己的感谢，可是山中的和尚不认识外国银圆，坚决不要。我们告诉他一块外国银圆可以兑换七百多文铜钱，僧人因为周围没有地方可以兑换，所以还是坚持不要。最后我们凑了六百文铜钱给他，他才高兴地接受了。过了些时候，我又邀请朋友带了酒菜去那里，那里的老僧人告诉我们说："上次我的小徒弟不知道吃了什么，回去后拉肚子了，所以这次千万不要再给他东西吃了。"由此可知，吃惯了粗茶淡饭的肠胃已经受不了荤腥肉味，实在是很可惜。我跟朋友说："做和尚的人，还是要住在这样的穷乡僻壤之中，这样终身可以不受外界干扰，或许还真的可以做到修身养性。如果我到家乡虎丘山上去修行，只怕每天看到的都是妖童艳妓，耳朵里听到的也都是靡靡丝竹声，鼻子嗅到的都是美味佳肴，那样怎能做到身如枯木、心如死灰呢？"

评 析

时光也不能带走的那些永恒的记忆和美丽的心情，在沈复颠沛流离的生活中，这些游览经历丰富了他的精神世界，才会有我们后人的精神食粮。

又去城三十里，名曰仁里，有花果会，十二年一举，每举各出盆花为赛。余在绩溪适逢其会，欣然欲往，苦无轿马，乃教以断竹为杠，缚椅为轿，雇人肩之而去，同游者惟同事许策廷，见者无不讶笑。至其地，有庙，不知供何神。庙前旷处高搭戏台，画梁方柱极其巍焕[①]，近视则纸扎彩画，抹以油漆者。锣声忽至，四人抬对烛大如断柱，八人抬一猪大若牯牛[②]，盖公养十二年始宰以献神。策廷笑曰："猪固寿长，神亦齿利。我若为神，乌能享此。"余曰："亦足见其愚诚也。"

入庙，殿廊轩院所设花果盆玩，并不剪枝拗节，尽以苍老古怪为佳，大半皆黄山松。既而开场演剧，人如潮涌而至，余与策廷遂避去。未两载，余与同事不合，拂衣归里。

注 释

① 巍焕：盛大气派；高大辉煌。

② 牯（gǔ）牛：公牛。

译 文

离城大约三十里有一个地方叫作"仁里"，那里每十二年举行一次花果会，每次举办各家拿出自己种的盆栽花卉参赛。我在绩溪的时候正好赶上花果会，就高兴地想去观看，由于没有轿子、车马，于是经人指点，请人用砍伐的竹子绑上椅子做成轿子，雇人扛在肩上去参加了。和我一起去的只有同事许策廷，看到我们的人都惊讶哄笑。到了举办比赛的地方，那里有座庙宇，里面不知道供奉的是什么神。人们在庙前的空地上搭建了戏台，戏台上安放着画梁方柱，看起来非常壮丽华美，近看才发现原来是纸扎彩绘的，外面又漆了层彩漆。锣鼓声突然响起来，有四个人抬着一对蜡烛，像断柱一样大；八个人抬着像牛一般大的猪，原来这只猪人们养了十二年，才将它宰了献给神灵。许策廷笑着说："这个猪的寿命虽然长，但是神明也得有利齿。我要是神的话，怎么能够消受得了这头猪呢？"我说："从这可以看出当地人们的憨厚诚实。"

进入庙宇观看，殿廊轩院中都摆着花果盆玩，并不剪枝修节，全都以显得苍老而又古怪的为佳，大多是黄山松。紧接着戏剧开演了，人们像潮水一样涌向戏台，我和许策廷避开了拥挤的人群。在绩溪不到两年，我因与同事意见不合，就离开了绩溪，回到家乡。

评 析

十二年一次的花果大会，人们争相展示自己奇异的盆栽，并热闹庆祝，展现了当时人们喜欢侍弄花草的闲情生活的一面。十里不同俗，穷乡僻壤，也有自己的节日，老百姓也尽量让自己的生活过得有滋有味。

余自绩溪之游，见热闹场中卑鄙之状不堪入目，因易儒为贾[①]。余有姑丈袁万九，在盘溪之仙人塘作酿酒生涯，余与施心耕附资合伙。袁酒本海贩，不一载，值台湾林爽文之乱，海道阻隔，货积本折，不得已仍为冯妇[②]。馆江北四年，一无快游可记。

迨居萧爽楼，正作烟火神仙，有表妹倩徐秀峰自粤东归，见余闲居，慨然曰：“足下待露而爨[3]，笔耕而炊，终非久计，盍偕我作岭南游？当不仅获蝇头利也。”芸亦劝余曰：“乘此老亲尚健，子尚壮年，与其商[4]柴计米而寻欢，不如一劳永逸。”余乃商诸交游者，集资作本。芸会亦自办绣货及岭南所无之苏酒、醉蟹等物。禀知堂上，于小春十日，偕秀峰由东坝出芜湖口。

长江初历，大畅襟怀。每晚舟泊后，必小酌船头。见捕鱼者罾幂[5]不满三尺，孔大约有四寸，铁箍四角，似取易沉。余笑曰：“圣人之教虽曰‘罟[6]不用数’，而如此之大孔小罾，焉能有获？”秀峰曰；“此专为网鳊[7]鱼设也。”见其系以长绠，忽起忽落，似探鱼之有无。未几，急挽出水，已有鳊鱼枷罾孔而起矣。余始喟然曰：“可知一己之见，未可测其奥妙。”

注 释

① 易儒为贾：不做书生转变为商贾。

② 冯妇：这里指的是重操旧业的人。

③ 待露而爨（cuàn）：等待露珠水来煮饭，指生活没有稳定的经济来源，靠着偶然的际遇挣钱养家。

④ 商：商量。

⑤ 罾幂（zēng mì）：指渔网。

⑥ 罟（gǔ），渔网。

⑦ 鳊（biān）：古同“鳊”，鲂鱼，一种头小身子扁平的鱼类。

译 文

我自从在绩溪游幕，见到喧闹官场中种种丑陋卑鄙之状，觉

得不堪入目，因而改儒经商。我的姑父叫袁万九，在盘溪的仙人塘做酿酒生意，我和施心耕投资入伙。我姑父原本是海上贩运，结果还不到一年，赶上台湾林爽文叛乱，海道都被阻隔，货物都积压起来，连本钱都赔了。我不得已，只得重操旧业。在江北又做了四年幕僚，无任何快游可记。

等到我和芸居住在萧爽楼，正过着烟火神仙的日子，我的表妹夫徐秀峰从广东回家乡来，见我赋闲在家，感慨地跟我说："你这样依靠偶然的机遇赚钱，用手中的笔杆养家，终究不是长久的办法。为什么不和我一起去趟岭南？这样一趟赚的肯定不是一点小钱。"芸也劝我说："趁现在双亲都健在，你也年轻力壮，与其在柴米油盐上精打细算去苦中作乐，还不如现在辛苦挣点钱再享受安逸。"我跟很多朋友商量借钱，集了一点本钱，芸也自己置办了一些刺绣，以及岭南所没有的苏酒、醉蟹等货物。我禀告父母后，在十月十日，和徐秀峰一起从东坝出发，出了芜湖口而去。

第一次游历长江，我胸怀大畅。每天晚上停船后，我必会在船头小饮几杯。有一次，我看到捕鱼的人用的渔网长度都不到三尺，但是网眼却将近四寸，铁箍箍着四角，好像这样就能使渔网沉下水去。我笑着说："先贤虽然教导人们'不用网眼很密的渔网'，但是这样的大孔小网，怎么能打上鱼呢？"秀峰回答说："这些都是专门为捕鳊鱼特制的渔网。"只见网上系着一根长长的绳子，忽起忽落，好像是捕鱼的人在试探有没有鱼。没过多久，捕鱼的人就迅速把渔网拉出水面，果然网上就夹有鳊鱼了，我这才感叹道："可知以一己之见解，的确无法解释这其中的道理。"

评析

虽是为生活奔波，但沈复也得以游历山川河流，欣赏到自然风光，也见识到渔夫的生活，明白自己的学问和见识还有不足，这也算是不虚此行。

一日，见江心中一峰突起，四无依倚。秀峰曰：“此小孤山也。”霜林中，殿阁参差。乘风径过，惜未一游。至滕王阁，犹吾苏府学之尊经阁移于胥门之大马头，王子安序中所云不足信也。

即于阁下换高尾昂首船，名“三板子”，由赣关至南安登陆。值余三十诞辰，秀峰备面为寿。越日过大庾岭，出巅一亭，匾曰“举头日近”，言其高也。山头分为二，两边峭壁，中留一道如石巷。口列两碑，一曰“急流勇退”，一曰“得意不可再往”。山顶有梅将军祠，未考为何朝人。所谓岭上梅花，并无一树，意者以梅将军得名梅岭耶？余所带送礼盆梅，至此将交腊月，已花落而叶黄矣。

过岭出口，山川风物便觉顿殊。岭西一山，石窍玲珑，已忘其名，舆夫[1]曰：“中有仙人床榻。”匆匆竟过，以未得游为怅。至南雄，雇老龙船，过佛山镇，见人家墙顶多列盆花，叶如冬青，花如牡丹，有大红、粉白、粉红三种，盖山茶花也。

腊月望，始抵省城，寓靖海门内，赁王姓临街楼屋三椽。秀峰货物皆销与当道，余亦随其开单拜客，即有配礼者[②]络绎取货，不旬日而余物已尽。除夕蚊声如雷。岁朝贺节，有棉袍纱套者。不惟气候迥别，即土著人物，同一五官而神情迥异。

注 释

① 舆夫：车夫或轿夫。

② 配礼者：指的是需要送礼的人。

译 文

有一天，我看到江心中有一座山峰突起，四周无所依傍。秀峰说："这里就是小孤山。"在一片霜林中，殿堂楼阁参差错落，当时我们的船乘风而过，可惜不能去登山一游。到达滕王阁的时候，我感觉就像是看到老家苏州府学的尊经阁被移到了胥门的大码头，王勃在《滕王阁序》中的描写不足为信。

我们在滕王阁下的码头换乘了一艘昂首高尾的船，这种船叫作"三板子"，它从赣关出发至南安登陆。那天正好是我的三十岁生日，秀峰准备了寿面为我庆祝。第二天，我们经过大庾岭，在山顶上有一个亭子，亭子的匾额上书有"举头日近"四字，这是形容山很高。山头一分为二，两边都是峭壁，中间的通道如一条石巷子。巷口竖着两块石碑，一块刻着"急流勇退"，一块刻着"得意不可再往"。山顶上有一座梅姓将军的祠堂，不可考证他是哪个朝代的人。所谓"岭上梅花"，我们在这里却没有看到一棵梅树，心想是不是因为梅将军而得名梅岭呢？我带了一盆送礼的梅花盆栽，到这里的时候已将近腊月，梅花已然花落而叶黄了。

过了梅岭，出了山口，我们见到的山川风物瞬间都感觉不一样了。山岭西边有一座山，山上有玲珑剔透的石洞，我已经忘记这个洞的名字了。轿夫跟我说：“洞里有神仙睡的床榻呢。”但是我匆匆而过，为不能游历感到怅然。到了南雄，我们雇了一艘老龙船，船行驶过佛山的时候，看到很多人家的围墙上放着盆花，叶子青翠像冬青，花朵像牡丹，分别有大红、粉白和粉红三种颜色，原来这是山茶花。

腊月十五，我和秀峰才到达省城。我们住在靖海门内，租了王姓房东临街的三间屋子。秀峰的货物都卖给当地的权贵了，我也跟着一起开货单、拜见客商。随即就有要送礼的人来采购，络绎不绝，不到十天我的货已经卖完了。这里的除夕，还有很多蚊子且嗡嗡声像打雷。大年初一的清晨，人们互相拜年恭贺，有人穿着棉袍，还有人只穿着单衣。这里不仅气候差别很大，就连本土人，同样的五官面目，却有着迥然不同的神情。

评 析

攀山涉水，深入林谷，山川风物，玲珑石窍……身处大自然的怀抱，处处都充满诗情画意。如能常常沐浴在这种宁幽净洁的自然中，人也会渐渐变得神怡意远。

正月既望，有署中同乡三友拉余游河观妓，名曰“打水围”，妓名“老举”。于是同出靖海门，下小艇（如剖分之半蛋而加篷焉），先至沙面。妓船名“花艇”，皆对头分排，中留水巷以通小艇往来。每帮约一二十号，横木绑定，以防海风。两船之间钉以木桩，套以藤圈，以便随潮长落。鸨儿呼为“梳头婆”，头用银丝为架，高约四寸许，空其中而蟠发于外，以长耳挖插一朵花于鬓；身披元青短袄，着元青长裤，管拖脚背；腰束汗巾，或红或绿；赤足撒鞋，式如梨园旦脚。登其艇，即躬身笑迎，搴帏[①]入舱。旁列椅杌[②]，中设大炕，一门通艄后。妇呼有客，即闻履声杂沓而出，有挽髻者，有盘辫者，傅粉如粉墙，搽脂如榴火；或红袄绿裤，或绿袄红裤；有着短袜而撮绣花蝴蝶履者，有赤足而套银脚镯者；或蹲于炕，或倚于门，双瞳闪闪，一言不发。

余顾秀峰曰：“此何为者也？”秀峰曰：“目成之后，招之始相就耳。”余试招之，果即欢容至前，袖出槟榔为敬。入口大嚼，涩不可耐，急吐之，以纸擦唇，其吐如血。合艇皆大笑。

又至军工厂，妆束亦相等，惟长幼皆能琵琶而已。与之言，对曰“𠰻[③]”，“𠰻”者“何”也。余曰：“‘少不入广’者，以其销魂耳，若此野妆蛮语，谁为动心哉？”一友曰：“潮帮[④]妆束如仙，可往一游。”

至其帮，排舟亦如沙面。有著名鸨儿素娘者，妆束如花鼓妇。其粉头衣皆长领，颈套项锁，前发齐眉，后发垂肩，中挽一鬏[⑤]似丫髻；裹足者著裙，不裹足者短袜，亦着蝴蝶履，长拖裤管，语音可辨。而余终嫌为异服，兴趣索然。

注释

① 搴帏（qiān wéi）：掀开帷幕。

② 杌（wù）：小凳子。

③ 㗶（mí）：广东的地方方言。

④ 潮帮：潮州帮的妓女。

⑤ 鬏（jiū）：头发盘成的结。

译文

正月十六，官署中的三个同乡拉我去河边观妓，说是去“打水围”，妓女被称为“老举”。于是我们一同出了靖海门，乘着小艇，小艇的形状像半个蛋壳，上面加盖一个篷子。我们先到了沙面，妓船叫作“花艇”，都是船头相对地排列着，中间留有一条水巷供小艇通行。每帮妓女有一二十条船，这些船用横木绑定，可防止海风吹散。两船中间钉着木桩，用藤圈套牢，以便随着潮水起落。鸨儿被称为 “梳头婆”，头发用银丝做支架盘在一起，支架大约高四寸，中间空着而在外盘发，还用长耳挖插一朵花在鬓边；她上身穿着元青色短袄，下身穿着黑色长裤，裤管拖到脚背；腰上绑着汗巾，有红有绿；光脚趿鞋，打扮得像戏班子里面的旦角。有人登上她的花艇，梳头婆就鞠躬笑脸迎接，拉起帷幔让客人进船。船舱里面两边放着椅子矮凳，中间有一张大炕，还有一扇门通往船尾。一旦鸨母喊“有客”，就可以听到混乱的脚步声，然后出来一群妓女，有的绾着头发，有的盘着辫，她们脸上的粉擦得跟白墙一样，胭脂涂得比石榴花还要红；有的穿红袄绿裤，有的穿绿袄红裤；有的穿着短袜却拎一双绣花蝴蝶的鞋子，有的光脚套着银质的镯子；有的蹲在炕上，有的靠在门上，双目闪闪，一言不发。

我看着秀峰说：“她们这是在干什么？”秀峰说：“你看到中意的，就招呼她过来，她便过来亲近你。”我试着招呼了一个妓女，她真的就马上笑着走到我面前，还从袖子里拿出一个槟榔给我表示敬意。我把槟榔放在嘴里大嚼，苦涩得难以忍受，急急吐出，又赶紧用纸擦嘴唇，吐出来的槟榔的颜色像血一样鲜红。整个花艇上的人都哄堂大笑。

我们又到军工厂的河面，妓女的妆容也差不多，只是无论长幼都会弹琵琶。和她们说话，她们答“咪”，这“咪”的意思是“什么”。我说：“人们都说‘少不入广’，因为这里能让人销魂，但如果这样野俗的装扮再加上难懂的蛮语，谁会为之心动呢？”一个朋友说：“潮州帮的妓女妆容美如仙子，可前往一看。”

到了潮州帮，花船也像沙面那里一样并排相对。有个很有名气叫“素娘”的鸨母，装扮得像唱花鼓戏的妇人。这里的妓女都穿长领，脖颈套项锁，齐眉刘海，后面的头发垂肩，中间的头发绾成一鬏像小丫鬟；裹着脚的穿着裙子，没有裹脚的就穿着短袜，也穿着蝴蝶履，长长的裤脚拖在地上，语音可辨。但是我还是嫌弃她们的奇装异服，对她们提不起兴趣。

评 析

观山川之美，人文之奇，自然也要观赏各地的美人，这是古代封建文人的传统作风，只能让人感叹，沈复也不能免俗。

秀峰曰："靖海门对渡有扬帮，留吴妆，君往，必有合意者。"一友曰："所谓扬帮者，仅一鸨儿，呼曰邵寡妇，携一媳曰大姑，系来自扬州，余皆湖广江西人也。"因至扬帮。对面两排仅十余艇，其中人物皆云鬟雾鬓，脂粉薄施，阔袖长裙，语音了了，所谓邵寡妇者殷勤相接。遂有一友另唤酒船，大者曰"恒艛[1]"，小者曰"沙姑艇"，作东道相邀，请余择妓。余择一雏年者，身材状貌有类余妇芸娘，而足极尖细，名喜儿。秀峰唤一妓名翠姑。余皆各有旧交。放艇中流，开怀畅饮。至更许，余恐不能自持，坚欲回寓，而城已下钥久矣。盖海疆之城，日落即闭，余不知也。

及终席，有卧吃鸦片烟者，有拥妓而调笑者，伻头[2]各送衾[3]枕至，行将连床开铺。余暗询喜儿："汝本艇可卧否？"对曰："有寮可居，未知有客否也。"（寮者，船顶之楼。）余曰："姑往探之。"招小艇渡至邵船，但见合帮灯火相对如长廊，寮适无客。鸨儿笑迎，曰："我知今日贵客来，故留寮以相待也。"余笑曰："姥真荷叶下仙人哉！"遂有伻头移烛相引，由舱后梯而登。宛如斗室，旁一长榻，几案俱备。揭帘再进，即在头舱之顶，床亦旁设，中间方窗嵌以玻璃，不火而光满一室，盖对船之灯光也。衾帐镜奁，颇极华美。喜儿曰："从台可以望月。"即在梯门之上叠开一窗，蛇行而出，即后梢之顶也。三面皆设短栏，一轮明月，水阔天空。纵横如乱叶浮水者，酒船也；闪烁如繁星列天者，酒船之灯也；更有小艇梳织往来，笙歌弦索之声杂以长潮之沸，令人情为之移。余曰："'少不入广'，当在斯矣！"惜余妇芸娘不能偕游至此，回顾喜儿，月下依稀相似，因挽之下台，息烛而卧。

天将晓，秀峰等已哄然至，余披衣起迎，皆责以昨晚之逃。余曰："无他，恐公等掀衾揭帐耳！"遂同归寓。

注释

① 艛（lóu）：古代有楼的大船。

② 伻（bēng）头：差人；奴仆；侍女。

③ 衾（qīn）：被子。

译文

秀峰说："靖海门的对面渡口有扬州帮的妓女，她们都是吴地的装束，你可以到那里去，一定能找到中意的。"一个朋友说："所谓扬州帮，实际上只有一个叫'邵寡妇'的鸨母，带着一个叫'大姑'的儿媳妇，是从扬州来的，其他都是湖广或者江西人。"于是，我们到了扬州帮。相对排列只有十多条花艇，里面的妓女云鬟雾鬓，薄施脂粉，阔袖长裙，语音清晰。那个叫邵寡妇的鸨母，亲切热情地接待我们。有个朋友还叫来了酒船，大的酒船叫"恒艛"，小的酒船叫"沙姑艇"，做东邀请我们，请我挑选妓女。我选了一个雏妓，面容身材很像我的妻子芸，而且脚极细小，她的名字叫喜儿。秀峰挑选了一个名叫翠姑的妓女，其他人都有自己的旧相好。开着小艇行到河中，我们开怀畅饮。打更时分，我担心不能把持自己，坚决要回去，可这时城门已经关了。原来在海边的城市，太阳落山就要关闭城门，只是我不知道而已。

宴席结束，有的人躺在床上吸鸦片，有的人拥着妓女调情。侍女们送来每个人的被子和枕头，准备要连床开铺。我私下问喜儿：

“你住的花船上可以睡觉吗？”喜儿回答：“有一间寮房可以住，但不知道那里今天是否有客。”（所谓寮，就是船顶上的阁楼小屋。）我说：“姑且去看一下吧。”我们叫了一艘小船回到邵寡妇的船上，只见整个船帮灯火通明犹如一条长廊，而那间寮房今天刚好没有客人。老鸨笑着对我们说：“我就知道今天会有贵客来，所以专门留着这间小屋接待你们呢。”我也笑着说：“你真是荷叶下的神仙啊！”然后侍女举着蜡烛引路，我们从船舱后的梯子登上屋子。这间屋子宛如斗室，旁边放着一条长榻，几案俱全。揭开帘子再进去，就是船头的舱顶，旁边放有一张床，中间的方窗镶嵌着玻璃，整个房间不用点灯都很亮堂，原来是对面船头的灯火可以照射过来。床上的枕席被帐、梳妆盒都非常华贵美丽。喜儿说：“从天台看过去，可以看到月亮。”于是她推开梯门上面的一个小天窗，我们匍匐着身子爬上去，就到了后船舱的平顶台，台上三面围着矮矮的栏杆，天上挂着一轮明月，水阔天空。水面上的酒船纵横着就像漂浮的落叶一样；上面的灯火闪烁如天上的繁星；还有小艇在酒船之间穿梭，弦乐笙歌的妙音夹杂着潮水涌动的声音，让人心驰神荡。我说：“‘少不入广’原来说的就是此时此地此境啊！”只可惜我不能带芸娘来这里同游，回头看看喜儿，月下依稀相似，于是我就挽着她下了平台，息烛而卧了。

天快亮的时候，秀峰等人就已经笑闹着过来了，我披上衣服起身相迎。他们纷纷指责我昨晚逃跑了，我说：“没什么别的原因，只是怕被你们撩开帐子掀了被子罢了。”于是，我便和他们一起回了寓所。

评析

男人出门在外，总是免不了应酬喝酒，沈复在欣赏花船月夜景色的时候，还妄想能带着妻子芸一起来欣赏，可见他骨子里仍是一个传统的古代文人，不懂女人的心。以现代人的眼光看，也不知道他是多情还是无情了。

越数日，偕秀峰游海幢寺。寺在水中，围墙若城，四周离水五尺许有洞，设大炮以防海寇。潮长[①]潮落，随水浮沉，不觉炮门之或高或下，亦物理之不可测者。十三洋行在幽兰门之西，结构与洋画同。对渡名花地，花木甚繁，广州卖花处也。余自以为无花不识，至此仅识十之六七，询其名有《群芳谱》[②]所未载者，或土音之不同欤？海珠寺规模极大，山门内植榕树，大可十余抱，阴浓如盖，秋冬不凋。柱槛窗栏皆以铁梨木为之。有菩提树，其叶似柿，浸水去皮，肉筋细如蝉翼纱，可裱小册写经。

归途访喜儿于花艇，适翠、喜二妓俱无客。茶罢欲行，挽留再三。余所属意在寮，而其媳大姑已有酒客在上，因谓邵鸨儿曰："若可同往寓中，则不妨一叙。"邵曰："可。"秀峰先归，嘱从者整理酒肴。余携翠、喜至寓。正谈笑间，适郡署王懋老不期来，挽之同饮。酒将沾唇，忽闻楼下人声嘈杂，似有上楼之势，盖房东一侄素无赖，知余招妓，故引人图诈耳。

秀峰怨曰："此皆三白一时高兴，不合我亦从之。"余曰："事已至此，应速思退兵之计，非斗口时也。"懋老曰："我当先下说之。”

余即唤仆速雇两轿，先脱两妓，再图出城之策。闻懋老说之不退，亦不上楼。两轿已备，余仆手足颇捷，令其向前开路，秀峰挽翠姑继之，余挽喜儿于后，一哄而下。秀峰、翠姑得仆力已出门去，喜儿为横手③所拿，余急起腿④，中其臂，手一松而喜儿脱去，余亦乘势脱身出。

注 释

① 长：同“涨”。

② 《群芳谱》：中国明代介绍栽培植物的著作。

③ 横手：无赖、打手。

④ 起腿：踢腿而起，指的是横踢过去、飞起一脚的意思。

译 文

过了几日，我和秀峰一起游海幢寺。这座寺庙建在水中，围墙造得像城墙，离水五尺高的地方有洞口，专门设置大炮以抵御海贼的来袭。潮水涨落，洞口也似乎随着上下起伏，却看不出炮门有高低变化，这也是自然现象不可思议的地方。十三洋行在幽兰门的西面，结构布局和西洋画上的一样。对面的渡口叫“花地”，花草树木十分葱茏繁盛，是广州的花市。我原本自以为天下的花没有我不认识的，到了这里才发现我认识的花只有六七成，询问到那些我不认识且《群芳谱》都没有记载的花名，我猜大概是因为地方口音不同吧。

海幢寺的规模非常大，里面种植着榕树，最粗要十多个人才能环抱，浓荫如盖，无论秋冬都不凋谢。寺庙的柱子、门槛、窗户、栏杆都是用铁梨木做成的。这里还有菩提树，它的叶子看起来像柿树叶，把菩提叶浸在水中去除叶肉，可以看到叶子的经络细如蝉翼纱，可以裱成小册子抄写经文。

回来的路上，我们去花艇看望喜儿，刚好喜儿和翠姑都没有客人。喝完茶后准备离开，她们再三挽留我们。我想去楼上的小屋，而大姑已经有酒客在里面。于是，我对邵鸨母说："如果她们可以去我们住的地方，那就再一起叙叙吧。"邵鸨母说："可以。"然后秀峰先回了住所，嘱咐随从准备好酒菜，我随后将翠姑、喜儿带回我们的住处。我们正谈笑间，正好当地郡署官员王懋老不期而至，我们就留他一起跟我们喝酒。酒正要沾唇，我就听到楼下有人吵闹的杂声，好像要闹上楼的样子，原来是房东的一个无赖侄子得知我招妓，就故意带人来敲诈勒索。

秀峰生气地埋怨："这都怪三白一时高兴，我不应该也顺从他。"我说："事已至此，我们应该先想退敌之计，而不是相互斗嘴。"王懋老说："我试着先下去劝阻。"

我当即唤来仆人雇了两顶小轿，想先送两妓脱身，然后再想出城的办法。我听到王懋老在下面劝说不退他们，但他们也没上楼。两顶轿子已经雇好，我的随从的手脚很利落，我叫他在前面开路，秀峰挽着翠姑，我挽着喜儿在后面，一起冲了下去。秀峰和翠姑因为得到仆人的帮助，已经冲出门了，而喜儿被无赖抓住。我急忙一脚踢中那人的手臂，他松手的时候喜儿就逃脱了出去，我也趁机脱身。

评 析

面对无赖的敲诈围堵，相比徐秀峰的遇事慌乱，怪责他人的行为，我们的作者沈复已游幕历事多年，更成熟稳重，也不是手无缚鸡之力的文弱书生，最后想出计策并成功脱身。

余仆犹守于门，以防追抢。急问之曰："见喜儿否？"仆曰："翠姑已乘轿去，喜娘但见其出，未见其乘轿也。"余急燃炬，见空轿犹在路旁。急追至靖海门，见秀峰侍翠轿而立，又问之，对曰："或应投东，而反奔西矣。"急反身，过寓十余家，闻暗处有唤余者，烛之，喜儿也，遂纳之轿，肩而行。秀峰亦奔至，曰："幽兰门有水窦[1]可出，已托人贿之启钥，翠姑去矣，喜儿速往！"余曰："君速回寓退兵，翠、喜交我！"至水窦边，果已启钥，翠先在。余遂左掖喜，右挽翠，折腰鹤步，踉跄出窦。

天适微雨，路滑如油，至河干[2]沙面，笙歌正盛。小艇有识翠姑者，招呼登舟。始见喜儿首如飞蓬[3]，钗环俱无有。余曰："被抢去耶？"喜儿笑曰："闻此皆赤金，阿母物也，妾于下楼时已除去，藏于囊中。若被抢去，累君赔偿耶。"余闻言，心甚德[4]之，令其重整钗环，勿告阿母，托言寓所人杂，故仍归舟耳。翠姑如言告母，并曰："酒菜已饱，备粥可也。"

时寮上酒客已去，邵鸨儿命翠亦陪余登寮，见两对绣鞋泥污已透。三人共粥，聊以充饥。剪烛絮谈，始悉翠籍湖南，喜亦豫产，本姓欧阳，父亡母醮[5]，为恶叔所卖。翠姑告以迎新送旧之苦，心不欢必强笑，酒不胜必强饮，身不快必强陪，喉不爽必强歌。更有乖张其性者，稍不合意，即掷酒翻案，大声辱骂，假母不察，反言接待不周。又有恶客彻夜蹂躏，不堪其扰。喜儿年轻初到，母犹惜之。不觉泪随言落，喜儿亦嘿然涕泣。余乃挽喜入怀，抚慰之。嘱翠姑卧于外榻，盖因秀峰交也。

注 释

① 窦：洞穴、洞。

② 河干：河岸。

③ 首如飞蓬：头发蓬松凌乱。

④ 德：品德好，这里指的是欣赏的意思。

⑤ 醮（jiào）：指的是妇女再嫁。

译 文

我的仆人仍守在门外，以防止里面的人追抢我们。我出来后问他：“见到喜儿了吗？”仆人回答说：“翠姑已经乘轿离开，我却只看见喜娘出来，没见她上轿离开。”我急忙点燃火把，照亮后看到还在路旁的空轿子。我急忙追到靖海门，看到秀峰站在翠姑的轿子旁，又问他，他说：“她可能要往东边跑，结果跑到西边去了。”我急忙返回，找了我们寓所旁边的十几户人家，突然听到有人在黑处喊我，烛火一照是喜儿，我随即叫她上轿，让轿夫抬着她走。秀峰也跑回来跟我说：“幽兰门那里有个水洞可以出城，我已经叫人用钱贿赂把门打开，翠姑已经去了，喜儿快点过去吧！”我说：“你快点回寓所打发那些人走吧，翠姑和喜儿就交给我吧。”到了水洞那里，门果然已经开了，翠姑正在那里等着。我就左边掖着喜儿右边挽着翠姑，弯着腰像鹤一样走着，踉跄着出了水洞。

天正下着小雨，路面湿滑如油，我们到了河岸沙面，当时水面上的笙歌正热闹。小艇上有认识翠姑的人，就招呼我们上船。上船后我才看到喜儿头发蓬松，耳环金钗都不见了。我说：“你这是遭到抢劫了吗？”喜儿笑着对我说：“这些东西都是赤金的，是鸨母的东西。我下楼的时候就已经取了下来，藏在袋子里了。如果不小心被抢去了，那岂不是要连累你来赔偿。”我听了她的话，心里很感激她，就叫她重理头发钗环，并且嘱咐她俩不要跟鸨母说今晚发生的事，只托词说寓所人多不太方便，所以还是回到船上。翠姑照我的话跟鸨母说了，并说：“我们已经吃饱了，准备些清粥就可以了。”

当时小屋里的客人已经走了。邵寡妇就让翠姑、喜儿和我一起去小屋，我看见她俩的绣鞋已经被污泥浸透了。我们一起吃粥填饱肚子后，在烛光下闲聊，我这才知道翠姑的祖籍在湖南，喜儿是河南人，本姓欧阳，因为父亲早死、母亲改嫁，所以被狠心恶毒的叔叔给卖了。翠姑告诉我迎新送旧的痛苦，就算心里难受也必须强颜欢笑，喝不下去酒也必须强喝，身体不舒服也必须陪客，嗓子不舒服也必须唱歌。甚至还有一些性情乖张的人，稍微有一点不合心意的地方，就扔酒杯、掀桌子，高声辱骂，鸨母不会去问缘由，只会责怪她接待客人不够周到。还有一些恶客十分粗俗野蛮，整夜欺凌蹂躏，让人不堪忍受。喜儿年轻初到，鸨母还有怜惜之情。说着说着，翠姑眼泪就掉了下来，喜儿也跟着默默哭泣。我于是把喜儿揽在怀里安慰，并嘱咐翠姑在外间睡，因为她是秀峰的相好。

评析

和平年代，男人所面对的诱惑，不是生死，不是战火，更多的是机会、地位、金钱、美色。此种情况下，一个成熟有责任感的男人，更应该有勇气拒绝诱惑！

自此或十日或五日，必遣人来招，喜或自放小艇，亲至河干迎接。余每去必邀秀峰，不邀他客，不另放艇。一夕之欢，番银四圆而已。秀峰今翠明红①，俗谓之跳槽②，甚至一招两妓。余则惟喜儿一人，偶独往，或小酌于平台，或清谈于寮内，不令唱歌，不强多饮，温存体恤，一艇怡然，邻妓皆羡之。有空闲无客者，知余在寮，必来相访。合帮之妓，无一不识，每上其艇，呼余声不绝，余亦左顾右盼，应接不暇，此虽挥霍万金所不能致者。

余四月在彼处，共费百余金，得尝荔枝鲜果，亦生平快事。后鸨儿欲索五百金强余纳喜，余患其扰，遂图归计。秀峰迷恋于此，因劝其购一妾，仍由原路返吴。明年，秀峰再往，吾父不准偕游，遂就青浦杨明府之聘。及秀峰归，述及喜儿因余不往，几寻短见。噫！“半年一觉扬帮梦，赢得花船薄幸名”矣！

注释

① 今翠明红：今天这个翠儿，明天那个红儿，意思是经常更换

妓女。

② 跳槽：原指男女间爱情上喜新厌旧，见异而迁。后多用于换工作换单位。

译 文

此后，每隔十天或五天，她们一定会让人来请我。喜儿有的时候还会自己划船，亲自到河边来接我。我每次去的时候，必然会和秀峰一起，但不会邀请其他人，也不去别的花艇。在船上的一夜欢愉需要花费四块番银。而秀峰招的妓女常常更换，俗称“跳槽”，甚至有时候一次招两个妓女。而我每次却只叫喜儿一个，有时候独自前往，或是在平台上和喜儿小酌几杯，或是在小屋里聊天，不让她唱歌，也不强迫她喝酒，对她温柔体贴，整个花艇气氛和谐，相邻船只的妓女都很羡慕。有的妓女没有客人的闲暇时候，知道我在这里，必然来访。然后整个帮里的妓女没有一个不认识我的，每次我到花艇，跟我打招呼、呼唤我的声音络绎不绝，我也左顾右盼，应接不暇，那些挥霍万金的客人都不一定能够得到这样的待遇吧。

我来扬帮四个月，一共花费一百多两银子，得以品尝荔枝鲜果，也属平生快事。后来鸨母想向我索取五百两银子，强迫我纳喜儿为妾。我担心她纠缠我，就打算回家。秀峰迷恋于此，于是我就劝他买一个做妾，我们还是由原路返回苏州。第二年，秀峰再次去广东，我的父亲不同意我同他一起再去，于是我接受了青浦杨知县的幕聘。等到秀峰回来的时候，说到喜儿因为我没有去，差点就寻短见了。唉，这真是“半年一觉扬帮梦，赢得花船薄幸名”啊！

评 析

这里的沈复，颇是度过了一段纸醉金迷的生活。当太多的美色诱惑摆在面前，是否能把持自我，这对男人来说，真是个折磨人的考验。人人都知道什么是诱惑，但抵制诱惑考验的还是心灵。

余自粤东归来，馆青浦两载，无快游可述。未几，芸、憨相遇，物议沸腾，芸以激愤致病。余与程墨安设一书画铺于家门之侧，聊佐汤药之需。

中秋后二日，有吴云客偕毛忆香、王星灿邀余游西山小静室，余适腕底无闲，嘱其先往。吴曰："子能出城，明午当在山前水踏桥之来鹤庵相候。"余诺之。

越日，留程守铺，余独步出阊门，至山前，过水踏桥，循田塍[1]而西。见一庵南向，门带清流，剥琢问之，应曰："客何来？"余告之。笑曰："此'得云'也，客不见匾额乎？'来鹤'已过矣！"余曰："自桥至此，未见有庵。"其人回指曰："客不见土墙中森森多竹者，即是也。"

余乃返，至墙下。小门深闭，门隙窥之，短篱曲径，绿竹猗猗[2]，寂不闻人语声，叩之，亦无应者。一人过，曰："墙穴有石，敲门具也。"余试连击，果有小沙弥出应。

余即循径入，过小石桥，向西一折，始见山门，悬黑漆额，粉书"来鹤"二字，后有长跋，不暇细观。入门经韦陀殿，上下光洁，纤尘不染，知为小静室。忽见左廊又一小沙弥奉壶出，余大声呼问，即闻室内星灿笑曰：“何如？我谓三白决不失信也！”旋见云客出迎，日：“候君早膳，何来之迟？”一僧继其后，向余稽首[3]，问知为竹逸和尚。入其室，仅小屋三椽，额曰“桂轩”，庭中双桂盛开。星灿、忆香群起嚷曰：“来迟罚三杯！”席上荤素精洁，酒则黄白俱备。余问曰：“公等游几处矣？”云客曰：“昨来已晚，今晨仅到得云河亭耳。”欢饮良久。饭毕，仍自得云河亭共游八九处，至华山而止。各有佳处，不能尽述。华山之顶有莲花峰，以时欲暮，期以后游。桂花之盛，至此为最，就花下饮清茗一瓯，即乘山舆，径回来鹤。

桂轩之东，另有临洁小阁，已杯盘罗列。竹逸寡言静坐，而好客善饮。始则折桂催花[4]，继则每人一令，二鼓[5]始罢。余曰：“今夜月色甚佳，即此酣卧，未免有负清光，何处得高旷地，一玩月色，庶不虚此良夜也？”竹逸曰：“放鹤亭可登也。”云客曰：“星灿抱得琴来，未闻绝调，到彼一弹何如？”乃偕往。但见木犀香里，一路霜林，月下长空，万籁俱寂。星灿弹《梅花三弄》，飘飘欲仙。忆香亦兴发，袖出铁笛，呜呜而吹之。云客曰：“今夜石湖看月者，谁能如吾辈之乐哉？”盖吾苏八月十八日石湖行春桥下，有看串月胜会，游船排挤，彻夜笙歌，名虽看月，实则挟妓哄饮而已。未几，月落霜寒，兴阑归卧。

注 释

① 塍（chéng）：田间的土埂子。

② 猗猗（yī yī）：叹词，表示赞美。美盛的样子。

③ 稽首（qǐ shǒu）：指古代汉族跪拜礼，为九拜中最隆重的一

种。常为臣子拜见君父时所用。跪下并拱手至地，头也至地。这里指的是点头作揖。

④ 折桂催花：折下桂花传花枝，饮酒的一种游戏。

⑤ 二鼓：二更。

译 文

我从广东回来之后，在青浦县做了两年的幕僚，没有快游经历可以叙述。没过多久，芸和憨园相遇，众人的闲言碎语沸沸扬扬，芸因为悲伤激愤而生病。我和程墨安在家门旁开了一家书画铺子，姑且用来贴补芸娘的药费。

中秋过后两天，吴云客带着毛忆香和王星灿邀我同游西山小静室。我刚好在写字画画没有空，便叫他们先走一步。吴云客说："如果你能出城，明天中午我们在山前水踏桥那里的来鹤庵等候你。"我答应了。

第二天，我让程墨安留守画铺，我独自步行出了阊门，到了山前水踏桥，顺着田间小路向西，看见一座朝南的庵堂，门前有一条清澈的河流。我敲门问路，里面的人问我："你到这里来干什么？"我告诉了他。他笑着说："这是得云庵，你没有看见匾额上的字吗？来鹤庵已经过了啊！"我说："我从桥那边走到这里，没有看到还有别的庵堂。"他回答说："你没有看到土墙里面有很多竹子吗，那里就是了。"

于是我返回到土墙下，看见一道小门紧闭。我从门缝中看到里面有短短的篱墙，曲折的小径，还有一片碧绿的竹子，门内安静得听不到人声。我敲门没有人回应。有一个路人告诉我：

"墙洞里有石头，需要用石头敲门。"我试着用石头连续敲门，果然有小和尚出来应门。于是我顺着小径往里走，经过小石桥向西转弯，才看见山门，上面悬挂着漆黑的匾额，用粉彩书写着"来鹤"二字，后面有一篇长跋，我顾不上细看。进门之后穿过韦陀殿，里面光洁亮丽，纤尘不染，才知道这里是小静室。突然看见左边走廊有一个小和尚捧着茶壶出来，我大声招呼他过来询问，就听见屋子里王星灿笑着说："怎么样？我说三白绝对不会食言吧！"随后吴云客出来迎接我，说："等着你过来用早餐，怎么来这么晚啊？"一个和尚跟在他身后，向我稽首，问过之后知道他是竹逸和尚。走进室内，只有三间小屋，匾额上写着"桂轩"，庭院中有两棵盛开的桂花树。王星灿、毛忆香等人一起嚷嚷着："来迟了罚三杯！"宴席上的荤素小菜十分精致洁净，酒水则黄酒白酒都备齐了。我问道："你们游玩了几处地方？"吴云客说："昨天过来的时候已经晚了，今天早上只游玩了云河亭。"我们畅饮了很久，饭后仍从云河亭开始游玩，一共玩了八九处地方，到华山为止，每个地方各有妙处，不能一一尽述。华山山顶有座莲花峰，因为当时天色渐晚，准备日后再来游玩。开得最茂盛的桂花就在这里了，我们在花下品一

壶清茶，然后就乘着山轿，直接回到来鹤庵。

桂轩的东边另有一座临洁小阁，这时已经摆好了杯盘。竹逸和尚静坐在那里不讲话，却很好客而且酒量不错。刚开始，我们玩“折桂催花”的游戏，接着每人行一个酒令，直到二更才散去。我说：“今晚月色如此美丽，我们就这样酣睡，也未免辜负了月色清光。哪里有又高又空旷的地方，我们去赏月，这样才不会虚度今夜良宵吧？”竹逸说：“放鹤亭可以登高。”云客说：“星灿带了琴过来，我们还没有听过他绝妙的曲子，到那里一弹怎么样啊？”于是我们一同前往，一路霜林，月光皎洁，万籁寂静。星灿弹了一曲《梅花三弄》，我们听着飘飘欲仙。忆香也一时兴起，从袖子里拿出笛子吹了起来。云客说：“今天晚上在石湖旁欣赏月色的人里面，有谁能和我们一样快乐呢？”原来，姑苏城的八月十八日，石湖行春桥下有看串月盛会，游船拥挤往来，彻夜歌声不绝，虽名义上为看月，其实是偕同歌伎一起哄闹饮酒罢了。过了一会儿，月落霜寒，我们尽兴而归。

评 析

与二三友人，在忙于生计的闲暇，一起游览山川，畅快胸怀，着实是解忧的好办法。当地的看串月盛会果真是一幅热闹的景象，沈复与他的朋友不想辜负清光月色，于是畅游至天将明，这是多么狂放不羁的生活态度，他们也是真正赏月的人。

明晨，云客谓众曰："此地有无隐庵，极幽僻，君等有到过者否？"咸对曰："无论[1]未到，并未尝闻也。"竹逸曰："无隐四面皆山，其地甚僻，僧不能久居。向年曾一至，已坍废，自尺木彭居士重修后，未尝往焉，今犹依稀识之。如欲往游，请为前导。"忆香曰："枵腹去耶？"竹逸笑曰："已备素面矣，再令道人携酒盒相从也。"面毕，步行而往。过高义园，云客欲往白云精舍，入门就坐。一僧徐步出，向云客拱手曰："违教两月，城中有何新闻？抚军在辕否？"忆香忽起曰："秃！"拂袖径出。余与星灿忍笑随之，云客、竹逸酬答数语，亦辞出。

高义园即范文正公墓，白云精舍在其旁。一轩面壁，上悬藤萝，下凿一潭，广丈许，一泓清碧，有金鳞[2]游泳其中，名曰"钵盂泉"。竹炉茶灶，位置极幽。轩后于万绿丛中，可瞰范园之概。惜衲子俗，不堪久坐耳。

是时，由上沙村过鸡笼山，即余与鸿干登高处也。风物依然，鸿干已死，不胜今昔之感。

正惆怅间，忽流泉阻路不得进，有三五村童掘菌子于乱草中，探头而笑，似讶多人之至此者。询以无隐路，对曰："前途水大不可行，请返数武，南有小径，度岭可达。"从其言。度岭南行里许，渐觉竹树丛杂，四山环绕，径满绿茵，已无人迹。竹逸徘徊四顾曰："似在斯，而径不可辨，奈何？"余乃蹲身细瞩，于千竿竹中隐隐见乱石墙舍，径拨丛竹间，横穿入觅之，始得一门，曰"无隐禅院，某年月日南园老人彭某重修"，众喜曰："非君则武陵源[3]矣！"

注 释

① 无论：不仅。

② 金鳞：金鱼。

③ 武陵源：陶渊明的《桃花源记》里的世外桃源，这里指的是迷路的情况。

译 文

第二天清晨，云客对大家说："这里有一座无隐庵，十分幽静，你们有没有谁去过啊？"我们都回答说："不仅没去过，听都没有听说过。"竹逸说："无隐庵四面环山，地方非常僻静，僧人在那里都不能久住。去年我曾经去过一次，庵堂已经坍塌废弃了。自从尺木彭居士重新修建之后，我再也没有去过了，现今依稀记得怎么走。如果各位要前去游玩，我愿做向导。"忆香说："饿着肚子过去吗？"竹逸笑着说："已经准备好素面了，再让道人带着酒一同跟随就够了。"吃完了面，我们步行前往。经过高义园，云客想去白云精舍，然后我们进门就坐下了。一位僧人慢慢走出，向云客拱手说："两个月没见，城中有什么新鲜见闻没有啊？巡抚大人还在官府办公吗？"忆香突然站起来，说："秃驴！"然后拂袖而出，我和星灿忍着笑跟随其后。云客、竹逸应酬几句，也告辞出门。

高义园就是范文正公墓，白云精舍就在其旁。白云精舍的一座轩楼面对峭壁，峭壁上爬满了藤萝，下面开凿一个水潭，宽数丈，蓄起一池清亮的水，有金鱼在里面游动，叫作“钵盂泉”。这里摆着取暖的竹炉，也设有烹茶的小灶，环境十分清幽。轩楼坐落于绿竹丛中，可以俯瞰范园的全貌，可惜和尚太过俗气，不堪久留。

这时，我们从上沙村经过鸡笼山，这里便是我和鸿干曾经登高的地方。风景依旧，而鸿干已经去世，我不禁感慨万千！

我正在惆怅的时候，忽然看到流水挡住前路，无法前行。有几个村童在杂草丛中采菌子，伸出脑袋笑了笑，好像很惊讶这么多人到这个地方来。我们向他们打听去无隐庵的路，他们回答说：“前面路上水流很大，不能行走。各位请往回走几步，南边有一条小径，越过山岭就可以到达了。”我们听了他们的劝告，穿过山岭向南走了几里路，渐渐发觉竹树丛杂，四面环山，小路上绿草如茵，已经没有人行走的痕迹了。竹逸徘徊着环顾四周，说：“好像是这里，但是路已经分辨不出来了，怎么办？”于是我蹲下身子仔细观察，在千竿竹林中隐约可以看见乱石堆砌的墙屋，我拨开竹林有一条小路，横穿竹林往里寻找，才找到了一扇门，上面写着：“无隐禅院，某年月日南园老人彭某重修。”大家都很欢喜地说：“要不是你，我们就真的成了武陵源的迷路渔夫了。”

评 析

翻过山岭，走过伤感之地，直至竹树丛杂而无路可去，然而沈复颇有游览经验，拨开竹林，豁然开朗，像觅得一“桃花源”，此时

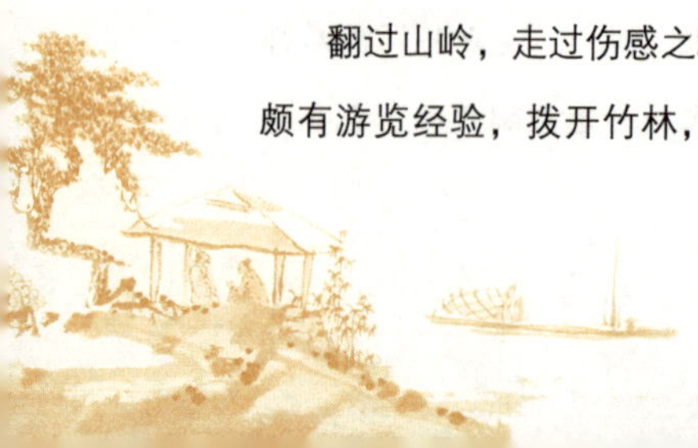

此刻众人游览的心情该有多么惊喜啊！

山门紧闭，敲良久，无应者。忽旁开一门，呀然有声，一鹑衣少年出，面有菜色，足无完履，问曰："客何为者？"竹逸稽首曰："慕此幽静，特来瞻仰。"少年曰："如此穷山，僧散无人接待，请觅他游。"言已，闭门欲进。云客急止之，许以启门放游，必当酬谢。少年笑曰："茶叶俱无，恐慢客耳，岂①望酬耶？"

山门一启，即见佛面，金光与绿阴相映，庭阶石础，苔积如绣，殿后台级如墙，石栏绕之。循台而西，有石形如馒头，高二丈许，细竹环其趾。再西折北，由斜廊蹑级而登，客堂三卷楹紧对大石。石下凿一小月池，清泉一派，荇藻交横。堂东即正殿，殿左西向为僧房厨灶，殿后临峭壁，树杂阴浓，仰不见天。

星灿力疲，就池边小憩，余从之。将启盒小酌，忽闻忆香音在树杪，呼曰："三白速来，此间有妙境！"仰而视之，不见其人，因与星灿循声觅之。由东厢出一小门，折北，有石蹬如梯，约数十级，于竹坞中瞥见一楼。又梯而上，八窗洞然，额曰"飞云阁"。四山抱列如城，缺西南一角，遥见一水浸天，风帆隐隐，即太湖也。倚窗俯视，风动竹梢，如翻麦浪。忆香曰："何如？"余曰："此妙境也。"忽又闻云客于楼西呼曰："忆香速来，此地更有妙境！"因又下楼，折而西十余级，忽豁然开朗，平坦如台。度其地，已在殿后峭壁之上，残砖缺础尚存，盖亦昔日之殿基也。周望环山，较阁更畅。忆香对太湖长啸一声，则群山齐应。乃席地开樽，忽愁枵腹，少年欲烹焦饭代茶，随令改茶为粥，邀与同啖。询其何以冷落至此，曰："四无居邻，夜多暴客，积粮时来强窃，即植蔬果，亦半为樵子所有。此为崇宁寺下院，长厨中月送饭干一石、盐菜一坛而已。某为彭姓裔，暂居看守，行将归去，不久当无人迹矣。"云客谢以番银一圆。

返至来鹤，买舟而归。余绘《无隐图》一幅，以赠竹逸，志快游也。

注 释

① 岂：哪里。

译 文

山门紧闭，敲了很久都没有人应门，旁边的门忽然吱呀一声打开了，一位衣衫褴褛的少年走出来。他面色泛黄，脚上的鞋子都破了，问道："客人前来有什么事吗？"竹逸点头说道："我们仰慕这里的幽静，特地前来瞻仰。"少年说："这里如此荒凉，僧人都离开了，没有人来接待你们，请到别处游玩吧。"说完，少年关上门准备进去。云客连忙阻止他，许诺他打开门让我们进去转转，定会酬谢他。少年笑着说："茶叶都没有，恐怕怠慢了客人，哪里还指望酬谢啊？"

山门一打开，我们就看见了佛像的金光和绿荫交相辉映，庭前石阶上的青苔宛如织绣在上面一样，大殿后面的台阶硕大如墙，有石栏相围。沿着台阶向西走，有一块形似馒头的大石头，高两丈多，细小的竹子环绕在它脚下。再由西向北走，从斜廊沿阶向上攀登，就看见

三间堂屋紧对大石。石头下面开凿了一个小月池，池中一道清泉，池底水草荇藻交错。堂屋东面就是正殿，正殿的左边朝西的方向是僧人的住房和厨房，大殿后临悬崖峭壁，树多浓荫，抬头看不见日光。

星灿累了，坐在池边稍作休息，我也坐下来。我们正准备打开酒食盒喝点小酒，忽然从树梢传来忆香的声音："三白快过来，这里有个好地方！"抬头一看，却不见人影，于是与星灿循着声音找去。由东厢出一小门，转向北面，那里有像梯子一样的石阶，爬了十几个台阶，在竹林中看见还有一楼。我们又沿着石阶往上爬，上面的楼阁八窗打开，只见匾额上题着"飞云阁"。四周群山环抱像一座城池，唯独缺西南一角，远远望去水天相接，风帆时隐时现，那里是太湖。靠着窗子往下看，风吹动竹梢，竹林就像麦浪翻滚。忆香说："这里怎么样？"我回答道："真是个好地方啊。"忽然又听到云客在楼的西面大叫："忆香你快来，这个地方更好呢！"于是我们又下楼，转向西，爬了十几个台阶，眼前豁然开朗，这里平坦如台。我们四处看看，猜测已经身在殿后峭壁上了，残缺的砖基还在，大概这里是曾经的殿基。环顾四周，这里看远山较飞云阁更开阔。忆香对着太湖大喊一声，就听到群山传来回声。于是我们席地喝酒，忽然开始为肚子饿了发愁，少年准备煮焦饭粒代替茶叶，我们便让他改茶为粥，并邀他一块吃粥。我们向少年询问此地为什么这么冷清，他说："四周没有邻居，夜晚经常有强盗，存了粮食的话就会有人来抢夺，即便是种些蔬果，也多半被樵夫夺去。这无隐禅院是崇宁寺的下院，厨房师傅每月会送来一石干粮，一坛咸菜，仅此而已。我为彭姓后人，暂且居住在这里看守，正打算回去，不久这里将荒无人烟了。”云客给了他一块洋银圆作为酬谢。

返回到来鹤庵，我们各自乘船回家。不久，我画下一幅《无隐图》，赠给竹逸和尚，作为此次快意之游的纪念。

评 析

通过作者的描述，我们可以想象无隐禅院当年的繁华胜景，虽地处僻静但景色一绝。可惜随着时光的流逝，一切只能成为遗迹，而后人也只能从这些记载中稍作了解。

是年冬，余为友人作中保所累，家庭失欢，寄居锡山华氏。明年春，将之维扬而短于资，有故人韩春泉在上洋幕府，因往访焉。衣敝履穿，不堪入署，投札约晤于郡庙园亭中。及出见，知余愁苦，慨助十金。园为洋商捐施而成，极为阔大，惜点缀各景，杂乱无章，后叠山石，亦无起伏照应。归途忽思虞山之胜，适有便舟附之。时当春仲，桃李争研，逆旅行踪，苦无伴侣，乃怀青铜三百，信步至虞山书院。

墙外仰瞩，见丛树交花，娇红稚绿，傍水依山，极饶幽趣。惜不得其门而入，问途以往，遇设篷瀹①茗者，就之，烹碧罗春，饮之极佳。询虞山何处最胜，一游者曰：“从此出西关，近剑门，亦虞山最佳处也，君欲往，请为前导。”余欣然从之。

出西门，循山脚，高低约数里，渐见山峰屹立，石作横纹，至则一山中分，两壁凹凸，高数十仞，近而仰视，势将倾堕。其人曰：“相传上有洞府，多仙景，惜无径可登。”余兴发，挽袖卷衣，猿攀而上，直造其巅。所谓洞府者，深仅丈许，上有石罅，洞然见天。俯首下视，腿软欲堕。乃以腹面壁，依藤附蔓而下。其人叹曰：“壮哉！游兴之豪，未见有如君者。”余口渴思饮，邀其人就野店沽饮三杯。阳乌将落，未得遍游，拾赭石[②]十余块，怀之归寓，负笈[③]搭夜航至苏，仍返锡山。此余愁苦中之快游也。

注释

① 篷瀹（yuè）：棚子，棚屋。

② 赭（zhě）石：暗棕色矿物，多呈不规则的扁平块状，可用作颜料。

③ 负笈（jí）：笈，书箱。背着书箱，指游学外地。

译文

这年冬天，我帮朋友借债做担保人而受到连累，导致失去父母欢心，只得无奈寄居在无锡华夫人家。第二年春，我想去扬州谋生却又没钱，当时有个老朋友韩春泉正在上海幕府任职，于是前去拜访他。我因为身穿旧衣破鞋，不好意思走进官署，于是送信给他约在郡庙园亭中相见。见面后，他了解我的愁苦后，大方资助我十两银子。郡庙园亭是洋商捐资建成的，非常开阔，只是很可惜，里面点缀的景物杂乱无章，后面堆叠的山石也没有起伏照应。回来的时候，我突然想去看虞山胜景，正好有顺路的船便去了。当时正是仲春时节，一路上桃红李白，昼夜兼行，只是遗憾没有同伴，于是我拿着三百文铜钱，信步来到虞山书院。

从院墙外仰观，只见花树交相辉映，娇红稚绿，依山傍水，极富幽趣，可惜不能进去一饱眼福。我一边走一边打听，途中遇到一个煮茶的棚子，就进去坐了坐，要了一壶碧螺春，味道特别好。我向人打听虞山哪里的景色最美，一个游人告诉我：“从这里出西关，靠近剑门的地方，是虞山风景最佳的地方，您要是想去，我愿为您做向导。”我欣然答应了。

我们出了西门，沿着山脚高高低低走了几里路，渐渐看见屹立的山峰，山石有横纹，到后才发现，这是一山从中间一分为二，两壁凹凸不平，高有几十仞，走得近时需要高高仰视，山势像随时要掉下来似的。同来的游人说：“传说山顶有洞府，有很多仙景，可惜没有路可以登上山顶。”我一时兴起，挽起袖子，卷起衣摆，学着猴子的姿势开始爬山，一直到达山顶。所谓的洞府，深也就一丈左右，上有石缝，可以看见天空。弯腰俯视，双腿发抖感觉要掉下去。于是用肚子贴着石壁，抓着藤蔓慢慢爬下来。同游的人非常佩服我，他说："你真是厉害呀！论游兴之豪迈，我从没见过您这样的呢。"我觉得口渴想喝水，于是邀他到山下野店去喝了三杯。太阳快要落山了，我还没有把那里游遍，便捡了十几块赭石，放入怀中带回客店，然后背着书箱乘夜船回到苏州，仍是返回锡山华家。这是我在愁苦生活中的一次快意之旅。

评 析

钱乃身外之物，但没有钱又万万不成。世人常常为钱财所累，沈复也是如此，他出外借钱也不忘赏山玩景，也算是苦中作乐，并乐在其中了。

嘉庆甲子春，痛遭先君之变，行将弃家远遁，友人夏揖山挽留其家。秋八月，邀余同往东海永泰沙勘收花息。沙隶崇明，出刘河口，航海百余里。新涨初辟，尚无街市。茫茫芦荻，绝少人烟，仅有同业丁氏仓库数十椽，四面掘沟河，筑堤栽柳绕于外。

丁字实初，家于崇，为一沙之首户[①]；司会计者姓王，俱豪爽好客，不拘礼节，与余乍见即同故交。宰猪为饷，倾瓮为饮。令则拇战，不知诗文；歌则号呶[②]，不讲音律。酒酣，挥手舞拳相扑为戏。蓄牯牛百余头，皆露宿堤上。养鹅为号，以防海盗。日则驱鹰犬猎于芦丛沙渚间，所获多飞禽。余亦从之驰逐，倦则卧。

引至园田成熟处，每一字号[③]圈筑高堤，以防潮汛。堤中通有水窦，用闸启闭，旱则长潮时启闸灌之，潦则落潮时开闸泄之。佃人皆散处如列星，一呼俱集，称业户曰“产主”，唯唯听命，朴诚可爱。而激之非义，则野横过于狼虎；幸一言公平，率然拜服。

风雨晦明，恍同太古。卧床外瞩，即睹洪涛，枕畔潮声，如鸣金鼓。一夜，忽见数十里外有红灯大如栲栳[4]，浮于海中，又见红光烛天，势同失火，实初曰：“此处起现神灯神火，不久又将涨出沙田矣。”揖山兴致素豪，至此益放。余更肆无忌惮，牛背狂歌，沙头醉舞，随其兴之所至，真生平无拘之快游也。事竣，十月始归。

注释

① 首户：首富。

② 号呶（háo náo）：喧嚣叫嚷。

③ 字号：过去的人除了名字以外的另外称呼或一家商铺的名称。这里指的是每一户田家的田地或作物。

④ 栲栳（kǎo lǎo）：用柳条编成，形状像斗的容器。也叫笆斗，用来打水或装东西。

译文

嘉庆甲子年（1804年）春，我痛遭父亲病逝、家庭离散的变故，打算抛弃家室远遁深山修行，朋友夏揖山挽留我住到他家里。那年秋八月，他邀我一块去东海永泰沙收利息。永泰沙隶属崇明县，我们乘船离开刘河口，在海上航行一百多里才到达。这块地方是随着涨潮才开辟出来的，还没有形成街市。放眼望去芦苇一片，那里人烟稀少，只有夏揖山的生意伙伴丁氏的几十间仓库，四周有

河沟，筑了河堤，栽了杨柳环绕在外。

丁氏字实初，家在崇明，是永泰沙的首富；其会计姓王，他们都是豪爽好客的人，不拘泥于礼节，和我初见就像是故交。他们杀猪款待我们，还把所有的酒都搬出来喝。行酒令只会划拳，不懂吟诗对文；唱歌则是号叫，不讲究音律节奏。酒酣耳热时，丁氏便让工人挥拳摔跤作乐子。他养有一百多头牯牛，都露宿在河堤上。他还养白鹅以其鸣叫做信号以防海盗。白天，他驱赶着鹰犬在芦苇与沙滩间狩猎，常常能捕到一些禽鸟。我也跟着他们驱赶追逐，累了就躺在沙地上休息一会儿。

他带着我去看田间成熟的庄稼，每一块田都筑有很高的围堤，用来防汛。大堤内通有水渠，通过闸门来开启关闭。干旱的时候，他就命人在涨潮之时开启闸门灌溉庄稼，积水的时候，则命人趁着落潮打开闸门泄水。佃户们住得像星星一样分散，但是一喊就都会聚来，他们称业户为“产主”，他们唯唯听命的样子，很是纯朴可爱。但是他们会因为不公而激愤，那时就会比狼虎还要蛮横；如果有人能够主持公道，他们又会十分信服。

无论刮风下雨还是阳光灿烂，海边的天气总是瞬息万变，恍如置身遥远的太古时代。我躺在床上，向外就可以看到大海的波涛，枕畔的浪潮声就像金鼓齐鸣一样。一天夜里，我忽然看见几十里外有大如竹筐的红灯，漂浮在海面上，又看见红光映红了天空，那情形如同失火一样。实初说：“这个地方出现了神灯神火，不久之后海水又会涨出沙田了。”夏揖山兴致十分豪迈，到这里就更加放纵了。我也肆无忌惮，骑在牛背上唱歌，走在沙头上醉酒舞蹈，任凭兴之所至，真是平生无拘无束的快意之游啊！我在那里事情办完后，十月才回家。

评析

“面朝大海，春暖花开”，兴之所至，牛背上狂歌，沙滩上醉舞，兴尽而返，这是何等的舒心惬意！

吾苏虎丘之胜，余取后山之千顷云一处，次则剑池而已，余皆半借人工，且为脂粉所污，已失山林本相。即新起之白公祠、塔影桥，不过留雅名耳。其冶坊滨，余戏改为“野芳滨”，更不过脂乡粉队，徒形其妖冶而已。其在城中最著名之狮子林，虽曰云林手笔[1]，且石质玲珑，中多古木，然以大势观之，竟同乱堆煤渣，积以苔藓，穿以蚁穴，全无山林气势。以余管窥[2]所及，不知其妙。

灵岩山，为吴王馆娃宫故址，上有西施洞、响屟廊、采香径诸胜，而其势散漫，旷无收束，不及天平、支硎之别饶幽趣。

邓尉山[3]一名元墓，西背太湖，东对锦峰，丹崖翠阁，望如图画，居人种梅为业，花开数十里，一望如积雪，故名“香雪海”。山之左有古柏四树，名之曰“清、奇、古、怪”：清者，一株挺直，茂如翠盖；奇者，卧地三曲，形“之”字；古者，秃顶扁阔，半朽如掌；怪者，体似旋螺，枝干皆然。相传汉以前物也。

注释

① 云林手笔：指的是类似倪瓒的山水画的风格。

② 管窥（kuī），指从管中窥物，喻目光短浅，见闻不广。

③ 邓尉山：位于苏州吴中区光福镇西南部，因东汉太尉邓禹曾隐居于此得名。

译文

苏州虎丘的美景，我最爱后山的千顷云，其次是剑池，其余都是半人工建造，并且这些地方都过于矫揉造作，已经失去了山林原本的意境。即使是刚刚建起的白公祠、塔影桥，也不过是徒留一个雅致的名称罢了。其中有座冶坊滨，我戏称为“野芳滨”，更加觉得不过是像徒具妖冶形貌的庸脂俗粉罢了。即使是城中最著名的狮子林，虽说是仿照元代画家倪云林的手法建造，而且山石玲珑，中间种有很多古木，然而从整体看来，狮子林如同胡乱堆砌的煤渣，再加上苔藓累积和一些蚁穴，全然没有山林的气势。以我的一管之见看来，不知其妙在何处。

灵岩山，是吴王馆娃宫的故址，上面有西施洞、响屧廊、采香径等众多名胜，但是这里气势散漫，空旷没有遮挡，远不及天平、支硎的别致雅趣。

邓尉山又叫作元墓，西面背靠太湖，东面对着锦峰，红色的崖壁上有一间翠绿的阁楼，看上去就像一幅画。这里的居民靠种植梅花为业，

花开数十里，远远望去如同积雪，所以叫作“香雪海”。山的左面有四棵古老的柏树，分别叫作“清”“奇”“古”“怪”。叫“清”的那一棵柏树枝干笔直，茂密如同翠绿的伞盖；叫“奇”的那棵柏树卧在地上三处曲折，形状就像“之”字；叫“古”的那棵柏树秃顶、扁阔，一半枯朽像手掌；叫“怪”的那棵柏树扭曲得像陀螺，枝干也是这样。相传这四棵古柏可追溯至汉代以前。

评 析

对于自己的家乡，作者能以较客观的眼光来评价，写出其美中之不足。只是，倘若人们带着挑剔的眼光去欣赏美景，恐怕景再美也无从感受了。

乙丑孟春，揖山尊人莼芗先生偕其弟介石，率子侄四人，往幞山家祠春祭，兼扫祖墓，招余同往。顺道先至灵岩山，出虎山桥，由费家河进香雪海观梅。幞山祠宇即藏于香雪海中，时花正盛，咳吐[1]俱香，余曾为介石画《幞山风木图》十二册。

是年九月，余从石琢堂殿撰赴四川重庆府之任，溯[2]长江而上，舟抵皖城。皖山之麓，有元季忠臣余公之墓，墓侧有堂三楹，名曰“大观亭”，面临南湖，背倚潜山。亭在山脊，眺远颇畅。旁有深廊，北窗洞开，时值霜时初红，烂如桃李。同游者为蒋寿朋、蔡子琴。

南城外又有王氏园，其地长于东西，短于南北，盖北紧背城、南则临湖故也。既限于地，颇难位置，而观其结构，作重台叠馆之法。重台者，屋上作月台为庭院，叠石栽花于上，使游人不知脚下有屋。盖上叠石者则下实，上庭院者则下虚，故花木仍得地气而生也。叠馆者，楼上作轩，轩上再作平台。上下盘折，重叠四层，且有小池，水不漏泄，竟莫测其何虚何实。其立脚全用砖石为之，承重处仿照西洋立柱法。幸面对南湖，目无所阻，骋怀游览，胜于平园，真人工之奇绝者也。

武昌黄鹤楼在黄鹄矶上，后拖黄鹄山，俗呼为蛇山。楼有三层，画栋飞檐，倚城屹峙，面临汉江，与汉阳晴川阁相对。余与琢堂冒雪登焉，俯视长空，琼花飞舞，遥指银山玉树，恍如身在瑶台。江中往来小艇，纵横掀播[3]，如浪卷残叶，名利之心至此一冷。壁间题咏甚多，不能记忆，但记楹对有云："何时黄鹤重来，且共倒金樽，浇洲渚千年芳草；但见白云飞去，更谁吹玉笛，落江城五月梅花。"

注 释

① 咳吐（ké tǔ）：说话谈吐之间。

② 溯（sù）：逆流而上。

③ 掀播：上下颠簸。

译 文

乙丑年（1805年）孟春时节，夏揖山的父亲莼芗先生和他的弟弟介石带着子侄等四人，前往幞山的祠堂祭拜，兼扫祖墓，叫我一同前往。我们顺道先去了灵岩山，出了虎山桥，又从费家河进入香雪海看梅花，幞山家祠就藏在香雪海中。这时节梅花正盛，说话间都香气盈盈。我曾经为介石画了《幞山风木图》十二册。

这年的九月，我跟着石琢堂赴四川重庆府就任，沿着长江逆行，抵达皖城。皖山（也成“潜山”）的山麓上，有元末忠臣余阙的陵墓，墓地的旁边有三间厅堂，称为“大观亭”，它面朝南湖，背靠潜山。山脊上有亭子，在上面远眺一派畅快。旁边有长廊，北窗打开，此时正是霜叶刚红的时候，就像桃李一般灿烂。一同游览的有蒋寿朋、蔡子琴。

南城外还有王氏园，园子东西长，南北短，因为北边背靠城池，南边面临太湖。即便是受地形限制，不好布置设计，但看它的结构，用了重台叠馆的方法。这里说的重台，是指屋子上留月台作庭院，在上面堆砌石头栽花，让游人不会有脚下踩着屋子的感觉。原来是上面叠石则下面就实，上面作为庭院的则下面就虚，所以花木还是可以得到地气而生长。叠馆处，楼上有轩房，轩房上有平台。上下盘折，这样重叠四层，而且设置有小池，水不会泄漏，竟然无法猜测哪里虚哪里实。立脚的地方都是用砖石建造的，承重的地方仿照西洋立柱的方法。幸好面对南湖，放眼望去，没什么阻碍之物，仍可以让人们尽兴游览，远胜于平常的园林，这里真是人工园林中的奇绝景观。

黄鹤楼在黄鹄矶上，后连黄鹄山，民间称其为“蛇山”。黄鹤楼有三层，画栋飞檐，倚城而立，面向汉江，与汉阳的晴川阁相对。我和琢堂冒雪登上黄鹤楼，站在楼上俯视长空，大雪就像琼花飞舞一样，到处银山玉树，仿佛置身于瑶台仙境。江中小船来往不绝，纵横颠簸，就像是浪花卷着残叶，置身其中令人忘却名利之心。墙壁上有很多诗句，无法记起，只记得一副楹联：

何时黄鹤重来，且共倒金樽，浇洲渚千年芳草；

但见白云飞去，更谁吹玉笛，落江城五月梅花。

评 析

这段是描写作者随同石琢堂去四川重庆府就任途中的经历，让我们见识了皖山“时值霜叶初红，烂如桃李”的景色，皖城私家园林的人工奇巧绝景。城南的园林以及武昌的黄鹤楼，尽管多为人工美景，但也汇集中外风情，巧夺天工。

黄州赤壁在府城汉川门外，屹立江滨，截然如壁。石皆绛色，故名焉。《水经》[①]谓之赤鼻山，东坡游此作二赋[②]，指为吴魏交兵处，则非也。壁下已成陆地，上有二赋亭。

是年仲冬抵荆州。琢堂得升潼关观察之信，留余住荆州，余以未得见蜀中山水为怅。时琢堂入川，而哲嗣敦夫眷属及蔡子琴、席芝堂俱留于荆州，居刘氏废园。余记其厅额曰“紫藤红树山房”。庭阶围以石栏，凿方池一亩，池中建一亭，有石桥通焉。亭后筑土垒石，杂树丛生，余多旷地，楼阁俱倾颓矣。

客中无事，或吟或啸，或出游，或聚谈。岁暮虽资斧不继，而上下雍雍，典衣沽酒，且置锣鼓敲之。每夜必酌，每酌必令。窘则四两烧刀，亦必大施觞政。

遇同乡蔡姓者，蔡子琴与叙宗系，乃其族子也，倩其导游名胜。至府学前之曲江楼，昔张九龄为长史时，赋诗其上，朱子亦有诗曰："相思欲回首，但上曲江楼。"城上又有雄楚搂，五代时高氏所建。规模雄峻，极目可数百里。绕城傍水，尽植垂杨，小舟荡桨往来，颇有画意。荆州府署即关壮缪[3]帅府，仪门内有青石断马槽，相传即赤兔马食槽也。访罗含[4]宅于城西小湖上，不遇。又访宋玉故宅于城北。昔庾信遇侯景之乱，遁归江陵，居宋玉故宅，继改为酒家，今则不可复识矣。

是年大除，雪后极寒，献岁发春，无贺年之扰，日惟燃纸炮、放纸鸢、扎纸灯以为乐。既而风传花信[5]，雨濯春尘，琢堂诸姬携其少女幼子顺川流而下，敦夫乃重整行装，合帮而走。由樊城登陆，直赴潼关[6]。

注 释

① 《水经》：指的是《水经注》，是我国第一本记载河水相关的著作。

② 二赋：指的是苏轼的《前赤壁赋》和《后赤壁赋》。

③ 关壮缪：关羽。

④ 罗含：宋代隐士。

⑤ 风传花信：春风吹来了花的香味，就是春风传递花信的意思。

⑥ 潼关：位于陕西省渭南市潼关县北，北临黄河，南踞山腰。潼关是关中的东大门，历来为兵家必争之地。

译 文

黄州赤壁在府城汉川门外，屹立在江滨，截然直立，如垂直的石壁，因为四周的石头都是绛红色的，所以叫赤壁。《水经注》里称它为赤鼻山，苏东坡到此游玩的时候写下了《前赤壁赋》和《后赤壁赋》二赋，说这里是吴魏两国交兵的地方，其实说得不对。赤壁的下方已经成了一块陆地，上面建有二赋亭。

这年仲冬时节，我们到了荆州，琢堂收到升任潼关观察使的消息，留我住荆州，于是我因不能跟他去看蜀中山水感到遗憾。琢堂入川之后，他的儿子敦夫以及其眷属，还有蔡子琴、席芝堂都留在荆州，居住在刘氏废园。我记得大厅的匾额上写着“紫藤红树山房”。这个园子庭前的石阶用栏杆围着，园中凿有一个约一亩大的池塘，池中有亭，石桥可以通往小亭。亭后筑土叠石，杂树丛生，其余都是空地，亭台楼阁都已倾倒荒废了。

我们客居在这里，无事可做，有时吟诗，有时唱歌，有时出外游玩，有时聚会聊天。到了年底，虽然大家都没有钱，但是上下和睦相处，有时会典当衣服来买酒，大家还买了锣鼓敲来作乐。每天晚上我们都会饮酒，每次饮酒的时候都会行酒令。手头实在没钱时，哪怕只买四两烧刀酒，我们也还是会大行酒令。

我在这里遇见了一个姓蔡的同乡，他和蔡子琴是同宗，原来是他的同族兄弟。我们邀请他做向导，带我们游览名胜。我们游览了府学前的曲江楼，上面有当年张九龄做长史时在此题的诗，朱子也赋诗道："相思欲回首，但上曲江楼。"城墙上还有雄楚楼，是五代时南平王高氏建造的，规模雄伟，可以远眺数百里。环绕城池的河边种满了垂杨，我们乘坐小舟往来其间，颇有画意。荆州府的官府是从前关羽的帅府，官府门内有青石断马槽，相传这是赤兔马的马槽。我们在城西的小湖上寻访罗含的故居，没有找到，之后又去城北探访宋玉的旧址。当年庾信遭遇侯景之乱，隐居江陵，居住在宋玉的旧宅，后来这里改为酒家，如今已经辨认不出来了。

这一年除夕，雪停了之后非常寒冷。新年伊始，春生万物，客居他乡的我们没有互相恭贺新年的烦扰，每天只是放鞭炮、放风筝、扎纸灯作乐。春风传递花信，春雨洗濯了尘土，就这样春天到了。琢堂的诸位夫人带着少女幼子从四川顺着长江而下，敦夫则重新整理行装，全部人马一起出发。我们一起从樊城登陆，直接到达潼关。

评 析

沈复一路游山玩水，随着他的笔尖，我们也跟着徜徉在历史与现实之间，从黄鹤楼到赤壁，从刘氏废园到雄楚楼，再到宋玉故宅……这是一次充满人文风情的浪游之旅。

由山南阌乡县[1]西出函谷关，有“紫气东来”四字，即老子乘青牛所过之地。两山夹道，仅容二马并行。约十里即潼关，左背峭壁，右临黄河，关在山河之间扼喉而起，重楼垒垛，极其雄峻。而车马寂然，人烟亦稀。昌黎诗曰：“日照潼关四扇开”，殆亦言其冷落耶？

城中观察之下，仅一别驾[2]。道署紧靠北城，后有园圃，横长约三亩。东西凿两池，水从西南墙外而入，东流至两池间，支分三道：一向南至大厨房，以供日用；一向东入东池；一向北折西，由石螭[3]口中喷入西池，绕至西北，设闸泄泻，由城脚转北，穿窦而出，直下黄河。日夜环流，殊清人耳。竹树阴浓，仰不见天。西池中有亭，藕花绕左右。东有面南书室三间，庭有葡萄架，下设方石，可弈可饮，以外皆菊畦。西有面东轩屋三间，坐其中可听流水声。轩南有小门可通内室。轩北窗下另凿小池，池之北有小庙，祀花神。园正中筑三层楼一座，紧靠北城，高与城齐，俯视城外即黄河也。河之北，山如屏列，已属山西界。真洋洋大观也！

余居园南，屋如舟式，庭有土山，上有小亭，登之可览园中之概，绿阴四合，夏无暑气。琢堂为余颜其斋曰“不系之舟”。此余幕游以来第一好居室也。土山之间，艺菊数十种，惜未及含葩[4]，而琢堂调山左廉访矣。眷属移寓潼川书院，余亦随往院中居焉。

注释

① 阌（wén）乡县：今河南省灵宝市。

② 别驾：官名，刺史的佐吏。

③ 螭（chī）：古代传说中一种没有角的龙。古建筑或器物、工艺品上常用它的形状做装饰。

④ 含葩：含苞待放的样子。

译文

从河南的阌乡县往西出函谷关，可以看到“紫气东来”四个字，这就是当年老子倒骑青牛路过的地方。两山之间有一条小路，只能容纳两匹马并排走。前行十里就到了潼关，潼关东靠峭壁，西临黄河，位于山河之间，建在极其险要之处，楼房层叠建造，十分雄伟险峻。然而关内没什么车马声，人烟也很稀少。韩昌黎有诗说：“日照潼关四扇开”，大概就是说潼关很冷清吧。

城中观察使官阶之下，只设有一“别驾”。道台官署紧靠着北城，后面有园圃，面积约三亩。东西各凿一水池，水从西南城外流进来，向东流进两个水池里，分成三条水道：一条向南流进主厨房，供日常生活所用；一条向东流进东边的水池；一条向北转向西边，通过石龙嘴中喷入西边的水池，之后又绕向西北边，那里有个闸门泄水，水出了水闸之后，经城门向北穿过水洞，直接流入黄河。水在城中日夜不停地循环流动，让人感觉十分清爽。园圃中竹木茂盛，树荫浓密，抬头看不到天日。西池中有间亭子，周围环绕着荷花。东边有三间朝南的书房，庭院里搭建着葡萄架，下面设有方形石桌，可以下棋，也可以喝酒，其他的地方全种着菊花。西边有三间朝东的轩屋，坐在屋里可以听见外面流水的声音。轩屋的南边有小门可通室内。轩屋北边窗户下另凿了一个小池塘，池塘北边有间小庙用来祭祀花神。园子中心筑有一座三层的楼宇，紧靠着北城，与城楼一样高，我站在楼上就能俯瞰黄河。黄河北边的山川如屏风一样排列，那里已经属于山西地界了。这真是洋洋大观啊！

我住在园子南边，屋子形状像船。庭院中有一座土山，山上有间小亭子，登上小山，就可以看到园子的大致景象。这里树叶茂密，四处都是绿荫，夏天不觉得热。琢堂给我的屋子题匾为“不系之舟”。这是我游历这么久以来住过的最好的屋子。我在土山上种了几十个品种的菊花，只可惜还没等到它们开花，琢堂就被调回山东做廉访使了。所以，他的家眷都搬到潼川书院，我也随着前往书院居住。

评 析

沈复三十多年来的足迹可以说是遍及大江南北，黄河两岸。其中有快乐，也有很多无奈，更有触景生情，就如当初看到“紫气东来”遥想老子骑青牛出函谷关的身影。旅游可以开阔心胸，想必沈复也是通过快游来排解生活的苦闷。

琢堂先赴任，余与子琴、芝堂等无事辄出游。乘骑至华阴庙，过华封里，即尧时三祝①处。庙内多秦槐汉柏，大皆三四抱，有槐中抱柏而生者，柏中抱槐而生者。殿廷古碑甚多，内有陈希夷书“福”“寿”字。华山之脚有玉泉院，即希夷先生②化形骨蜕③处。有石洞如斗室，塑先生卧像于石床。其地水净沙明，草多绛色，泉流甚急，修竹绕之。洞外一方亭，额曰“无忧亭”。旁有古树三株，纹如裂炭，叶似槐而色深，不知其名，土人即呼曰“无忧树”。

太华之高不知几千仞，惜未能裹粮往登焉。归途见林柿正黄，就马上摘食之，土人呼止弗听，嚼之涩甚，急吐去，下骑觅泉漱口，始能言，土人大笑。盖柿须摘下煮一沸，始去其涩，余不知也。

十月初，琢堂自山东专人来接眷属，遂出潼关，由河南入鲁。山东济南府城内，西有大明湖，其中有历下亭、水香亭诸胜。夏月柳阴浓处，菡萏④香来，载酒泛舟，极有幽趣。余冬日往视，但见衰柳寒烟，一水茫茫而已。趵突泉为济南七十二泉之冠，泉分三眼，从地底怒涌突起，势如腾沸。凡泉皆从上而下，此独从下而上，亦一奇也。池上有楼，供吕祖[5]像，游者多于此品茶焉。

明年二月，余就馆莱阳。至丁卯秋，琢堂降官翰林，余亦入都。所谓登州海市，竟无从一见。

注 释

① 尧时三祝：当帝尧驾临华山的时候，尧拒绝了当地百姓对他“长寿、富有、子孙繁多”的祝福，理由是：子孙多未必是好事，富有会招惹祸事，长寿会使人蒙受更多的屈辱。

② 希夷先生：陈希夷，五代宋初道士。

③ 化形蜕骨：道士羽化登仙。

④ 菡萏（hàn dàn）：古人称未开的荷花为菡萏，即花苞。

⑤ 吕祖：即吕洞宾，号纯阳子。被道教全真道派奉为纯阳祖师，故世称吕祖。八仙之一。

译 文

琢堂先去赴任，我与子琴、芝堂闲来无事就出外游玩。有一次我们骑马到了华阴庙，过了华封里，那就是传说中的“尧时三祝”之处。华阴庙里有很多秦朝时的槐树和汉朝时的柏树，树粗得要三四个人环抱。有的槐树中抱着柏树生长，有的柏树中抱着槐树生长。庙殿里有很多古老的石碑，其中还有陈希夷先生写的“福”“寿”二字。华山山脚有玉泉院，那就是希夷先生羽化登仙的地方。那里有个石头洞穴，像一间斗室，石床上有希夷先生的卧像。这个地方沙明水净，草大多是深红色的，泉水急流，四面环竹。洞的外面有一间方形的亭子，匾额上题有“无忧亭”。旁边有三棵古树，树的纹理就像裂炭，树叶就像槐树的叶子而颜色更深，人们不知道这棵古树的树名，当地人就称它为“无忧树”。

华山不知道几千仞高，可惜我未能带干粮前往攀登。回来的时候我看到树林里的柿子黄灿灿的，就骑在马上摘了一个要吃，当地人赶紧叫我不要吃，我不听，咬了一口嚼了，结果十分涩口，赶紧吐了出来，下马找泉水来漱口，才能开口说话。当地人看到我这副模样哈哈大笑，原来这里的柿子摘下后需要在沸水里煮一遍，才能去其苦涩，而我不知道这些。

十月初，琢堂从山东专门派人回来接眷属，于是我们离开潼关，从河南进入山东。山东济南城的西边有大明湖，湖中有历下亭、水香亭等名胜。夏天柳树成荫，荷花清香扑鼻，我们载酒泛舟，极有幽趣。我冬天前往参观，只看到衰柳寒烟，一水茫茫。趵突泉是济南七十二泉之首，泉水分成三眼，从地底喷涌而出，其气势像水沸腾了一般。凡是泉水都是从上往下流，只有趵突泉是从下往上喷，这也是一奇观。池子上方有小楼，供奉着吕洞宾的塑像，游客大多在这里品茶小憩。

第二年二月，我去了莱阳县做幕僚。直到丁卯年（1807年）的秋天，琢堂被贬为翰林，我也跟着他去了京城。所谓登州的海市蜃楼，我竟然一次都没有看到过。

评 析

这一路走来，从杏花春雨的江南，到华山脚下的陈希夷题字，再到齐鲁大地的风俗民情……沈复可谓游历广泛，虽然有时难免有背井离乡的漂泊感，但总有一些兴趣相投的朋友，一起探索游玩，一起欢歌长啸。其实，人就是要放平心态去生活，这样便苦也是乐。

卷五　中山记历

嘉庆四年，岁在己未，琉球国[①]中山王尚穆薨。世子尚哲，先七年卒，世孙尚温表请袭封。中朝怀柔远藩[②]，锡[③]以恩命，临轩召对，特简儒臣。

于是，赵介山先生，名文楷，太湖人，官翰林院修撰，充正使。李和叔先生，名鼎元，绵州人，官内阁中书，副焉。介山驰书约余偕行，余以高堂垂老，惮于远游。继思游幕二十年，遍窥两戒[④]，然而尚囿方隅之见，未观域外，更历溟渤[⑤]之胜，庶广异闻。禀商吾父，允以随往。从客凡五人：王君文诰，秦君元钧，缪君颂，杨君华才，其一即余也。

注 释

① 琉球国：古代国名，指的是现在的琉球群岛，位于台湾省东北。

② 中朝怀柔远藩：朝廷招抚遥远番邦。

③ 锡：通“赐”。

④ 两戒：戒，通“界”。两戒指的是南方北方。

⑤ 溟渤（yīng míng）：遥远。

译 文

嘉庆四年（1799年)，是己未年，琉球国的中山王尚穆去世。他的世子尚哲早在七年前就死去了，便由孙子尚温奏明朝廷请求袭封。朝廷以怀柔政策招抚遥远番邦，天子特赐恩命，召大臣商议，选择文臣作为特使，前往中山国赐封。

于是，赵介山先生，名文楷，太湖人，官任翰林院修撰，担任正使。李和叔先生，名鼎元，绵州人，任官内阁中书，担任副使。介山急送书信邀我同行，因为父母年事已高，我不便远游。继而我想到游幕二十年，遍观全国各地的奇景佳境，但是所见还是局限于大陆，没有观览域外，希望经历杳渺无际的东海，拓广奇异的见闻。我将此事禀告父亲并与他商量，父亲允许我随同前往。随从总共有五人：王文诰先生、秦元钧先生、缪颂先生、杨华才先生，还有一个就是我。

五年五月朔日，随荡节[①]以行，祥飙送风，神鱼扶舳[②]，计六昼夜，径达所届。

凡所目击，咸登掌录[③]。志山水之丽崎，记物产之瑰怪，载官司之典章，嘉士女之风节。文不矜奇，事皆记实。自惭谫陋[④]，甘贻测海[⑤]之嗤；要堪传言，或胜凿空之说云尔。

注 释

① 荡节：乘船航行的使节。

② 舳（zhú）：船后持舵处，这里用来指代船。

③ 掌录：掌书记，专门将见闻和经历记录下来。

④ 谫陋（jiǎn lòu）：浅薄。

⑤ 测海：以蠡（lí）测海，即用瓢来测量海。蠡，盛水的瓢。比喻见闻浅陋、肤浅。

译 文

嘉庆五年（1800年)五月初一，我们跟随使节出发，瑞风吹帆，神鱼护航，总计六天六夜，直达目的地。

这一路凡是我所见到的，都一一记了下来。描绘美丽崎岖的山水，记录珍奇怪异的物产，记载官府的典章制度，颂赞雅士和淑女的风姿气节。文字不讲究夸饰奇妙，事情都据实记录。我自惭见识浅薄，甘愿承受人们对这种用瓢来测量大海行为的嘲笑；我觉得更重要的是可以传达心声，这也许可以胜过那些穿凿附会的空话。

五月朔日，恰逢夏至，襆被[①]登舟。向来封中山王，去以夏至，乘西南风，归以冬至，乘东北风，风有信[②]也。舟二，正使与副使共乘其一，舟身长七丈，首尾虚艄三丈，深一丈三尺，宽二丈二尺，较历来封舟，几小一半。前后各一桅，长六丈有奇[③]，围三尺；中舱前一桅，长十丈有奇，围六尺，以番木为之。通计二十四舱，舱底贮石，载货十一万斤有奇，龙口置大炮一，左右各置大炮二，兵器贮舱内。大桅下，横大木为辘轳，移炮升篷皆仗之。辇以数十人，舱面为战台，尾楼为将台，立帜列藤牌，为使臣厅事。下即舵楼，舵前有小舱，实以沙布针盘。中舱梯而下，高可六尺，为使臣会食地。前舱贮火药贮米，后以居兵。稍后为水舱，凡四井。二号船称是。每船约二百六十余人，船小人多，无立锥处。信风已届，如欲易舟，恐延时日也。

注 释

① 襆被（pú bèi）：收拾好行李。

② 信：准信，守信用。

③ 奇：多。

译 文

五月初一，恰好是夏至，收拾好行李登上航船。历来册封中山王的航船都是夏至的时候乘着西南风启程，冬至的时候乘着东北风返程，风也是很准时的。我们一共有两艘船，正使与副使合乘一艘，船身长七丈，船头和船尾的虚艄长三丈，船的深度为一丈三尺，宽度为二丈二尺，和以往的册封船相比，几乎小了一半。船的前后两头各有一根桅杆，长六丈有余，围有三尺；中舱前的桅杆长十丈有余，围有六尺，都是用外国树种制造的。船上总共有二十四个舱房，船舱底部贮藏石头，载货量有十一万斤之多。船前龙口放置一门大炮，左右船舷各放置两门大炮，兵器藏在船舱里面。在大桅杆下面，横置一根大木头做成的轱辘，移动大炮、升降帆篷全都靠它，需要十几个人才能转动。船舱甲板作为战台，尾楼作为将台，旗帜竖立、藤牌罗列的地方便是使臣们处理公务的议事厅了。尾楼下面是驾驶舱，驾驶舱前面有一个小舱，里面放有地图和罗

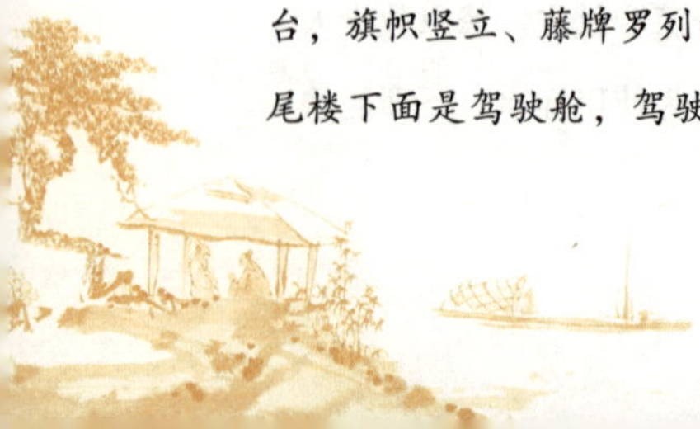

盘，从中舱沿楼梯下去，有高六尺多的舱房，这里是使臣们用餐的地方。前舱贮藏火药和粮食，后舱是士兵们居住的地方。再往后面是水舱，一共有四口井。二号船同一号船的构造是一样的。每艘船有二百六十多人，船小人多，人在船上拥挤得没有立足之地。但是季风已经吹起，如果想要更换大船，恐怕会延误出发的日期。

初二日，午刻，移泊鳌门[①]。申刻，庆云[②]见于西方，五色轮囷[③]，适与楼船旗帜上下辉映，观者莫不叹为奇瑞。或如玄圭，或如白珂，或如灵芝，或如玉禾，或如绛绡，或如紫紽[④]，或如文杏之叶，或如含桃之颗，或如秋原之草，或如春湘之波。向读屠长卿[⑤]赋，今始知其形容之妙也。

画士施生，为《航海行乐图》，甚工。余见兹图，遂乃搁笔。香崖虽善画，亦不能办此。

注 释

① 鳌（áo）门：澳门。

② 庆云：彩云，古人认为代表祥瑞。

③ 轮囷（qūn）：盘曲貌和硕大貌。

④ 紽（tuó）：古代量词，五丝为一紽。

⑤ 屠长卿：指明朝戏曲作家屠隆。

译文

初二中午，船航行到澳门停下来。下午四点左右，西边天空出现了五彩祥云，恰好与船楼上的彩色旗帜交相辉映，见到这情景的人莫不叹为观止。这些祥云有的像黑色圭器，有的像白色玉石，有的像灵芝，有的像玉山禾，有的如红色锦缎，有的如紫色丝绸，有的如金黄的银杏叶，有的如硕果累累的桃树，有的如秋天原野上的枯草，有的如春天湘水上的绿波。我以前读过明朝屠隆写的赋，今天才知道他描写得是多么精妙。

有一位姓施的画家，为此画了一幅《航海行乐图》，非常出彩，我看过这幅画后就停笔不敢画了，香崖虽然善于绘画，也达不到这幅画的水平。

初四日，亥刻，起碇，乘潮至罗星塔[1]。海阔天空，一望无际。余妇芸娘，昔游太湖，谓得天地之宽，不虚此生，使观于海，其愉快又当何如？

初九日，卯刻，见彭家山[2]，列三峰，东高而西下。申刻，见钓鱼台[3]，三峰离立，如笔架，皆石骨。惟时水天一色，舟平而驶，有白鸟无数，绕船而送，不知所自来。

入夜，星影横斜，月光破碎，海面尽作火焰，浮沉出没，木华《海赋》[4]所谓“阴火潜然”者也。

注释

① 罗星塔：俗称“磨心塔”，位于如今福建省福州市。宋朝修建，有七层高。

② 彭家山：位于印度尼西亚，如今叫邦加岛。

③ 钓鱼台：我国台湾的附属岛屿钓鱼岛。

④ 木华《海赋》：木华是西晋文学家，以辞赋见长，流传至今的只有《海赋》，《海赋》描写的是大海的变化，在当时非常有名。

译文

初四夜里十点左右，起锚，乘着涨潮航行到罗星塔。海阔天空，一望无际。我的妻子芸娘昔日游玩太湖时说过，能够看到如此广阔的天地，而不虚此生，如果让她看到广阔无垠的大海，她又该有多么快乐呢？

初九早上六点，我们看见了彭家山，三座山峰并列成一排，东边高而西边低。傍晚，我们又看见了钓鱼台。三座山峰分离并列，好像一座巨大的笔架，山上都是坚硬的石头。这时水天相交，浑然一色，船平稳地行驶在海上，有数不清的白色海鸥环绕在船边，追逐飞翔，不知道它们是从哪里来的。

到了晚上，星影横斜，月光在摇曳的波浪里支离破碎，整个海面像燃烧的火焰，随着波浪上下起伏，若隐若现。西晋木华作的《海赋》里说的“阴火潜然”，正是此种情景。

初十日，辰正，见赤尾屿。屿方而赤，东西凸而中凹，凹中又有小峰二。船从山北过，有大鱼二，夹舟行，不见首尾，脊黑而微绿，如十围枯木，附于舟侧。舟人以为风暴将起，鱼先来护。午刻，大雷雨以震，风转东北，舵无主，舟转侧甚危。幸而大鱼附舟，尚未去。忽闻霹雳一声，风雨顿止。申刻，风转西南且大，合舟之人，举手加额，咸以为有神助。得二诗以志之。诗云：“平生浪迹遍齐州，又附星槎[1]作远游。鱼解扶危风转顺，海云红处是琉球。”“白浪滔滔撼大荒，海天东望正茫茫。此行足壮书生胆，手挟风雷意激昂。”自谓颇能写出尔时光景。

十一日，午刻，见姑米山[2]，山共八岭，岭各一二峰，或断或续。未刻，大风暴雨如注，然雨虽暴而风顺。酉刻，舟已近山。琉球人以姑米多礁，黑夜不敢进，待明而行，亦不下碇，但将篷收回，顺风而立，则舟荡漾而不能退。戌刻，舟中举号火，姑米山有火应之。询知为球人暗令，日则放炮，夜则举火，《仪》注所谓得信者，此也。

十二日，辰刻，过马齿山。山如犬羊相错，四峰离立，若马行空。计又行七更，船再用甲寅针，取那霸港，回望见迎封船在后，共相庆幸。历来针路所见，尚有小琉球、鸡笼山、黄麻屿，此行俱未见。问知琉球伙长[3]，年已六十，往来海面八次，每度细审得其准的，以为不出辰卯二位，而乙卯位单，乙针尤多，故此次最为简捷，而所见亦仅三山，即至姑米。针则开洋[4]用单辰，行七更后，用乙卯，自后尽用乙，过姑米，乃用乙卯，惟记更以香，殊难凭准。念五虎门至官塘，里有定数，因就时辰表按时计里，每时约行百有十里。自初八日未时开洋，讫十二日辰时，计共五十八时。初十日暴风停两时，十一日夜畏触礁停三时，实行五十三时，计程应得五千八百三十里，计到那霸港，实洋面六千里有奇。

注释

① 星槎（chá）：又名星楂，是古代神话中来往天上的木筏。

② 姑米山：位于琉球群岛以西的山。

③ 伙长：船长。

④ 开洋：开船。

译文

初十上午九点，我们行至赤尾屿。整个赤尾屿呈方形、红色，东西两头凸出而中间凹陷，凹陷的地方又矗立着两座小山。我们的船从山的北面驶过，有两条大鱼分别在船的两侧游动，看不见鱼头和鱼尾，只能看到乌黑而泛着微绿的脊背，像十人合抱的枯树，依附在船的两边。船夫认为风暴即将来临，大鱼是提前来护航的。中午的时候，雷霆万钧，大雨倾盆，风向转变为东北。船舵无法掌控，我们的船摇晃倾侧，非常危险。幸亏有大鱼依附在船边，还没有离开。忽然听到一声霹雳，顿时风停雨住。下午三四点的时候，风向又转为西南并且风势很大，船上所有人都拍额称幸，认为是神明相助。我写了两首诗来记录这场有惊无险的风暴。诗中写道：

平生浪迹遍齐州，又附星槎作远游。
鱼解扶危风转顺，海云红处是琉球。

白浪滔滔撼大荒，海天东望正茫茫。
此行足壮书生胆，手挟风雷意激昂。

自认为非常形象地写出了当时所经历的情景。

十一日中午，我们看见姑米山。姑米山一共有八道山岭，每道岭各有一两座山峰，有的是断开的，有的连在一起。下午三点，大风狂起，暴雨如注，然而雨虽猛烈而风向是顺的。晚上六七点的时候，船已经靠近姑米山了。琉球人认为姑米山附近有许多暗礁，晚上不敢航行，得等到天亮再走。停船的时候水手也不抛锚下碇，只是将帆蓬降下来，顺风停泊在海上，虽然船随着波浪荡漾起伏，却不会向后退。晚上八点的时候，船上举起信号火把，姑米山那边的人也举起火把回应。询问才得知这是琉球人的暗号，白天放炮，夜晚则举火把，《仪礼》注里讲的“得信”说的就是这种情形。

十二日上午八点，我们的船经过马齿山。马齿山山形奇特，像狗又像羊，相互交错，四座山峰分散耸立，又好像天空中飞奔的骏马。估计又航行了十三四个小时，我们的船再次向罗盘甲寅针所指的方向前进，取道那霸港。回头望见琉球迎接册封的船只跟在后面，人们相互庆贺。按照以往的航行路线图，应该还有小琉球、鸡笼山、黄麻屿，这些岛屿在此次航行中都没有见到。询问后才知道，琉球来的船长已经六十多岁了，在海面上来回航行八次之多，他每次航行都仔细审查然后确定准确的航线。他认为罗盘指针不出辰、卯两个单位，而乙卯位处天干的单数，乙针的位置出现次数特别多，所以这次航行的路线最为简捷，而途中所看到的仅有三座山，就到了姑米山。开船的时候罗盘用的是单辰，航行了十四个小时之后，改用乙辰，后来就全用乙辰了。过了姑米山，又用乙卯，只是用点香来计算时辰，很难计算得准确。我心想，从京城的五虎门到琉球的官塘，里程是固定的，因此就根据时刻表按照时辰来计算里程，每个时辰大约航行一百一十里。自初八日下午一点开船，到十二日上午七点，总计一百一十六个小时。初十因暴风的缘故，停留了四个小时，十一日夜里担心触礁停泊了六个小时，实际航行了一百零六个小时。计算航程应该是五千八百三十里，加上从姑米山到那霸港的距离，实际的航程有六千多里。

据琉球伙长云：海上行舟，风小固不能驶，风过大亦不能驶。风大则浪大，浪大力能壅船[1]，进尺仍退二寸。惟风七分，浪五分，最宜驾驶，此次是也。从来渡海，未有平稳而驶如此者。于时球人驾独木船数十，以纤挽舟而行，迎封三接如仪。辰刻，进那霸港。先是，二号船于初十日望不见，至是乃先至，迎封船亦随后至，齐泊临海寺前。伙长云：从未有三舟齐到者。

午刻登岸，倾国人士，聚观于路，世孙率百官迎诏如仪。世孙年十七，白皙而丰颐，仪度雍容，善书，颇得松雪笔意[2]。按

《中山世鉴》：隋使羽骑尉朱宽至国，于万涛间见地形如虬龙浮水，始曰“流虬”，而《隋书》又作“流求”，《新唐书》作“流鬼”，《元史》又作“璃求”，明复作“琉球”。《世鉴》又载，元延祐元年，国分为三大里，凡十八国，或称山南王，或称山北王。余于中山、南山游历几遍，大村不及二里，而即谓之国，得勿夸大乎？琉人每言大风，必曰“台飓”。按韩昌黎诗：“雷霆逼飓𩗗。”是与飓同称者为𩗗。《玉篇》：“𩗗，大风也，于笔切。”《唐书·百官志》：“有𩗗海道。”或系球人误书。《隋书》称琉球有虎、狼、熊、罴，今实无之。又云无牛、羊、驴、马，驴诚无，而六畜无不备，乃知书不可尽信也。

注 释

① 壅船：阻碍船前进.

② 松雪笔意：元代书法家赵孟頫，号“松雪道人”，“松雪笔意”指的是模仿赵孟頫的字体。

译 文

据琉球船长说，在海上行船，风太小固然不能行驶，风太大了也不行。风大浪也就大了，浪大了就会阻塞航行通道，前进一尺便要退后二寸。唯有七分的风力，五分的涛浪，最适合驾驶航船，这一次就是如此。从来越洋渡海，没有像这次这样平稳顺利。这时，琉球人驾驶着几十条独木船，用纤绳拉着我们的船前行，并隆重举行迎接封赐使臣的仪式。上午八点，船驶进了那霸港。先前，初十就不见二号船了，到这时才看到他们已经先到了。迎接封赐使船的船只也紧跟其后进了港口，一齐停泊在临海寺前的码头。船长说：“从来没有见过三艘船同时到达的情况。”

正午时候，我们下船登岸，中山国所有的人都聚集在路边观看，中山王世孙尚温率领文武百官，按照礼仪规范迎接诏书。世孙年仅17岁，肤色白净而面带威容，仪态雍容大方。他擅长书法，笔法很有几分赵孟頫的意境。根据《中山世鉴》上的记载：隋朝使臣羽骑尉朱宽出使到中山国，在万顷波涛的海上看见中山国的地形像虬龙浮游在水中，所以开始把这里称为“流虬”，而《隋书》里记载作“流求”，《新唐书》中叫作“流鬼”，《元史》叫作“瑠求”，明朝又再次把它叫作“琉球”。《世鉴》中又记载道：元朝延祐元年(1314年)，中山国分为三个部分，一共十八个小国家，有的自称为山南王，有的自称为山北王。我把中山、南山游历了好几遍，见到大的村庄还不到二里路，却自称为国，这岂不是太过夸张了吗？琉球人每次讲到大风，一定说成台风、飓风。根据唐代韩愈的诗：“雷霆逼飓䬀。”是说与“飓”相称的为“䬀”。《玉篇》里记载：“䬀，大风也，于笔切。”《唐书·百官志》中记载：“有䬀海道。”也许是琉球人的误写。《隋书》上说琉球有老虎、狼、熊和棕熊，如今其实没有这些了。又说没有牛、羊、马和驴，驴子确实是没有的，但其他六畜齐备，可见不能完全相信书上说的。

天使馆西向，仿中华廨署①，有旗竿二，上悬册封黄旗。有照墙，有东西辕门[2]，左右有鼓亭，有班房。大门署曰“天使馆”，门内廊房各四楹。仪门署曰“天泽门”，万历中使臣夏子阳题，年久失去，前使徐葆光补出。门内左右各十一间，中有甬道，道西榕树一株，大可十围，徐公手植。最西者为厨房，大堂五楹，署曰“敷命堂”，前使汪楫题。稍北，葆光额曰“皇纶三锡”。堂后有穿堂，直达二堂。堂五楹，中为副使会食之地，前使周公署曰“声教东渐”。左右即寤室。堂后南北各一楼，南楼为正使所居，汪楫额曰“长风阁”，北楼为副使所居，前使林麟焻额曰“停云楼”，额北有诗碑，乃海山先生所题也。周砺礁石为垣，望同百雉[3]。垣上悉植火凤，干方，无花有刺，似霸王鞭，叶似慎火草，俗谓能避火，名“吉姑罗”。南院有水井。楼皆上覆瓴，下砌方砖。院中平似沙，桌椅床帐，悉仿中国式。寄尘得诗四首，有句云：“相看楼阁云中出，即是蓬莱岛上居。”又有句云：“一舟蓦径凭风信，五日飞帆驻月槎。”皆真情真境也。

孔子庙在久米村，堂三楹，中为神座，如王者垂旒搢圭[4]，而署其主曰“至圣先师孔子神位”。左右两龛，龛二人立侍，各手一经，标曰《易》《书》《诗》《春秋》，即所谓四配也。堂外为台，台东西拾级以登，栅如棂星门。中仿戟门，半树塞以止行者。其外临水为屏墙。堂之东为明伦堂，堂北祀启圣。久米士之秀者，皆肄业其中，择文理精通者为师，岁有廪给，丁祭一如中国仪。敬题一诗云：“洋溢声名四海驰，岛邦也解拜先师。庙堂肃穆垂旒贵，圣教如今洽九夷。”用伸仰止之忱。

注 释

① 廨（xiè）署：官署。指的是古代官吏办公的地方。

② 辕门：这里指的是官署外门。

③ 雉（zhì）：古代计算城墙面积的单位，长三丈、高一丈为一雉。

④ 垂旒（liú）搢圭（jìn guī）：垂旒，头上戴着前后挂着玉串的冠冕；搢圭：腰上佩戴玉圭。

译 文

天使馆面向西边，仿照中国官署衙门的布局结构建造。馆门前竖有两根旗杆，上面悬挂着皇帝册封中山国王的黄旗。门外有照壁，东西各有一道门，门的左右两边都设置了鼓亭，也有班房。大门的匾额上写着“天使馆”三个大字，门内两边各有四间厢房，仪门上的匾额写着“天泽门”，是明朝万历年间的使臣夏子阳题写的，由于年代久远，笔迹已经模糊不清了，现在看到的是由前任使臣徐葆光重新补题的。门内左右两边各有十一间房屋，中间是甬道，甬道的西边有一棵大榕树，粗壮得需十人才能环抱，是徐葆光先生亲手种植的。最西边是厨房，大堂有五间房，匾额上题写着“敷命堂”，是前任使臣汪楫写的。偏北有徐葆光题写的匾额“皇纶三锡”。大堂后面有穿堂，直接通到二堂，二堂也有五间房，中间是正使和副使聚集吃饭的地方，前任使臣周先生题匾名“声教东渐”。左右两边的房间便是卧室，二堂后面的南北两边各有一座楼，南楼是正使居住的地方，有汪楫题写的匾额“长风阁”，北楼是副使居住的地方，有前任使臣林麟焻题写的匾额“停云楼”，匾额的北边有一块诗碑，是海山先生所题。四周用打磨过的礁石砌成围墙，望过去像百丈城垛。墙上全都种满火凤，火凤枝干为方形，不开花但是有刺，好像霸王鞭，叶子像慎火草，民间传说它能避火，当地人把它叫作“吉姑罗”。南边院子有水井。屋顶上都覆盖着瓦，地面砌着方形砖。庭院平坦像沙滩，馆内的桌、椅、床、帐全都仿照中国的式样。寄尘写了四首诗，其中有一句是：“相看楼阁云中出，即是蓬莱岛上居。”另外还有一句：“一舟蓦径凭风信，五日飞帆驻月槎。”此诗写的都是真情实景。

孔子庙坐落在久米村，庙堂有三间屋子，中间屋子供奉着孔子的神像，像帝王一样戴着垂旒的冠冕，腰佩玉圭，牌位上写着：“至圣先师孔子神位”。左右两边各设一个神龛，神龛里面有两个人站立侍奉，每人手上捧着一卷经书，书上标的是《周易》《尚书》《诗经》《春秋》，也就是所谓的“四配”。庙堂外是天台，顺着东西两边的台阶可以登上天台，天台上的栅栏像棂星门。中间仿照军营大门，用木头把半边拦起来以阻止行人通过。在天台外面靠水的地方修建了围墙。庙堂的东边是明伦堂，其中北面供奉着夏启的神位。久米村的优秀士人都在这里学习。选择精通文理的人做他们的老师，每年都要给老师支付薪资，这里的丁祭仪式也和中国的一样。我恭敬地写下一首诗：

洋溢声名四海驰，岛邦也解拜先师。

庙堂肃穆垂旒贵，圣教如今洽九夷。

以此抒发内心的无限景仰之情。

国中诸寺，以圆觉①为大。渡观莲塘桥，亭供辩才天女，云即斗姥②。将入门，有池曰圆鉴，荇藻交横，芰荷半倒。门高敞，有楼翼然③。左右金刚四，规格略仿中国。佛殿七楹。更进，大殿亦七楹，名“龙渊殿”。中为佛堂，左右奉木主，亦祀先王神位，兼祀祧主。左序为方丈，右序为客座，皆设席，周缘以布，下衬极平而净，名曰“踏脚绵”。方丈前为蓬莱庭。左为香积厨，侧有井，名“不冷泉”。客座右为古松岭，异石错舛，列于松间。左厢为僧寮，右厢为狮子窟。僧寮南有乐楼，楼南有园，饶花木。此乃圆觉寺之胜概也。

又有护国寺，为国王祷雨之所。龛内有神，黑而裸，手剑立，状甚狰狞。有钟，为前明景泰七年铸。寺后多凤尾蕉，一名铁树。又有天王寺，有钟，亦为景泰七年铸。又有定海寺，有钟，为前明天顺三年铸。至于龙渡寺、善兴寺、和光寺，荒废无可述者。

注 释

① 圆觉：圆觉寺。

② 斗姥（lǎo）：是道教信奉的一大女神，又称斗姆、斗母。

③ 翼然：像鸟张开翅膀。

译文

中山国诸多寺庙中，要数圆觉寺最大。过观莲塘桥，有一座亭子，里面供奉着辨才天女，听说辨才天女就是斗姥。在快要进门的地方有一个池塘，名叫“圆鉴”，池中荇菜水藻纵横交错，菱角荷花参差倒伏。寺门高大宽敞，楼宇像鸟张开的翅膀。楼里左右两边供奉着四大金刚，其规格布局大致模仿中国。佛殿有七间房，再往里走的大殿也有七间房，名叫“龙渊殿”。中间是佛堂，左右两边供奉着神灵的牌位，也供奉了中山国国王的灵位，同时还祭祀远古祖先。左侧依次是住持僧人的座位，右侧依次是香客的座位，都铺设了席子，席子周边用布镶边，下面的衬布极其平整干净，名叫“踏脚绵”。住持的住所前面是蓬莱庭。左边是香积厨，旁边有一口井，名叫“不冷泉”。会客厅的右边是古松岭，奇形怪状的石头参差错落地散布于松林之间。左边厢房是僧人的寮房，右边是狮子窟。寮房的南面有乐楼，乐楼的南面有一座花园，花木繁盛。这就是圆觉寺胜景的概貌了。

这里又有护国寺，是中山国王祈神求雨的地方。佛龛里供奉着神灵，神像全身漆黑裸露，手握宝剑站立着，神情十分狰狞。寺庙有一口钟，是前明景泰七年（1456年）铸造的。寺庙后面生长着许多凤尾蕉，也叫“铁树”。还有天王寺，寺里也有一口钟，同样是景泰七年铸造的。还有定海寺，寺里的钟是明代天顺三年（1459年）铸造的。至于龙渡寺、善兴寺、和光寺，这些寺庙都已经荒废，没有什么值得记述的。

此邦海味，颇多特产，为中国之所罕见。一石鮔，似墨鱼而大，腹圆如蜘蛛，双须八手，攒生两肩，有刺，类海参，无足无鳞介，如鲍鱼。登莱有所谓八带鱼者，以形考之，殆是石鮔，或即乌贼之别种欤？一海蛇，长三尺，僵直如朽索，色黑，状狰狞，土人云能杀虫、疗瘤、已痨，殆永州异蛇类，土俗甚重之，以为贵品。一海胆，如蛹，剥皮去肉，捣成泥，盛以小瓶，可供馔。一寄生螺，大小不一，长圆各异，皆负壳而行。螺中有蟹，两螯八跪，跪四大四小，以大跪行；螯一大一小，小者常隐，大者以取食，触之则大跪尽缩，以一大螯拒户[①]，蟹也而有螺性。《海赋》所云“璅蛣[②]腹蟹”，岂其类欤？《太平广记》谓“蟹入螺中”，似先有蟹，然取置碗中以观其求脱之势，力猛壳脱，顷刻死，则又与壳相依为命。造物不测，难以臆度也。一沙蟹，阔而薄，两螯大于身，甲小而缺其前，缩两螯以补之，若无缝，八跪特短，脐无甲，尖团莫辨，见人则凹双睛，噀水[③]高寸许，似善怒。养以沙水，经十余日，不食亦不死。一蚶，径二尺以上，围五尺许，古人所谓“屋瓦子”，以壳形凹凸，像瓦屋也。一海马肉，薄片回屈如刨花，色如片茯苓，品之最贵者不易得，得则先以献王。其状鱼身马首，无毛而有足，皮如江豚。此皆海味之特产也。

此邦果实，亦有与中国不同者。蕉实状如手指，色黄，味甘，瓣如柚，亦名甘露。初熟色青，以糖覆之则黄，其花红，一穗数尺，瓤须五六出，岁实如常，实如其须之数。中国亦有蕉，不闻岁结实，亦无有抽其丝作布者，或其性殊欤？

注释

① 拒户：守住螺口。

② 璅蛣（suǒ jié）：亦作“琐蛣”，又名海镜，今称寄居蟹。

③ 噀（xùn）水：含在口中而喷出。

译文

中山国盛产海味，有很多特产，在中国是非常罕见的。有一种石鉅，像墨鱼一般大小，肚子圆滚滚的像蜘蛛，有两根胡须和八只手，集中生长在两肩周围，身上有刺像海参，没有脚也没有鳞甲，长得像鲍鱼。登莱有一种所谓的八带鱼，从它的形状来考究，大概是石鉅，也或许是乌贼的另一个种类吧？有一种海蛇，长三尺，身体僵直像朽烂的绳索，黑色，样子很可怕。当地人说它可以入药，能杀虫、治疗顽疾、医治瘰疬，大概是永州异蛇的同类吧，当地人非常看重它，把它视为珍品。有一种海胆外表像蚕蛹，剥皮取肉，捣肉成泥，盛放在小瓶里，就可以用来下酒。有一种寄生螺，大小不一，有长的有圆的，都背着壳行走。螺中寄居着螃蟹，两只钳子八条腿，腿有四条大的四条小的，用大的行走；两只钳子一大一小，小的常常藏起来，大的用来捕食，一碰触到它，它就立马把大的腿缩进壳里，用那只大钳子守住螺口，虽然是蟹却有着螺的特点。《海赋》里说的“璅蛣腹蟹”，难道指的就是这类情况吗？《太平广记》里说的“蟹入螺中”，似乎是先有蟹的。然而将螺放置在碗里来观察蟹是如何逃脱时，猛地用力把蟹从壳中拉出来，力量过猛而螺壳脱落，蟹也顷刻就死了，这样看来蟹与壳又是相依为命的。上天造物神奇莫测，人们真是难以臆想猜测呀。有一种沙蟹，身体宽阔而且很薄，两只钳子比身体还要长，甲壳较小并且前面还缺了一块，缩回两只钳子正好能填补空缺，严丝合缝。八条腿特别短，腹脐没有甲壳覆盖，分辨不出雌雄，见人就把双眼凹陷下去，喷出一寸多高的水，似乎很容易发怒。用沙子和水把它养起来，过了十几天，不给它喂食它也不会死。有一种蚶，直径有二尺多，周长有五尺多，正是古人所说的“屋瓦子”，因为它的壳凹凸不平，样子像瓦屋。有一种海马肉，薄片卷曲像刨花，颜色像切成片的茯苓，品质好的海马不容易得到，得到了则先要献给中山王。它的形状是鱼身马首，没有毛但是有脚，皮像江豚。这些都是中山国的特产海味。

中山国的果实也有与中国不同的品种。芭蕉的果实形状像手指，颜色鲜黄，味道甘甜，芭蕉瓣像柚子的果瓣，也叫甘露。刚成熟的时候颜色是青的，把糖撒在上面就变黄了。花是红色的，一穗花有好几尺长，每年抽出五六根瓤须，一年结一次果实，果实与瓤须的数量是一样的。中国也有芭蕉，没听说过一年结一次果实的，也没有抽出芭蕉丝来织布的，难道是这里的芭蕉性质特殊吗？

布之原料，与制布之法，亦有与中国异者。一曰蕉布，米色，宽一尺，乃芭蕉沤抽其丝织成，轻密如罗。一曰苎布[①]，白而细，宽尺二寸，可敌棉布。一曰丝布，折而棉软，苎经而丝纬，品之最尚者。《汉书》所谓蕉、筒、荃、葛，即此类也。一曰麻布，米色而粗，品最下矣。国人善印花，花样不一，皆剪纸为范，加范于布，涂灰焉，灰干去范，乃着色，干而浣之，灰去而花出，愈浣而愈鲜，衣敝而色不退。此必别有制法，秘不与人，故东洋花布，特重于闽也。

此邦草木，多与中国异称，惜未携《群芳谱》来，一一辨证之耳。罗汉松谓之“樫木”，冬青谓之“福木”，万寿菊谓之“禅菊”。铁树谓之“凤尾蕉”，以叶对出形似也；亦谓之“海棕榈”，以叶盖头形似也。有携至中华以为盆玩者，则谓之“万年棕”云。凤梨开花者谓之“男木”，白瓣若莲，颇香烈，不实；无花者谓之“女木”，而实大，如瓜可食。或云即波罗蜜别种，球人又谓之“阿旦呢”。月橘，谓之十里香，叶如枣，小白花，甚芳烈，实如天竹子[2]，稍大。闻二月中红，累累满树，若火齐燃，惜余未及见也。

球阳地气多暖，时届深秋，花草不杀，蚊雷不收，荻花盛开。野牡丹二三月开，至八月复复[3]，花累累如铃铎，素瓣，紫晕，檀心，圆而大，颇芳烈。佛桑四季皆花，有白色，有深红、粉红二色。因得一诗，诗云：“偶随使节泛仙槎，日日春游玩物华。天气常如二三月，山林不断四时花。”亦真情真景也。球人嗜兰，谓之孔子花，陈宅尤多异产。有风兰，叶较兰稍长，篾竹为盆，挂风前，即蕃衍。有名护兰，叶类桂而厚，稍长如指，花一箭八九出，以四月开，香胜于兰，出名护岳岩石间，不假水土，或寄树桠，或裹以棕而悬之，无不茂。有粟兰，一名芷兰，叶如凤尾花，作珍珠状。有棒兰，绿色，茎如珊瑚，无叶，花出桠间，如兰而小，亦寄树活。又有西表松兰、竹兰之目，或致自外岛，或取之岩间，香皆不减兰也。因得一诗，诗云：“移根绝岛最堪夸，道是森森阙里花。不比寻常凡草木，春风一到即繁华。”题诗既毕，并为写生，愧无黄筌[4]之妙笔耳。

沿海多浮石，嵌空玲珑，水击之，声作钟磬，此与中国彭蠡之口石钟山相似。

注 释

① 苎（zhù）布：用苎麻织成的布。

② 天竹子：又名南天竹，结出的种子与豌豆类似。

③ 复复：再次开花。

④ 黄筌（quán）：五代后蜀画家，尤其擅长画花鸟。

译 文

当地生产布的原料和织布的方法也与中国不同。有一种布叫作蕉布，米黄色，宽一尺，是芭蕉经长时间浸泡后，抽取它的丝织成的，轻盈细密像绫罗。还有一种苎布，洁白细腻，宽一尺二寸，比得上棉布。还有一种叫丝布，洁白并且像棉一样柔软，以苎麻为经线，以蚕丝为纬线织成，是布料中的上品。《汉书》中所说的“蕉、筒、荃、葛”，指的就是这一类。还有一种叫作麻布，米黄色，材质粗糙，是布料中的最下品。中山国人善于布上印花，花样种类繁多，都是先剪纸做模子，再把模子放到布料上，然后在上面涂上灰，灰干之后去掉模子，这时才在空白处染色，等颜色干了拿到水里清洗，灰被洗掉后，花色也就露出来了，越洗颜色越鲜艳，即使衣服穿破了也不会褪色。这其中一定有什么特别的制作方法，这是中山国人的秘密，不告诉外人，所以东洋花布在闽南一带很受欢迎。

中山国的花草树木，很多与中国的名称不同，可惜没有带《群芳谱》来，无法对它们一一辨认考证了。罗汉松叫作“樫木”，冬青叫作“福木”，万寿菊叫作“禅菊”。铁树称为“凤尾蕉”，由于它的叶子对生形似凤尾而得名；也称为“海棕榈”，由于树顶的叶子像棕榈而得名。有人携带此种花木到中国作为观赏盆景，给它取名为“万年棕”。凤梨，开花的称作“男木”，白色的花瓣像莲花，花香很浓，但不结果实；不开花的称作“女木”，结的果实却很大，像瓜一样可以吃。有人说这是波罗蜜的另一个种类，琉球人称它为“阿旦呢”。月橘叫作“十里香”，叶子像枣叶，开细小的白花，花香很浓烈，果实像天竹子，但要大一些。听说二月中，满树都是红色的果实，好像大火一齐燃烧起来，可惜我等不到看到这番情景了。琉球的天气大部分时间比较暖和，这时已经到了深秋，花草却不枯萎，蚊子“嗡嗡”雷鸣般叫个不停，芦荻花正在盛开。野牡丹从二三月份开花，到八月份重又盛开，花朵累累，像大大小小的铃铛一样，白色的花瓣，边缘是淡淡的紫色，而花心是深褐色的，花朵又圆又大，花香浓郁。扶桑花四季开花，有白色的，也有深红和粉红两种红色。为此我写了一首诗：

偶随使节泛仙槎，日日春游玩物华。
天气常如二三月，山林不断四时花。

也是写出了真情实景啊！

琉球人特别喜欢兰花，称作“孔子花”，老宅珍贵的兰花品种尤其多。有一种风兰，叶子比一般的兰花长一些，用蔑竹做成花盆，挂在通风的地方，就可以繁衍了。有一种叫护兰，叶子像桂树的叶子但是更厚，慢慢长大后，形状如手指，开花时一个花茎上能开出八九朵花，四月份开花，香味胜过一般的兰花。护兰因生长在护岳的岩石之间而得名，不需要水和土，有的寄生在树桠之间，有的裹在棕榈上悬挂在空中，全都生长得很茂盛。有一种粟兰，又叫芷兰，叶子像凤尾花，花的形状像珍珠。有一种棒兰，绿色，茎干像珊瑚，没有叶子，花开在枝桠间，像兰花但比兰花要小，也是寄生在树上存活的。还有西表松兰、竹兰之类的，有的从岛外移植而来，有的从岩石之间采来，香味都不比普通兰花逊色。我因此写了一首诗：

移根绝岛最堪夸，道是森森阙里花。
不比寻常凡草木，春风一到即繁华。

写完了诗又为这些兰花写生，只是惭愧自己没有黄筌那样神奇的画技。

沿海一带有很多浮石，中空而外表玲珑，海水拍击到浮石上，声音似钟磬一般，这和中国彭蠡海口的石钟山相似。

闲居无可消遣，与施生弈，用琉球棋子。白者磨螺之封口石为之，内地小螺拒户有圆壳，海蝼大者，其拒户之壳，厚五六分，径二寸许，圆白如砗磲[1]，土人名曰“封口石”。黑者磨苍石为之，子径六分许，围二寸许，中凹而四周削，无正背面，不类云南子式。棋盘以木为之，厚八寸，四足，足高四寸，面刻棋路。其俗好弈，举棋无不定之说，颇亦有国手，局终数空眼多少，不数实子，数正同。相传国中供奉棋神，画女相如仙子，不令人见，乃国中雅尚也。

六月初八日，辰刻，正、副使恭奉谕祭文[②]及祭银焚帛，安放龙彩亭内，出天使馆东行，过久米村、泊村至安里桥（即真玉桥），世孙跪接如仪，即导引入庙。礼毕，引观先王庙。正庙七楹，正中向外，通为一龛，安奉诸王神位：左昭自舜马至尚穆，共十六位；右穆自义本至尚敬，共十五位。是日球人观者，弥山匝地，男子跪于道左，女子聚立远观。亦有施帷挂竹帘者，土人云系贵官眷属。女皆黥首[③]，指节为饰，甚者全黑，少者间作梅花斑。国俗不穿耳，不施脂粉，无珠翠首饰。人家门户，多树“石敢当”碣，墙头多植吉姑罗，或楺树，剪剔极齐整。

国人呼中国为“唐山”，呼华人为“唐人”。

球地皆土沙，雨过即可行，无泥泞。奥山有却金亭，前明册使陈给事侃，归时却金，故国人造亭以表之。

注释

① 砗磲（chē qú）：是海洋贝壳中最大者。名字始于汉代，其状如古代车辙，故称车渠。后人因其坚硬如石，在车渠旁加石字。

② 谕祭文（yù jì wén）：天子遣使下祭的文辞。

③ 黥（qíng）首：与后文的“指节”指的是在额头和手腕上文图。

译文

闲居无事，没有消遣，我便经常和施先生下围棋，用琉球的棋子。白子是经过打磨的海螺的封口石，内陆小螺的封口有圆壳，海螺的比较大，它的封口壳厚五六分，直径有二寸多，又圆又白，很像砗磲（一种大型海产双壳类的软体动物），当地人称为封口石。黑子是用青色的石头打磨而成，棋子直径六分多，周长二寸多，中间凹陷而四周削平，不分正反两面，不像云南棋子的样式。棋盘是用木头做的，厚八寸，有四个脚，脚高四寸，盘面刻着棋路。琉球人喜欢下围棋，没有什么举棋不定的说法，也有很多国家级别的高手。一局棋下完，数有多少空格来决定胜负，而不数实际的棋子，计算的结果刚好是相同的。相传中山国国内供奉着棋神，是一位女子，美丽如天仙，轻易不让人看见，这是中山国高雅的风尚。

六月初八上午八点，正、副使恭敬地捧着圣旨、祭文并焚烧钱帛，然后安放在龙彩亭里，从天使馆出发向东行走，经过久米村、泊村，直至安里桥，也就是真玉桥，世孙尚温按照礼仪跪拜迎接，随即将使臣引进庙内。仪式结束之后，尚温引领众人参观先王庙。正庙有七间房，庙正中向外，贯通为一座神龛，安放供奉着中山国历代先王的神位：左昭位从舜马到尚穆，一共十六位国君；右穆位从自义本到尚敬，一共十五位国君。这一天，前来观看仪式的琉球人，漫山遍野。男人跪在道路的旁边，女人则聚集在一起从远处观望。也有设了帷幔、挂着竹帘观看的人，当地人说那都是达官贵族的眷属。女子都在额头上和手腕上文图作为装饰，有涂得多的把整个额头全部涂黑的，也有涂得少的把额间文成了梅花斑。中山国的习俗是女子不穿耳洞，不涂脂抹粉，不戴珍珠翠玉等首饰。家家户户的门口，大多竖立“石敢当”作为碑碣，墙头上多种植吉姑罗或者樣树，修剪得非常整齐。

中山国的人称中国为“唐山”，称呼中国人为“唐人”。

琉球的土壤都是沙土，下雨过后直接就可以行走，没有泥泞。奥山上有一座却金亭，前朝明代册封使臣给事陈侃返回时，曾在这里抵御过金兵，所以中山国的人建造了这座亭子以表达对他的敬意。

辨岳，在王宫东南三里许，过圆觉寺，从山脊行，水分左右，堪舆家[1]谓之过峡，中山来脉也。山大小五峰，最高者谓之辨岳，灌木密覆，前有石柱二，中置栅二，外板阁二。少左，有小石塔，左右列石案五。折而东，数十级至顶，有石垆二，西祭山，东祭海岳之神，曰祝，祝谓是天孙氏[2]第二女云。国王受封，必斋戒亲祭。正五九月，祭山海及护国神，皆在辨岳也。

波上、雪崎及龟山，余已游遍，而要以鹤头为最胜。随正、副使往游，陟其巅，避日而坐，草色粘天，松阴匝地，东望辨岳，秀出天半，王宫历历如画。其南，则近水如湖，远山如岸，丰见城巍然突出，山南王之旧迹犹有存者。西望马齿、姑米，出没隐见，若近若远，封舟之来路也。北俯那霸、久米，人烟辐辏。举凡山川灵异，草木阴翳，鱼鸟沉浮，云烟变幻，莫不争奇献巧，毕集目前。乃知前日之游，殊为鲁莽。梁大夫小具盘樽，席地而饮，余亦趣仆以酒肴至。未申之交，凉风乍生，微雨将洒，乃移樽登舟。时海潮正涨，沙岸弥漫，遂由奥山南麓折而东北，山石嵌空欲落，海燕如鸥，渔舟似织。俄而返照入山，冰轮出水，水鳐[3]无数，飞射潮头。与介山举觞弄月，击楫而歌，樽不空，客皆醉。越渡里村，漏已三下。却金亭前，列炬如昼，迎者倦矣。乃相与步月而归，为中山第一游焉。

注 释

① 堪舆家：风水先生。

② 天孙氏：是琉球历史传说中的开国者。

③ 水鳐（yáo）：一种热带海洋鱼类，身体扁平，略呈圆形或菱形。

译 文

辨岳，在王宫东南方向约三里的地方，经过圆觉寺，从山脊开始，水分别向左右两边流淌，这就是风水先生所说的“过峡”，是中山国的风水命脉。这里有大大小小的五座山峰，最高的山峰就叫“辨岳”，山上覆盖着茂密的灌木丛，山前有两根石柱，中间设置两道栅栏，栅栏外有两座木板阁楼。偏左的地方有座小石塔，左右两边摆放着五张石案。转向东边，有几十级阶梯通到山顶，山顶上有两座放酒缸的石台，西边的祭祀山神，东边的祭祀海岳神。海岳神叫“祝”，传说是天孙氏的第二个女儿。国王接受册封，必须要斋戒，亲自主持祭祀。正月、五月和九月，祭祀山神、海神以及护国神，都在辨岳山上进行。

波上、雪崎以及龟山，我已经游遍，但总的来说以鹤头的景色最为美丽。我跟随正、副使臣前往那里游玩，登上山顶，避开太阳而坐。只见绿草绵延与天相接，郁郁葱葱的松树长满大地。向东眺望辨岳，一峰独秀，矗立在半空中，山下的王宫历历如画。鹤头山的南面，近处的水面波平如湖，而远处的山峦宛若堤岸，丰见城巍然屹立，凸显出来。山南王的王宫遗址至今还依稀可见。向西望去，马齿山、姑米山在波浪里若隐若现，忽远忽近，我们的册封船就是从那条水路来的。向北俯瞰那霸、久米，民居聚集，一派繁荣。高山大川的灵动奇异，花草树木的繁茂成荫，游鱼飞鸟沉浮起落，云霞烟霭变化无常，无不争奇斗巧，全都呈现在我的眼前。我这才知道前几天的游览，实在是太简单粗疏了。梁大夫准备了些酒菜，我们席地而坐饮酒，我也吩咐仆人拿美酒佳肴而来。下午三点左右，凉风突起，下起了淅淅沥沥的小雨，我们把酒杯移到船上。此时海潮正好上涨，浪花漫上了海滩，我们便顺着奥山的南麓，拐弯向东北方向行驶。岸边的石头凌空耸立，摇摇欲坠，海燕纷飞像海鸥一样，渔船穿梭来往如织。不一会儿，夕阳隐入山后，一轮明月从海面升起，有无数水鳐飞射潮头。我与介山举杯畅饮，吟赏明月，拍楫高歌，酒杯里的酒还没有喝尽，客人却全都醉了。经过渡里村的时候，已经过了三更，在却金亭前，一排排燃烧的火炬把黑夜照得如同白昼，迎接我们的人都十分困倦。于是我们与他们一起踏着月光回去，这是我在中山国最好的一次游览。

泉崎桥桥下，为漫湖浒。每当晴夜，双门拱月，万象澄清，如玻璃世界，为中山八景之一。旺泉味甘，亦为中山八景之一。王城有亭，依城望远，因小憩亭中，品瑞泉，纵观中山八景。八景者，泉崎夜月、临海潮声、久米村竹篱、龙洞松涛、笋崖夕照、长虹秋霁、城岳灵泉、中岛蕉园也。亭下多棕榈紫竹，竹丛生，高三尺余，叶如棕，狭而长，即所谓观音竹也。亭南有蚶壳，长八尺许，贮水以供盥①，知大蚶不易得也。

国人浣漱不用汤②，家竖石桩，置石盂或蚶壳其上，贮水。旁置一柄筒，晓起，以筒盛水浇而盥漱之，客至亦然。

地多草，细软如毯，有事则取新沙覆之。国人取玳瑁之甲以为长簪，传到中国，率由闽粤商贩。球人不知贵，以为贱品。昆山之旁，以玉抵鹊③，地使然也。

丰见山顶，有山南王第故城。徐葆光诗有“颓垣宫阙无全瓦，荒草牛羊似破村”之句。王之子孙，今为那姓，犹聚居于此。

注 释

① 盥（guàn）：洗手。

② 汤：热水。

③ 以玉抵鹊：比喻有珍贵之物而不知爱重。

译 文

泉崎桥下是漫湖浒。每当遇到晴朗的夜晚，双门拱月，宇宙万物澄澈清净，好像置身于玻璃世界，这是中山国的八景之一。旺泉，泉水味道甘甜，也是中山国的八景之一。王城里有一座亭子，背靠王城可以登高望远，于是我们在亭中稍作休息，品尝着瑞泉的泉水，纵览中山国八景。它们分别是：泉崎夜月、临海潮声、久米村竹篱、龙洞松涛、笋崖夕照、长虹秋霁、城岳灵泉、中岛蕉园。亭子下面种有许多棕榈紫竹，紫竹丛生，有三尺多高，叶子像棕榈，但要比棕榈窄和长，这就是人们所说的“观音竹”。亭子南面有蚶壳，八尺多长，里面贮满了水用来洗漱。据我所知，这么大的蚶是不容易获得的。

中山国的人洗漱不用热水，家家户户竖一根石桩，把石制的水盆或者蚶壳放在上面，贮满水。旁边放置一个长柄的竹筒，早上起来，用竹筒舀水来洗脸漱口，客人来了也是这样。

这里地上长着许多草，又细又软，像地毯一样，当地人举办活动的时候，就取来新沙铺在上面。中山国的人把玳瑁的甲壳做成长簪，经由闽粤一带的商贩流传到中国。琉球人不觉得玳瑁很珍贵，把它们当作低贱的物品。就像在昆仑山下，人们用玉石来交换喜鹊一样，这是地理环境造成的。

丰见山顶还留有山南王府邸的遗迹。徐葆光的诗中有“颓垣宫阙无全瓦，荒草牛羊似破村”的句子。山南王的子孙，现在是那姓氏族，还聚居在这里。

辻山，国人读为“失山”，琉球字皆对音，十、失无别，疑“迭”之误也。副使辑《球雅》，谓一字作二三字读，二三字作

一字读者，皆义而非音，即所谓寄语，国人尽知之。音则合百余字或十余字为一音，与中国音迥异。国中惟读书通文理者，乃知对音，庶民皆不知也。久米官之子弟，能言，教以汉语，能书，教以汉文。十岁称“若秀才”，王给米一石。十五薙发[①]，先谒孔圣，次谒国王，王籍其名，谓之“秀才”，给米三石。长则选为通事，为国中文物声名最，即明三十六姓后裔也。那霸人以商为业，多富室。明洪武初，赐闽人三十六姓善操舟者往来朝贡，国中久米村，梁、蔡、毛、郑、陈、曾、阮、金等姓，乃三十六姓之裔，至今国人重之。

与寄公谈玄理，颇有入悟处，遂与唱和成诗。法司蔡温、紫金大夫程顺则、蔡文溥，三人诗集，有作者气。顺则别著《航海指南》，言渡海事甚悉。蔡温尤肆力于古文，有《蓑翁语录》《至言》等目，语根经学，有道学气，出入二氏之学，盖学朱子而未纯者。

琉球山多瘠硗[②]，独宜薯。父老相传，受封之岁，必有丰年。今岁五月稍旱，幸自后雨不愆期，卒获大丰，薯可四收，海邦臣民，倍觉欢欣。佥[③]曰：“非受封岁，无此丰年也。”

六月初旬，稻已尽收。球阳地气温暖，稻常早熟，种以十一月，收以五六月。薯则四时皆种，三熟为丰，四熟则为大丰。稻田少，薯田多，国人以薯为命，米则王宫始得食。亦有麦豆，所产不多。五月二十日，国中祭稻神。此祭未行，稻虽登场，不敢入家也。

七月初旬始见燕，不巢人屋。中国燕以八月归，此燕疑未入中国者，其来以七月，巢必有地。别有所谓海燕，较紫燕稍大，而白其羽，有全白似鸥者，多巢岛中，间有至中国，人皆以为瑞。应潮鸡，雄纯黑，雌纯白，皆短足长尾，驯不避人。香崖购一小犬，而毛豹斑，性灵警，与饭不食，与薯乃食，知人皆食薯矣。鼠雀最多，而鼠尤虐。亦有猫，不知捕鼠，邦人以为玩，乃知物性亦随地而变。鹰、雁、鹅、鸭特少。

注 释

① 薙（tì）发：薙，同“剃”。剃发。

② 瘠硗（jí qiāo）：贫瘠硗薄。谓土地坚硬不肥沃。

③ 佥（qiān）：众人、大家的代称。

译 文

辻山，中山国的人读作“失山”，琉球的字都是对音，“十”和“失”没有什么区别，我怀疑是“迭”的误读。副使李鼎元辑录琉球的字音，写了《球雅》一书，他说琉球人把一个字读成二三字的音，又把二三字读为一个字的音，都是按照字义而不是按照发音来读，这就是所谓的“寄语”，中山国的人都知道。他们把上百个字或十几个读成一个音，与中国的发音迥然不同。国中只有精通文理的人才知道对音，老百姓都不知道。久米村官宦家的子弟，刚开始说话时就学说汉语，开始学写字的时候就教他们学汉文，十岁称为“若秀才”，国王供给一石米；十五岁剃发受礼，先拜谒孔子先圣，然后拜谒国王，国王登记他们的名字，称他们为“秀才”，供给三石米。他们长大成人后，则被选拔为通事，国中最有声望的文化人，就是明代三十六姓的后裔。那霸人以经商为业，有很多富贵人家。明代洪武初年，朝廷恩赐福建一带三十六姓善于驾船的人家，准许他们在中国和琉球之间的往来朝贡。国中的久米村里，梁、蔡、毛、郑、陈、曾、阮、金等姓氏，就是三十六姓氏的后裔，到现在国人还很敬重他们。

我与琉球诸公谈论玄理，收获很多领悟，于是我便和他们相互写诗唱和。法司蔡温、紫金大夫程顺则和蔡文溥都著有诗集，有文学家的风度。程顺则另外著有《航海指南》一书，非常详细地说明航海的各项事宜。蔡温尤其致力于古文的钻研，著有《蓑翁语录》《至言》等书，语言植根于经学，有道学家气象。他的学问出入于佛学与道学之间，大概都是学习朱熹但还没有达到炉火纯青的境界吧。

琉球的山多半贫瘠坚硬，唯独适合种番薯，父老传说，受封的这一年必定是个丰收年。今年五月稍微有些干旱，幸亏五月之后雨水如期而至，最终获得了大丰收，番薯可以收获四次，整个海邦国家的人民，倍感欢欣。大家都说："如果不是受封之年，就不会有这样的丰收了。"

六月初旬，水稻已经全部收割完毕，琉球气候温暖，水稻经常早熟，十一月份栽种，来年五六月份收获。番薯则一年四季都可以种植。一年三熟就算是丰收年了，一年四熟则是大丰收。稻田少，薯田多，中山国的人以番薯为主要粮食，米只有在王宫里才能吃到。也有麦子和豆类，但产量不是很多。五月二十日，中山国的百姓祭祀稻神，如果没有举行这一祭祀，即使稻子已经堆积在谷场上，人们也不敢收进自家的粮仓。

七月初旬才见到燕子，它们不在人类屋里筑巢。中国的燕子八月份就飞回南方了，我怀疑这里的燕子没有到过中国，它们七月份才来，来这里之前一定在其他地方筑过巢。另外有一种海燕，比紫燕稍微大一些，羽毛是白色的，有的羽毛全白像海鸥，大多数在岛上筑巢，有时海燕也会飞往中国，人们认为见到海燕是一种吉兆。有一种应潮鸡，雄的纯黑，雌的纯白，都是短脚长尾巴，温驯而不避人。香崖买了一只小狗，毛像豹子的斑纹，性情灵活警觉，给饭它不吃，但要吃番薯，由此可知老百姓吃的都是番薯。老鼠和麻雀最多，尤其是老鼠肆虐成灾。也有猫，但不会捕老鼠，国人养它们作为宠物，可以得知动物的性情也会随环境的不同而发生改变。另外，当地的鹰、雁、鹅、鸭特别少。

枕有方如圭者，有圆如轮而连以细轴者，有如文具藏数层者，制特精，皆以木为之，率宽三寸，高五寸，漆其外，或黑或朱，立而枕之，反侧则仆。按《礼记·少仪》注："颖，警枕也。谓之颖者，颖然警悟也。"又司马文正公[1]以圆木为警枕，少睡则转而觉，乃起读书，此殆警枕之遗。

衣制皆宽博交衽，袖广二尺，口皆不缉[2]，特短袂，以便作事。襟率无纽带，总名衾。男束大带，长丈六尺、宽四寸以为度，腰围四五转，而收其垂于两胁间，烟包、纸袋、小刀、梳、篦之属，皆怀之，故胸前襟带搊[3]起凹然。其胁下不缝者，惟幼童及僧衣为然。僧别有短衣如背心，谓之断俗。此其概也。

帽以薄木片为骨，叠帕而蒙之，前七层，后十一层。花锦帽远望如屋漏痕者，品最贵，惟摄政王叔国相得冠之；次品花紫帽，法司冠之；其次则纯紫。大略紫为贵，黄次之，红又次之，青绿斯下。各色又以绫为贵，绢为次。国王未受封时，戴乌纱帽，双翅侧冲上向，盘金，朱缨垂颔，下束五色绦；至是冠皮弁[④]，状如中国梨园演王者便帽，前直列花瓣七，衣蟒腰玉。

肩舆如中国饼轿，中置大椅，上施大盖，无帷幔，辕粗而长，无绊，无横木，以八人左右肩之而行。

注释

① 司马文正公：北宋政治家、史学家司马光。

② 缉：缝。

③ 搊（chōu）：拘，束紧。

④ 皮弁（biàn）：古代用白鹿皮制作的冠。

译文

枕头，有方形的像圭，也有圆形的像车轮而用细轴连接起来，有的像文具有好几层收纳格子，都制作得特别精良，都是用木头做成的。一般宽三寸，高五寸，外表刷漆，有黑色的，也有红色的。使用时要立起来枕，一翻身枕头就倒了。根据《礼记·少仪》的注解："颖，警枕也。谓之颖者，颖然警悟也。"文正公司马光用圆木做成警枕，枕着稍微睡一会儿枕头就会转动，人也就醒了，于是就起来读书，或许这里的枕头就是警枕的遗风吧。

衣服的样式都是宽大的衣襟而双襟相交。袖子宽二尺，袖口不缝边，衣袖特别短，是为了方便干活，衣襟上没有纽扣和带子，统称为“衾”。男子系一条大腰带，以长一丈六尺，宽四寸为标准，在腰上围起四五圈，将衣带剩下的两头垂在两胁之间，烟包、纸袋、小刀、梳子、篦子之类的物品，都放在怀里，所以胸前的衣襟总是因束紧而显得凸起的样子。只有小孩和僧人的衣服，于两胁下的部分是不缝合的。僧人另外穿有像背心一样的短衣，叫作“断俗”。这些基本就是琉球人的穿衣简介。

他们的帽子用薄木片做成骨架，折叠手帕蒙在上面，前面有七层，后面有十一层。用花色锦缎做成的帽子，远远望去像屋漏留下的痕迹，这种品相的帽子最为珍贵，只有执掌政事的王叔和宰相才能戴；次一级的是花紫帽，是执法官戴的；再次一级的是纯紫帽，大致以紫色为贵，黄色次一些，红色又次一些，青色和绿色最为低下。各种颜色的帽子又以绫罗制的为贵，绢制为次。国王在没有受封时，戴乌纱帽，帽边的双翅向上斜翘，帽子上盘着金丝，朱红的缨子垂到下巴，下面系着五彩丝绦；加冕之后戴皮帽，样子像中国戏曲里扮演皇帝的人戴的帽子，前面竖直排列着七个花瓣，身穿蟒袍，腰系玉带。

当地的轿子像中国的饼轿，中间放一张大椅子，上面做一个大篷盖，没有帷幔，辕木又粗又长，没有绳绊，没有横木，八个人分别在左右两侧抬着前进。

杜氏《通典》[1]载琉球国俗，谓“妇人产必食子衣[2]，以火自灸，令汗出”。余举以问杨文凤：“然乎？”对曰：“火灸诚有之，食衣则否。”即今中山已无火灸俗，惟北山犹未尽改。

嫁娶之礼，固陋已甚。世家亦有以酒肴珠贝为聘者，婚时即用本国轿，结彩鼓乐而迎，不计妆奁，父母送至夫家即返，不宴客。至亲具酒贺，不过数人。《隋书》云：琉球风俗，男女相悦，便相匹偶，盖其旧俗也。询之郑得功，郑得功曰：“三十六姓初来时，俗尚未改，后渐知婚礼，此俗遂革。今国中有夫之妇，犯奸即杀。”余始悟琉球所以号守礼之国者，亦由三十六姓教化之力也。

小民有丧，则邻里聚送，观者护丧，掩毕即归。宦家则同官相知者，亦来送柩，出即归，大都不宴客。题主官③率皆用僧，男书圆寂大禅定，女书禅定尼，无考妣称，近日宦家亦有书官爵者。棺制三尺，屈身而殓之，近宦家亦有长五六尺者，民则仍旧。

此邦之人，肘比华人稍短，《朝野佥载》④亦谓人形短小似昆仑。余所见士大夫短小者固多，亦有修髯丰颐者，颀而长者，胖而腹腰十围者，前言似未足信。人体多狐臭，古所谓愠羝⑤也。

世禄之家皆赐姓，士庶率以田地为姓，更无名，其后裔则云：某氏之子孙几男。所谓田、米，私姓也。

国中兵刑惟三章：杀人者死，伤人及重罪徒，轻罪罚日中晒之。计罪而定其日。国中数年无斩犯，间有犯斩罪者，又率引刀自剖腹死。

注 释

① 杜氏《通典》：由唐代的杜佑撰写，共计二百卷，其中记录了历朝典章制度的沿革。

② 子衣：胎盘。

③ 题主官：旧时将死者的名字写在“木主”上的人。

④《朝野佥载》：一本记录隋唐两代故事的书。

⑤ 愠羝（yùn dī）：狐臭。

译 文

杜佑《通典》里记载的琉球国的风俗，说妇女生下小孩之后一定会吃掉胎衣，用火熏烤自己，让汗流出来。我向杨文凤询问：“是这样吗？”他回答说：“用火烤自己确有其事，但没有吃胎衣的风俗。”如今中山国已经没有火烤的习俗，只有北山还保留了一些古老风俗。

嫁娶的礼节非常简陋。世家贵族也有用酒水菜肴、珍珠贝壳作为聘礼的，结婚时男方就用本国的轿子，张灯结彩，敲锣打鼓地迎娶新娘，不计较有没有嫁妆，女方父母把女儿送到婆家就立马回来了，也不宴请宾客。摆酒庆贺的至亲也不过几个人而已。《隋书》上说：“琉球风俗，男女相悦，便相匹偶。”这是他们从旧时传承下来的风俗。我向郑得功询问此事，他回答说：“三十六姓的族人刚刚来的时候，风俗还尚未改变，后来琉球人渐渐知道了婚嫁的礼俗，这一习俗就逐渐革除了。现在中山国的有夫之妇，犯了通奸罪就会被杀掉。”我这才得知琉球之所以号称为守礼的国家，也是得力于三十六姓的教化。

老百姓哪家有丧事，街坊邻居就会前来一起送葬，观礼者也来帮忙护送灵柩，掩埋完毕后就各自返回。至于官宦人家的丧葬，同僚相知的人也会来送葬，出殡之后就回去，大部分都不宴请宾客。

一般都让僧人来题写牌位，死者为男性写“圆寂大禅定”，死者为女性写“禅定尼”，没有“考妣”的称谓，近来官宦人家也有写官爵的。棺材长度为三尺，入殓的时候尸体只能弯曲着放进去，近来官宦人家也有长五六尺的棺材，老百姓则仍旧使用三尺的。

中山国人的胳膊肘比中原人稍微要短一些，《朝野佥载》上也说琉球人身材短小，像昆仑人（今中印半岛和东南亚的居民）。我所看到的士大夫身材短小的固然很多，但也有留着长须、面容丰满的人，有个子很高的人，有腰围肥胖有十围的人，可见前人所说的不足全信。琉球很多人有狐臭，就是古人所说的“愠羝”。

世代享受皇家俸禄的人家都有国王赐姓，而普通的士人和老百姓则大都以地名为姓氏，也没有名字，他们的后人则被叫作某某氏的儿子、孙子，或第几男，所谓的“田”“米”姓氏，都是私姓。

国中的兵刑只有三章：杀人者，死刑；伤人及重罪者，流放；轻罪者，烈日暴晒，根据罪行情况计算受刑日期。中山国已经好几年没有处斩过死刑犯人，就算有判死刑的人，大多自己就切腹自杀了。

七月十五夜，开窗见人家门外皆列火炬二，询之土人云：“国俗于十五日盆祭，预期迎神，祭后乃去之。”盆祭者，中国所谓盂兰会[①]也。连日见市上小儿各手一纸幡，对立招展，作迎神状，知国俗盆祭祀先，亦大祭矣。

龟山南岸有窑，国人取车螯大蚶之壳以煅，塈[②]灰壁不及石灰，而粘过者。再东北有池，为国人煮盐处。

七月二十五日，正、副使行册封礼，途中观者益众。上万松岭，迤逦而东，衢道修广，有坊，榜曰“中山道”。又进一坊，榜曰“守礼之邦”。世孙戴皮弁，服蟒衣，腰玉带，垂裳结佩，率百官跪迎道左。更进为欢会门，踞山巅，叠礁石为城，削磨如壁，有鸟道，无雉堞[③]，高五尺以上，远望如聚髑髅[④]。始悟《隋书》所谓王居多聚髑髅于其下者，乃远望误于形似，实未至城下也。城外石崖，左镌“龙冈”字，右镌“虎崒”字。

注释

① 盂（yú）兰会：农历七月十五中元节佛教徒为超度祖先亡灵所举行的仪式。

② 塈（jì）：用泥涂屋子。

③ 雉堞（zhì dié）：城墙。

④ 髑髅（dú lóu）：骷髅，死人的头盖骨。

译文

七月十五夜，我打开窗户看见人们都在门外摆放了两个火炬，询问当地人，他们说：“这是我们国家的习俗，在七月十五举行盆祭，希望迎接神灵，祭祀过后就会把火炬拿走。”盆祭就是中国所说的“盂兰会”。连日来，我都看到街上的小孩子手里拿着一个纸幡，面对面站着挥舞纸幡，做出迎接神灵的样子，可知中山国以盆祭来祭祀先祖的风俗，也是一种重大的祭祀。

龟山南岸有窑，中山国人选择车螯、大蚶的甲壳进行煅烧，虽然用这样烧制的泥来涂墙壁不如石灰，但黏性比石灰要强。再往东北去有盐池，是中山国人煮盐的地方。

七月二十五日，正使和副使举行册封礼，途中的观众非常多。登上万松岭，我们的队伍浩浩荡荡向东而去，街道修得很宽阔，经过一座牌坊，匾额上写着“中山道”，又进入一座牌坊，匾额上写着“守礼之邦”。世孙尚温头戴皮帽，身穿蟒袍，腰系玉带，悬垂的衣裳上结着玉佩，率领文武百官在道路两边跪拜迎接。再往里走是欢会门，城墙高踞在山巅之上，用礁石叠垒而成，墙壁打磨得像绝壁一样，城墙上有窄道，没有墙垛，高度在五尺以上，远远望去像堆积在一起的骷髅。我才理解到《隋书》里所讲的“王居多聚髑髅于其下”，是因为远望而看上去它的形状像聚集的骷髅，而观看的人并没有到城下近距离地观察。城外的石崖上，左边雕刻着“龙冈”，右边雕刻着“虎崒”。

王宫西向，以中国在海西，表忠顺面向之意。后东向为继世门，左南向为水门，右北向为久庆门。再进层崖，有门西北向曰瑞泉，左右甬道，有左掖、右掖二门。更进有漏西向，榜曰“刻漏”，上设铜壶漏水。更进有门西北向，为奉神门，即王府门也。殿廷方广十数亩，分砌二道。由甬道进至阙廷，为王听政之所。壁悬伏羲画卦像，龙马负图[①]立其前，绢色苍古，微有剥蚀，殆非近代物。北宫殿屋固朴，屋举手可接，以处山冈，且阻海飓。面对为南宫。此日正、副使宴于北宫，大礼既成，通国欢忭。闻国王经行处，悉有彩饰，泉崎道旁，列盆花异卉，绕以朱栏，中刻木作麒麟形，题曰："非龙非彪，非熊非罴②，王者之瑞兽。"天妃宫前，植大松六，叠假山四，作白鹤二，生子母鹿三。池上结棚，覆以松枝，松子垂如葡萄。池中刻木鲤大小五，令浮水面。环池以竹，栏旁有坊曰偕乐坊，柱悬一版，题曰："鹿濯濯，鸟翯翯③，牣鱼跃。"归而述诸副使，副使曰："此皆志略所载，事隔数十年。一字不易，可谓印板文字矣。"从客皆笑。

宜野湾县有龟寿者，事继母以孝，国人莫不闻。母爱所生子，而短④龟寿于其父伊佐前，且不食以激其怒。伊佐惑之，欲死龟寿，将令深夜汲北宫，要而杀之。仆匿龟寿于家，往谏伊佐，伊佐缚而放之，且谓事已露，不可杀，乃逐龟寿。龟寿既被放，欲自尽，又恐张母恶。值天雨雹，病不支，僵卧于路。巡官见之，近而抚其体犹温，知未死，覆以己衣。渐苏，徐诘其故，龟寿不欲扬父母之恶，饰词⑤告之。初，巡官闻孝子龟寿被放，意不平，至是见言语支吾，疑即龟寿，赐衣食令去。密访得其状，乃传集村人，系伊佐妻至，数其罪而监之。将告于王，龟寿愿以身代，巡官不忍伤孝子心，召伊佐夫妇面谕之。妇感悟，卒为母子如初。副使既为之记，余复为诗以表章之，诗云："輶轩⑥问俗到球阳，潜德端须为阐扬。诚孝由来能感格，何殊闵损与王祥。"以为事继母而不能尽孝者劝。

注释

① 龙马负图：传说中的龙形瑞马。

② 罴（pí）：一种熊。

③ 翯翯（hè hè）：光泽洁白貌。

④ 短：说坏话。

⑤ 饰词：说了掩饰真相的假话。

⑥ 辖（yóu）轩：古代使臣的代称。

译 文

王宫面朝西边，因为中国在大海的西边，面朝西是为了表示对中国忠心归顺的敬意。王宫后面向东的是继世门，左边向南的是水门，右边向北的是久庆门。再往前走，层层叠叠的山崖上有一扇朝向西北的门，叫作瑞泉。左右两边的甬道，有左掖和右掖两道门。再往里走，有一个朝西摆着的滴漏计时器，上面写着“刻漏”，上面设有一个铜壶漏水计时。再往前走，有一扇西北朝向的门，是奉神门，也就是王府的大门。王府方圆十几亩，府内铺砌了两条道路，经由甬道进入宫廷，就是中山王处理朝政的地方。墙上悬挂着伏羲画八卦的画像，上面画着龙和马驮着八卦图站在伏羲前面，画布苍老古朴，略微有些剥落侵蚀处，恐怕不是近代的东西。北边的宫殿坚固朴素，屋顶举手就可以触摸得到，因为坐落于山冈上，矮屋可以阻挡飓风。北宫对面是南宫。这一天正、副使臣在北宫宴请宾客，册封大礼已经完成，举国上下一片欢腾。听说国王经过的地方都张灯结彩，装饰一新，泉崎桥的道路两旁，都摆放着各种盆花异种，四周用红色栏杆围起来，中间有麒麟木雕，上面写道：“非龙非彪，非熊非罴，王者之瑞兽。”天妃宫前种了六棵大松树，垒叠了四座假山，做了两只白鹤，还造了三只子母鹿。水池上搭起棚架，覆盖着松枝，松子像葡萄一样垂下。水池中有用木头雕刻着五六条大小不一的鲤鱼，漂浮在水面上。水池边环绕种植着竹子做栏杆，旁边有一座牌坊，名叫“偕乐坊”，柱子上悬挂着一块木板，上面题写着：“鹿濯濯，鸟翯翯，物鱼跃。”我回来后把这些讲给副使听，副使说：“这些都是《志略》上记载的，事情隔了几十年，一个字都没有更改，真可以说是印版文字了。”随行的人都笑了。

宜野湾县有个叫龟寿的人，侍奉继母非常孝敬，国人没有谁不知道。继母却只疼爱亲生儿子，总是在龟寿的父亲伊佐面前说龟寿的坏话，并且以绝食来激怒丈夫。伊佐受到妻子的迷惑，想杀死龟寿，命令他深夜前往北宫打水，想趁机在此将他杀死。仆人把龟寿藏在家里，自己去伊佐面前劝谏，伊佐把仆人捆绑起来又把他给放了。伊佐得知事情已经败露，不好再杀龟寿，于是就把他放逐了。龟寿被父亲放逐后，想要自杀，可又害怕死后继母做下的恶事被世人知道。恰逢天下冰雹，龟寿病重体力不支，冻僵倒在了路边。巡察官发现了他，走近摸了摸他的身体，发现还有温度，知道他还没有死，就把自己的衣服盖在他身上。龟寿渐渐苏醒过来，巡察官慢慢询问他原因，龟寿不愿张扬父母的恶行，说了假话掩饰真相。起初，巡察官听说孝子龟寿被放逐的事情，心内不平，此时见到龟寿支吾其词，怀疑这个人就是龟寿，巡察官赐给他食物和衣服就让他离开了。然而巡察官秘密查访得知了真实情况，于是召集村里的人，把伊佐和他老婆捆绑来，历数他们的罪状并且把他们关押。巡察官本打算将这事禀告给国王，龟寿却愿意自己代替父母坐牢，巡察官不忍伤他的孝子之心，就把伊佐夫妇召来当面训斥教育。妇人有所感悟，最后母子和好如初。副使已经为龟寿作了传记，我也为此写诗来表彰他：“輶轩问俗到球阳，潜德端须为阐扬。诚孝由来能感格，何殊闵损与王祥。”用来规劝那些侍奉继母而不尽孝的人。

经迭山墟，方集，因步行集中，观所市物，薯为多，亦有鱼、盐、酒、菜、陶、木器、蕉苎、土布，粗恶无足观者。国无肆店[①]，率业于其家，市货以有易无，不用银钱。闻国中多用日本宽永钱，此来亦不见。昨香崖携示串钱，环如鹅眼，无轮廓，贯以绳，积长三寸许，连四贯而合之，封以纸，上有钤记。此球人新制钱，每封当大钱十。盖国中钱少，宽永钱铜质较美，恐或有人买去，故收藏之。特制此钱应用，市中无钱以此。

国中男逸女劳，无有肩担背负者，趋集、织纫及采薪、运水，皆妇人主之。凡物皆戴之顶，女衣既无纽无带，又不束腰，而国俗男女皆无裤，势须以手曳襟，襟较男衣长，叠襟下为两层，风不得开。因悟髻必偏坠者，以手既曳襟，须空其顶以戴物，童而习之，虽重百觔[②]，登山涉涧，无倾侧，是国中第一绝技也。其动作时，常卷两袖至背，贯绳而束之。发垢辄洗，洗用泥，脱衣结于腰，赤身低头，见人亦不避。抱儿惟一手，叉置腰间，即藉以曳襟。

东苑在崎山，出欢会门，折而北，逐瑞泉下流，至龙渊桥，汇而为池，广可十丈，长可数十丈，捍以堤，曰“龙潭”。水清鱼可数，荷叶半倒。再折而东，有小村，篌屏修整，松盖阴翳，薄云补林，微风啸竹，园外已极幽趣。入门，板亭二，南向。更进而南，屋三楹。亭东有阜，如覆盂。折而南，有岩西向，上镌梵字，下蹲石狮一，饰以五采。再下，有小方池，凿石为龙首，泉从口出。有金鱼池，前竹万竿，后松百挺。再东，为望仙阁，前有东苑阁，后为能仁堂，东北望海，西南望山，国中形胜，此为第一。

注释

① 肆店：商店。

② 觔（jīn）：同“斤”。

译文

经过迭山墟时，恰好碰到赶集，于是我们便去逛集市。看到集市上所卖的商品中，以番薯最多，也有鱼、盐、酒、菜、陶器、木器、蕉苎、土布，大多粗劣普通，没有什么可看的。中山国没有商店，大都在家买卖商品，市场上的买卖大都是以有换无，不使用银钱。听说中山国多使用日本的宽永钱，这次来也没有见过。昨天，香崖拿着一串钱给我看，钱的环孔像鹅眼，没有轮廓，用绳子串起来，积攒到三寸长的时候，把四串连接起来合在一起，用纸封存，上面盖上专用的印记。这是琉球人新铸造的钱，每封钱充当十枚大钱。

中山国的男子生活安逸而女子辛劳，集上没有肩挑背扛的人，赶集、织布缝纫、砍柴、挑水，都由妇女承担。一切物品都顶在头顶，女子的衣服没有纽扣和系带，又不束腰带，然而中山国的习俗是男女衣服都没有裤子，这就势必要用手拽住衣襟，女子的衣襟比男子的长，衣襟下摆叠成两层，风吹不开。由此我明白了女子的发髻为什么一定要偏垂在一边，因为一只手已经用于拽住衣襟，必须把头顶空出来搬运物品。女子从童年就开始学习用头顶东西，即使是上百斤的东西，也能顶着登山涉水，丝毫不会倾覆倒翻，这是中山国的第一绝技。女子干活时，常常把两只袖子卷到脊背上，用绳子系紧。头发脏了就洗，洗时用泥巴去污，脱掉衣服系在腰间，赤裸着上身低着头洗头发，见到人也不躲避。她们抱小孩只用一只手叉放在腰间，也借此来拽住衣襟。

东苑在崎山上，从欢会门出发，转弯向北前行，顺着瑞泉向下的水流，到达龙湖桥，泉水汇集成池塘，池塘的宽度有十丈，长几十丈，堤坝护卫着四周，叫作“龙潭”，水十分清澈，可以看见游鱼，荷叶大半倒伏。再转弯向东走，有个小村子，细竹修整得像屏风一样整齐。葱郁的松树冠盖投下斑驳的阴影，薄薄的云雾在树林里缭绕，微风在竹林间轻轻吟啸，东苑园外就已经极富幽趣。进门后有两间板亭，都面朝南。再往前向南走，有三间屋子。板亭的东面有小山丘，像倒扣的盆盂。拐个弯之后向南面走，有一块面向西边的岩石，上面镌刻梵文，下面蹲伏着一尊石狮子，装饰得五彩斑斓。下面有一块小方池，用石头凿了一个龙头，泉水从龙嘴里流出来。还有一个金鱼池，前有万竿翠竹掩映，后有百棵青松挺立。

南苑之胜，亦不减于东苑。苑中马富盛。折而东，循行阡陌间，水田漠漠，番薯油油，绝无秋景。薯有新种者，问知已三收矣。再入山，松阴夹道，茅屋参差，田家之景可画。计十余里，始入苑村，名姑场川，即同乐苑也。苑踞山脊，轩五楹，夹室为复阁，颇曲折。轩前有池，新凿，狭而东西长。叠礁为桥，桥南新阜[①]

累累，因阜以为亭，宜远眺。亭东植奇花异卉，有花绝类蝴蝶，绛红色，叶如嫩槐，曰“蝴蝶花”。有松叶如白毛，曰“白发松”。池东旧有亭、圯[2]，以布代之。池西有阁，颇轩敞，四面风来，宜纳凉。有阁曰“迎晖”，有亭曰“一览”，即正副使所题也。轩北有松，有凤蕉，有桃，有柳。黄昏举烟火，略同中国。

余偕寄尘游波上，板阁无他神，惟挂铜片幡，上凿“奉寄御币”字，后署云：“元和二年壬戌。”或疑为唐时物，非也。按元和二年为丁亥，非壬戌也。日本马场信武撰《八卦通变指南》，内列“三元指掌”，云：“上元起永禄七年甲子，止元和三年癸亥。如元起宽永元年甲子，止天和三年癸亥。下元起贞享元年甲子。今元禄十六年癸未。”国中既行宽永钱，证以元和日本僭号，知琉球旧曾奉日本正朔，今讳言之欤？

纸鸢制无精巧者，儿童多立屋上放之。按中国多放于清明前，义取张口仰视，宣导阳气，令儿少疾；今放于九月，以非九月纸鸢不能上，则风力与中国异，即此可验球阳气暖，故能十月种稻。

国俗男欲为僧者听之，既受戒，有廪给[3]。有犯戒者，饬令还俗，放之别岛。女子愿为土妓者亦听接交外客，女之兄弟仍与外客叙亲往来，然率皆贫民，故不以为耻。若已嫁夫而复敢犯奸者，许女之父兄自杀之，不以告王。即告王，王亦不赦。此国中良贱之大防，所以重廉耻也。此邦有红衣妓，与之言不解，按拍清歌，皆方言也。然风韵亦正有佳者，殆不减憨园。近忽因事他迁，以扇索诗，因题二诗以赠之。诗云：“芳龄二八最风流，楚楚腰身剪剪眸。手抱琵琶浑不语，似曾相识在苏州。”“新愁旧恨感千端，再见真如隔世难。可惜今宵好明月，与谁共卷绣帘看？”

国人率恭谨，有所受，必高举为礼，有所敬，则俯身搓手而后膜拜。劝尊者酒，酌而置杯于指尖以为敬，平等则置手心。

注释

① 阜（fù）：土山。

② 圯（yí）：桥。

③ 廪给（lǐn gěi）：泛指衣食等生活资料。

译文

南苑的风景名胜也不逊于东苑，苑中有很多马。向东沿着田间的小路行走，水田广漠无垠，番薯绿油油的，丝毫不似秋天的景象。田里有新近种植的番薯，询问得知已经收获三季了。再往前就进山了，葱郁的松树夹道而立，茅屋参差错落地散布在山间，眼前的农家田园风光已经可以入画。总计走了十几里才到达南苑村，名字叫作姑场川，也就是“同乐苑”。南苑背靠山脊而建，有轩房五间，中间隔开的地方成为复阁，构造曲折。轩房前有新凿的池塘，东西狭长。堆叠礁石作为桥，桥南新堆的土丘层层累累，在土丘上修筑了亭子，亭中可远眺。亭子东面种植着奇花异草，有一种花像极了蝴蝶，深红色，叶子像鲜嫩的槐叶，名叫“蝴蝶花”。另有一种松树叶子像白毛，叫“白发松”。水池东边原来建有亭、桥，现在改为布画代替。池塘西边有阁楼，很是宽敞，四面通风，适宜纳凉。有座阁楼叫“迎晖”，有间亭子叫“一览”，是正使和副使题写的。轩房的北面有松树、凤蕉、桃树和柳树。黄昏的时候家家户户点上灯火，与中国大体相似。

我和寄尘同游于南苑池上，见到板阁上没有其他神像，仅仅挂着铜片做的幡旗，上面凿刻着“奉寄御币”的字样，后面写着“元和二年壬戌”。有人怀疑是唐代的物品，其实不是。经考察，元和二年为丁亥年（807年），并不是壬戌年。日本人马场信武写的《八卦通变指南》，里面列出“三元指掌”：“上元起永禄七年甲子，止元和三年癸亥。如元起宽永元年甲子，止于天和三年癸亥。下元起贞亨元年甲子，今元禄十六年癸未。”中山国既然使用宽永钱，证明元和是日本国冒用唐朝年号，由此可知琉球过去曾向日本称臣，现在是否忌讳说这件事呢？

风筝制作得都不是很精巧，儿童大多站在屋顶上放风筝。按照中国的风俗，大多在清明前放风筝，目的是让人张口仰视，宣导阳气，让小孩子少生病。现在琉球在九月份放风筝，倒不是说除了九月份其他时间放不了风筝，此地风力与中国不同。这也能够验证琉球的气候温暖，所以十月可以种植水稻。

中山国的风俗，男子想要出家为僧，就听从他的意愿，受戒后，由国家供给生活物资。如果有僧人犯了戒条，就会命令他还俗，并流放到其他岛屿。女子愿意做妓女，也听从她的意愿。妓女虽以接待客人为业，妓女的兄弟们仍然可以与来的客人做亲戚来往，然而这些人大部分都是贫民，因此不会感到羞耻。如果妇女婚后有奸情，就允许妇女的父亲和兄弟自行杀了她，不用禀告国王。即使禀告国王，国王也不会赦免她的罪行。这是中山国区分良民和贱民的标准，以此来教导人民看重礼义廉耻。

此地有一位红衣妓女，和她说话，听不懂她说什么。她按照节拍唱歌，所唱的都是方言。然而她的风韵的确有美妙之处，可与憨

园相比。近日，她忽然因为有事要到别的地方去，拿着扇子来向我请求题诗，我因此写了两首诗赠给她。诗中写道：

芳龄二八最风流，楚楚腰身剪剪眸。
手抱琵琶浑不语，似曾相识在苏州。

新愁旧恨感千端，再见真如隔世难。
可惜今宵好明月，与谁共卷绣帘看？

琉球人大都恭顺谨慎，彬彬有礼，接受别人的东西时一定会高高举起表示礼貌。见到敬重的人，则弯下身子双手相搓，然后膜拜。劝尊贵的客人喝酒时，他们把斟满的酒杯放在指尖上表示敬意，若敬地位平等的人则把酒杯放置在手心。

此邦屋俱不高，瓦必瓴，以避飓也。地板必去地三尺，以避湿也。屋脊四出，如八角亭，四面接修，更无重构复室，以省材也。屋无门户，上限[①]刻双沟，设方格，糊以纸，左右推移，更不设暗闩，利省便，恃无盗也。临街则设矣。神龛置青石于炉，实以沙，祀祖神也。国以石为神，无传真[②]也。瓦上瓦狮，《隋书》所谓兽头骨角也。壁无粉墁，示朴也。贵家间有糊砑粉花笺，习华风，渐奢也。

龟山有峰独出，与众山绝，前附小峰，离约二丈许。邦人驾石为洞，连二山，高十丈余，结布幔于洞东。小憩，拾级而登，行洞上，又十余级，乃陟巅。巅恰容一楼，楼无名，四面轩豁，无户牖。副使谓余曰：“兹楼俯中山之全势，不可无名。”因名之曰“蜀楼”，并为之跋曰：“蜀者何？独也。楼何以蜀名？以其踞独山也。不曰独而曰蜀者，以副使为蜀人，楼构已百年，而副使乃名之，若有待也。”楼左瞰青畴[3]，右扶苍石，后临大海，前揖中山，坐其中以望，若建瓴焉。余又请于副使曰：“额不可无联。”副使因书前四语付之。归路，循海而西，崖洞溪壑皆奇峭，是又一胜游矣。

注释

① 限：门槛。

② 传真：画家画的神像。

③ 青畴：绿色田野。

译文

中山国的房屋都不怎么高，必须用筒瓦覆盖屋顶，这样可以减少飓风的侵袭。地板必须距离地面三尺高，因为要防潮。屋脊向四面伸出，像八角亭。四面接连在一起修建，没有重复的结构和套间，是为了节省材料。房子没有门窗，上门槛刻两道槽子，设置方格，用纸糊上，左右两边推拉滑动，也不安装门闩，图省事方便，依凭的是没有盗贼。临街的房子就要安装门闩了。神龛是把青石放在炉灶上，用沙子填实，祭祀祖先和神灵。中山国把石头奉为神，没有此神的画像。屋脊上竖立着用瓦塑造的狮子，这也就是《隋书》上所说的“兽头骨角”。墙壁上没有涂粉装饰，以示朴素。有的富贵人家偶尔涂抹研粉，糊上花笺，那是学习了中国的风尚，渐渐变得奢华起来。

龟山上有一座山峰突兀而起，与其他群山相隔开来，前面附有一座小山峰，距离主峰有二丈多远。国人用石头架设成洞穴，连接两座山，山洞高十几丈，在洞穴的东边挂上布幔。在这里稍作休息后，我们顺着石阶往上攀登，从洞上面又走了十几级阶梯，才登上峰顶。峰顶恰好能修筑一座楼，没有起名，四面宽敞高大，没有窗户。副使对我说：“站在楼里能够俯瞰整个中山的全貌，不可以没有名字。”因此副使给它命名为“蜀楼”，并且作跋说：“蜀是什么意思呢？就是‘独’的意思。这座楼为什么用蜀作为名字呢？因为它雄踞在孤峰之上。不说‘独’而说‘蜀’，是因为副使是蜀人，这座楼建造已经有百年之久，而今天副使才给它题名，好像专门等待副使似的。楼的左边可以俯瞰青色的田野，右边凭靠苍劲的岩石，后边面临大海，前边正对着中山，坐在楼中四下望去，好像高屋建瓴。我又对副使请求说道：“有了匾额，但不能没有对联。”副使于是把前面写的四句诗引用作为对联。回来的路沿着海岸一直向西，山崖、洞穴、小溪、丘壑，都很奇异峭拔，这又是一次愉快的游历啊！

越南山，度丝满村，人家皆面海，奇石林立。遵海而西，有山，翠色攒空，石骨穿海，曰沙岳。时午潮初退，白石邻邻，群马争驰，飞溅如雨。再西，度大岭村，丛棘为篱，鱼网数百晒其上。村外水田漠漠，泥淖陷马。有牛放于冈，汪《录》谓马耕无牛，今不尽然也。

本岛能中山语者，给黄帽为酋长，岁遣“亲云上”监抚之，名奉行官，主其赋讼。各赋其土之宜，以贡于王。间切者，外府之谓。首里、泊、久米、那霸四府为王畿[1]，故不设，此外皆设。职在亲民，察其村之利弊，而报于亲云上。间切，略如中国知府。中山属府十四，间切十。山南省属府十二，山北省属府九，间切如其府数。

国俗自八月初十至十五日，并蒸米，拌赤小豆为饭相饷，以祭月，风同中国。是夜，正副使邀从客露饮，月光澄水，天色拖蓝，风寂动息，潮声杂丝竹声自远而至，恍置身三山[2]，听子晋吹笙，麻姑度曲，万缘俱静矣。宇宙之大，同此一月。回忆昔日萧爽楼中，良宵美景，轻轻放过，今则天各一方，能无对月而兴怀乎？

世传八月十八日为潮生辰，国俗，于是夜候潮坡上。子刻，偕寄尘至坡上，草如碧毯，沾露愈滑，扶仆行，凭垣倚石而坐。丑刻，潮始至，若云峰万叠，卷海飞来。须臾，腥气大盛，水怪抟风，金蛇掣电，天柱欲折，地轴暗摇，雪浪溅衣，直高百尺，未敢遽窥鲛宫，已若有推而起之者，迷离惝恍，千态万状。观此，乃知枚乘《七发》[3]，犹形容未尽也。潮既退，始闻噌吰[4]之声出礁石间。徐步至护国寺，尚似有雷霆震耳，潮至此，观止矣。

注 释

① 王畿（jī）：古指王城周围千里的地域。

② 三山：传说中的方丈、瀛洲和蓬莱三座大山。

③《七发》：西汉枚乘所写的辞赋。

④ 噌吰（cēng hóng）：象声词。多用以形容钟鼓声。

译文

跨越南山，经过丝满村，家家户户都面海而居，周围奇石林立。沿着海岸往西走，有一座山峰，青翠葱茏，直插云霄，山石的骨脉蔓延入海，叫作“沙岳”。此时午潮刚刚退去，露出闪光粼粼的白石，成群结队的马在海滩上争相奔驰，水花四溅像下雨一样。再往西走，过了大岭村，看到丛丛荆棘成为天然的篱笆，数百渔网晾晒在上面。村子外面的水田广漠无垠，泥泞不堪的路面陷住了马蹄。牛群在山冈上放牧，汪楫在《使琉球杂录》里说这里耕田只有马没有牛，现在看来也不全是如此。

岛上有会说中山国语言的人，国王赐给他黄帽，让他做酋长。每年朝廷派遣“亲云上”（相当于钦差）来监察安抚，叫作“奉行官”，主管当地的赋税和诉讼，各地用他们的出产作为赋税，进贡给国王。间切是外府官员的称谓。首里、泊、久米、那霸四府作为王城，因此不设置间切，而设置别的官，他们的职务是亲民，并监察各地村落的政务情况，然后上报给“亲云上”。间切，有点像中国本土的知府。中山府下属的外府有十四个，设有十个间切。山南府下属的外府有十二个，山北府下属的外府有九个，间切和下属外府的数量一样。

中山国的风俗是从八月初十到十五，家家户户都蒸米饭，拌上赤小豆，作为饭食相互馈赠和享用，以此来祭祀月亮，这种风俗和中国相同。这天晚上，正使和副使邀请随从露天饮酒，当时月光澄澈如水，夜空一片深蓝，周围风声止息，一片静寂，海浪的起伏声夹杂着丝竹之声从远方传来，我们恍若置身于蓬莱仙岛，聆听到子晋吹笙，麻姑弹琴，顿时心境如水。宇宙广阔无垠，我们共享一轮明月。回忆往日在萧爽楼中的日子，我们轻易错过多少良宵美景啊，如今我们天各一方，怎么能不对着明月而感慨万千呢?

世人相传八月十八是海潮的生日。中山国的风俗，这天夜里人们要在坡上等候海潮的到来。半夜时分，我和寄尘一起来到坡上，草地像碧绿的地毯，沾上露水后更加湿滑，得由仆人扶着慢慢走过去，我们最后倚靠着围墙和石头坐下。凌晨一点左右海潮才来，像千万叠的云峰，卷着海水铺天盖地袭来。须臾之间，一股强烈的海腥气扑面而来，像是有水怪在海潮中旋转，闪电如金蛇狂舞，天柱像是要被折断，地轴在暗暗摇晃，雪白的浪花飞溅到衣服上，飞溅的高度可达百尺。此时情景，让我们已经不敢窥探海中龙宫，仿佛有一种力量把我们推起，在神情恍惚中，惊讶海潮的扑朔迷离、千姿百态。看到这些，我才知道汉代枚乘的《七发》都不能把此种景象描述得淋漓尽致。

元旦至六日，贺节。初五日，迎灶。二月，祭麦神。十二日，

浚井[1]，汲新水，俗谓之洗百病。三月三日，作艾糕[2]。五月五日，竞渡。六月六日，国中作六月节，家家蒸糯米，为饭相饷。十二月八日，作糯米糕，层裹棕叶，蒸以相饷，名曰鬼饼。二十四日，送灶。正三五九为吉月，妇女率游海畔，拜水神祈福。逢朔日，群汲新水献神，此其略也。余独疑国俗敬佛，而不知四月八日为佛诞辰，腊八鬼饼如角黍，而不知七宝粥。

国王送菊二十余盆，花叶并茂，根际皆以竹签标名，内三种尤异类：一名“金锦”，朵兼红黄白三色，小而繁，灿如列星；一名“重宝”，瓣如莲而小，色淡红；一名“素球”，瓣宽，不类菊，重叠千层，白如雪，皆所未见者。媵[3]之以诗，诗云：“陶篱韩圃[4]多秋色，未必当年有此花。似汝幽姿真可惜，移根无路到中华。”

见狮子舞，布为身，皮为头，丝为尾，剪彩如毛饰其外，头尾口眼皆活，镀睛贴齿，两人居其中，俯仰跳跃，相驯狎欢腾状。余曰：“此近古乐矣。”按《旧唐书·音乐志》，后周武帝时，造太平乐，亦谓之五方狮子舞。白乐天《西凉伎》云：“假面夷人弄狮子，刻木为头丝作尾。金镀眼睛银贴齿，奋迅毛衣罢[5]双耳。”即此舞也。

注 释

① 浚（jùn）井：清理水井。

② 艾糕：加入艾叶制成的糕饼。

③ 媵（yìng）：赠送。

④ 韩圃：八仙之一韩湘子的花园。传说韩湘子曾经在初冬季节让牡丹开花。

⑤ 罢：此处表示低垂。

译文

从元旦到初六，迎接新年庆贺春节。初五日，迎接灶神。二月，祭祀麦神。二月十二日，疏通水井，打出新水，民间称之为“洗百病”。三月三日，制作艾糕。五月五日，赛龙舟。六月六日，中山国人过六月节，家家户户蒸糯米，做成饭食相互馈赠和享用。十二月八日，制作糯米糕，用粽叶层层包裹，蒸熟后人们相互馈赠分享，名叫“鬼饼”。十二月二十四日，送灶神。正月、三月、五月、九月是吉祥的月份，妇女们都一起邀约到海边游玩，祭拜水神祈祷恩福。每逢初一，人们聚集在一起打来新水献给神灵，这些都是琉球风俗的大致情况。我怀疑中山国人敬拜佛陀，但他们却不知道四月初八为佛祖的诞辰，而腊月初八做的鬼饼像粽子，却不知道七宝粥。

国王送给我们二十多盆菊花，花叶繁茂，花根下都用竹签标注上菊花的名字，其中有三种尤为奇异：一种名叫“金锦”，花朵兼有红色、黄色和白色，花朵细小而繁密，灿烂得像天上的繁星；一种名叫“重宝”，花瓣像莲花但比莲花要小，淡红的颜色；一种名叫“素球”，花瓣宽大，不像菊花，千层重叠，洁白如雪。这些菊花都是我们从来没见过的。我写了一首诗回赠：

陶篱韩圃多秋色，未必当年有此花。

似汝幽姿真可惜，移根无路到中华。

我见到了这里的狮子舞，用布做狮子的身子，用皮做狮子的头，用丝线做狮子的尾巴，把彩绸剪成狮子毛装饰在外表，头、尾巴、嘴和眼睛都能活动，栩栩如生，再把眼睛贴上金纸，把牙齿贴上银纸。两个人躲藏在里面，一上一下，翻腾跳跃，相互驯服，做出欢腾的动作。我说："这个很接近古代的游乐风格了。"根据《旧唐书·音乐志》记载，后周武帝时期，创作了太平乐，也叫作"五方狮子舞"。白居易《西凉伎》诗里写道：

假面夷人弄狮子，刻木为头丝作尾。
金镀眼睛银贴齿，奋迅毛衣罢双耳。

讲的就是这种舞蹈。

此邦有所谓踏柁戏[1]者，横木以为梁，高四尺余，复置板而横之，长丈有二尺，虚其两端，均力焉。夷女二，结束衣彩，赤双足，各手一巾，对立相视而歌。歌未竟，跃立两端，稍作低昂，势若水碓[2]之起伏，渐起渐高。东者陡落而激之，则西飞起三丈余，翩翩若轻燕之舞于空也；西者落而陡激之，则东者复起，又如鸷鸟之直上青云也。叠相起伏，愈激愈疾，几若山鸡舞镜[3]，不复辨其孰为影，孰为形焉。俄焉势渐衰，机渐缓，板末乃安，齐跃而下，整衣而立。终戏，无虚蹈方寸者，技至此绝矣。

接送宾客颇真率，无揖让之烦。客至不迎，随意坐，主人即具烟架、火炉、竹筒、木匣各一，横烟管其上，匣以烟，筒以弃灰也。遇所敬客，乃烹茶，以细末粉少许，杂茶末，入沸水半瓯，搅以小竹帚，以沫满瓯面为度。客去，亦不送。贵官劝客，常以箸蘸浆少许，纳客唇以为敬。烧酒著黄糖则名福，著白糖则名寿，亦劝客之一贵品也。

注 释

① 踏枪（tuó）戏：类似于现在的跷跷板。

② 水碓（duì）：利用水力舂米的器械。

③ 山鸡舞镜： 山鸡对镜起舞。比喻自我欣赏。

译 文

中山国所说的“踏柁戏”，是把一根木头横架起来作为梁，距离地面有四尺多高，再在上面横放一块一丈二尺长的木板，木板两端悬空，使其受力均匀。当地两个女子穿上彩衣并扎紧衣带，光着两只脚，各自手里拿着一条丝巾，面对面站着，彼此相视唱歌。歌还没有唱完，她们就跃起跳到横木的两端，开始做下沉上扬的动作，有点像水碓的起伏升落，渐渐起伏越来越大，也越来越高。东边的女子陡然下落激起木板，西边的女子则飞起三丈多高，在空中翩翩起舞像轻盈的燕子；西边的女子又猛然落下激起木板，东边的女子则像直上青云的雄鹰高飞于空中。两边交相起伏，频率越来越快，几乎像是山鸡对镜起舞，已经不能分辨出谁是影子，谁是真人了。过了一会儿，势头渐渐减弱，木板也逐渐慢下来，直至木板平稳，两个女子才一起跳下来，整顿衣裳站好。表演从开始到结束，她们丝毫没有踩偏，她们的技艺能够达到如此境界，真可谓绝妙了！

琉球人迎送客人十分真诚率直，没有揖让等烦琐礼节。客人来了不刻意出门迎接，随意坐下不排座次。主人随即准备好烟架、火炉、竹筒和木匣各一个，把烟管横放在烟架上，木匣子里装烟，竹筒用来放置烟灰。尊敬的客人来了，主人才会烹茶，用少量的细末粉掺杂着茶末，往烧沸的开水里倒入半瓯，用竹制的小扫帚加以搅拌，以泡沫满溢到瓯面为限度。客人离去，主人也不送行。达官贵人招待客人劝酒时，常常用筷子蘸上少许酒浆，递到客人的唇边以表示尊敬。烧酒里加上黄糖就叫作“福”，加上白糖就叫作“寿”，这也是款待客人的一种贵重物品。

重阳具龙舟竞渡于龙潭，琉球亦于五月竞渡。重阳之戏，专为宴天使而设。因成三诗以志之，诗云：

故园辜负菊花黄，万里迢迢在异乡。
舟泛龙潭看竞渡，重阳错认作端阳。

去年秋在洞庭湾，亲摘黄花插翠鬟。
今日登高来海外，累伊独上望夫山。

待将风信泛归槎，犹及初冬好到家。
已误霜前开菊宴，还期雪里访梅花。

闻程顺则曾于津门购得宋朱文公[1]墨迹十四字，今其后裔犹宝之。借观不得，因至其家，开卷见笔势森严，如奇峰怪石，有岩岩[2]不可犯之色，想见当日道学气象。字径八寸以上，文曰：“香飞翰苑围川野，春报南桥叠萃新。”后有名款，无岁月。文公墨迹，流传世间者，莫不宝而藏之。盖其所就者大，笔墨乃其余事，而能自成一家言如此。知古人学力，无所不至也。

又游蔡清派家祠，祠内供蔡君谟[3]画像，并出君谟墨迹见示，知为君谟嫡派，由明初至琉球，为三十六姓之一。清派能汉语，人亦倜傥。由祠至其家，花木俱有清致，池圆如月，为额其室曰“月波大屋”。大抵球人工剪剔树木，叠砌假山，故士大夫家，率有丘壑以供游览。庭中树长竿，上置小木舟，长二尺，桅舵帆橹皆备。首尾风轮五叶，挂色旗以候风。渡海之家，率预计归期，南风至，则合家欢喜，谓行人当归，归则撤之。即古五两旗遗意。

注 释

① 朱文公：朱熹。

② 岩岩：高大，高耸。

③ 蔡君谟：北宋书法家蔡襄。

译 文

重阳节，准备好了的龙舟在龙潭比赛，琉球也在五月份进行龙舟竞渡。重阳节设龙舟竞赛，是专门为了款待使臣而安排的。我为此写了三首诗来记载当时盛况：

故园辜负菊花黄，万里迢迢在异乡。
舟泛龙潭看竞渡，重阳错认作端阳。

去年秋在洞庭湾，亲摘黄花插翠鬟。
今日登高来海外，累伊独上望夫山。

待将风信泛归槎，犹及初冬好到家。
已误霜前开菊宴，还期雪里访梅花。

我听说程顺则曾经在天津买到宋代朱文公朱熹的墨迹，有十四个字，现在他的子孙仍然珍藏着这幅字迹。他们不许借阅，因此我只得到他们家里观看。打开字幅，只见朱熹的字笔势森严，像奇峰怪石，有威严不可侵犯之势，可以凭此想象当年道学家的精神气象。每个字的直径在八寸以上，文字的内容为："香飞翰苑围川野，春报南桥叠萃新。"后面有落款，但没有年月日期。朱熹流传在世间的墨迹，一直被人们视为珍宝收藏起来。朱熹的成就很高，笔墨书法只是其中很小的一部分，然而却能自成一家达到如此高的境界，可见古人的学问功底，真是无一不精啊！

我们又游览了蔡清派家族的祠堂，祠堂里供奉着蔡襄的画像，并向我们展示了蔡襄的墨迹，我们因此得知他们的确是蔡襄的嫡系后人，于明代初年来到琉球，是三十六姓氏之一。蔡清派会说汉语，人也潇洒倜傥。我们从祠堂来到他家里，他家的花草树木都有一种清雅气质，水池像一轮圆月，因此我把他的居室题匾叫作“月波大屋”。大部分琉球人都擅长修剪树木，叠砌假山，所以士大夫家里都有假山园林供人游览。他家庭院中立着一根长木杆，上面架着一艘小木船，长二尺，桅杆、船舵、风帆和橹桨一一俱全。船头和船尾都设有五片风轮，挂上五颜六色的锦旗来测试风向。航海之家都要用它来预计家人回来的日期，南风到来时全家都很高兴，这意味着在外航行的亲人要回来了，亲人回来后就把旗子撤掉，这就是古代五两旗的遗风。

国王有墨长五寸，宽二寸。有老坑端砚[①]，长一尺，宽六寸，有“永乐四年”字，砚背有“七年四月东坡居士留赠潘邠老”字，问知为前明受赐物。国中有东坡诗集，知王不但宝其砚矣。

棉纸、清纸，皆以谷皮为之，恶不中书者。有护书纸，大者佳，高可三尺许，阔二尺，白如玉。小者减其半。亦有印花诗笺，可作札。别有围屏纸，则糊壁用矣。徐葆光《球纸》诗云：“冷金[②]入手白于练，侧理海涛凝一片。昆刀截截径尺方，叠雪千层无幂面。”形容殆尽。

南炮台间，有碑二。一正书剥蚀甚微，“奉书造”三字；一其国学书。前朝嘉靖二十一年建，惟不能尽识，其笔力正自遒劲飞舞。

有木曰“山米”，又名“野麻姑”，叶可染，子如女贞，味酸，士人榨以为醋。球醋纯白，不甚酸，供者以为米醋，味不类，或即此果所榨欤?

席地坐，以东为上，设毡。食皆小盘，方盈尺，著两板为脚，高八寸许。肴凡四进[3]，各盘贮而不相共，三进皆附以饭，至四肴乃进酒二，不过三巡。每进肴止一盘，必撤前肴而后进其次肴。饭用油煎面果，次肴饭用炒米花，三肴用饭。每供肴酒，主人必亲手高举置客前，俯身搓手而退。终席，主人不陪，以为至敬。此球人宴会尊客之礼。平等乃对饮。大要球俗，席皆坐地，无椅桌之用，食具如古俎豆，肴尽干制，无所用勺。虽贵官家食，不过一肴、一饭、一箸，箸多削新柳为之。即妻子不同食，犹有古人之遗风焉。

注 释

① 端砚：用广东肇庆县端溪产的石头制成的砚台。

② 冷金：琉球纸。

③ 四进：上四次。

译 文

国王有一块墨，长五寸，宽二寸。有从年代久远的矿坑出产的端砚，长一尺，宽六寸，上刻“永乐四年”字样，背面刻有“七年四月东坡居士留赠潘邠老”的字样，询问得知这块端砚是明代朝廷的赏赐。中山国内有苏东坡的诗集，由此可知国王不仅仅是把端砚视为宝物。

棉纸、清纸，都是用稻谷的壳制造的，质量粗糙不适宜用来书写。有一种包书纸，大的品质最好，高有三尺多，宽为二尺多，洁白如玉；小的尺寸减半。也有印花的诗笺，可以用来写信。其他的还有围屏纸，则是用来糊墙壁的。徐葆光《球纸》诗中说：“冷金入手白于练，侧理海涛凝一片。昆刀截截径尺方，叠雪千层无幂面。”将这种纸形容得淋漓尽致。

南炮台之间有两座碑亭：一座用正楷写着“奉书造”三个字，字迹剥落，模糊不清；另一座用中山国的文字书写。两座碑亭是明朝嘉靖二十一年（1542年）修建的，只可惜上面的字不能全部认清，而镌刻的笔力确实遒劲飞舞。

有一种树叫作“山米”，又叫“野麻姑”，叶子可以作为染料，种子像女贞果子，味道酸，当地人把它榨成醋。琉球的醋颜色是纯白的，味道不是很酸，供给我们食物的人说是米醋，我觉得味道不像，也许就是用这种果子压榨而成的。

参加宴席的客人席地而坐，以东边的座位为上座，地上铺设了毡子。吃饭用的都是小盘子，盘子一尺见方，底部安装了两个木制的脚，高度有八寸多。总共要上四次菜肴，分别装盘而不共放在一起，前三次上菜都附加一份主食，到第四次上菜时才上两壶酒，斟酒不超过三次。每次上的菜只有一道，必须先撤掉前一道菜，才上后一道菜。第一次上的主食是油煎面果，第二次上的主食是炒米花，第三次上的主食是米饭。每次上菜或酒，主人必定要亲自递到客人面前，俯身搓着双手离开。宴席从始至终，主人都不陪客人吃饭喝酒，以此来表示对客人最高的敬意，这是琉球人宴会上对尊贵的客人所行的礼节。地位平等的人可以对饮。琉球人用餐习俗的大体情况是：他们吃饭时都是席地而坐，不用餐桌和椅子，吃饭的餐具像古代的俎豆，菜肴都做成干的，没有汤汁，所以不用勺子。即使是在高官贵族家里吃饭，也只不过是一道菜、一份主食、一双筷子，筷子大多是用新柳枝条削制而成。即便是妻子和儿女也不在一起吃饭，这里仍旧保留着古人的遗风。

使院“敷命堂”后，旧有二榜。一书前明册使姓名：洪武五年，封中山王察度，使行人汤载；永乐二年，封武宁，使行人时中；洪熙元年，封巴志，使中官柴山；正统七年，封尚忠，使给事中俞忭、行人刘逊；十三年，封尚思达，使给事中陈传、行人万祥；景泰二年，封尚景福，使给事中乔毅、行人童守宏；六年，封尚泰久，使给事中严诚、行人刘俭；天顺六年，封尚德，使吏科给事中潘荣、行人蔡哲；成化六年，封尚圆，使兵科给事中官荣、行人韩文；十三年，封尚真，使兵科给事中董旻、行人司司副张祥；嘉靖七年，封尚清，使吏科给事中陈侃、行人高澄；四十一年，封尚元，使吏科左给事中郭汝霖、行人李际春；万历四年，封尚永，使户科左给事中萧崇业、行人谢杰；二十九年，封尚宁，使兵科右给事中夏子阳、行人王士正；崇祯元年，封尚丰，使户科左给事中杜三策、行人司司正杨伦。凡十五次，二十七人，柴山以前无副也。一书本朝册使姓名：康熙二年，封尚质，使兵科副理官张学礼、行人王垓；二十一年，封尚贞，使翰林院检讨汪楫、内阁中书舍人林麟焻；五十八年，封尚敬，使翰林院检讨海宝、翰林院编修徐葆光；乾隆二十一年，封尚穆，使翰林院侍讲全魁、翰林院编修周煌。凡四次，共八人。

清明后，南风为常，霜降后，南北风为常，反是飓飓①将作。正、二、三月多飓，五、六、七、八月多飓，飓聚发而倏止，飓渐作而多日。九月北风或连月，俗称九降风，间有飓起，亦骤如飓。遇飓犹可，遇飓难当。十月后多北风，飓飓无定期，舟人视风隙以来往。凡飓将至，天色有黑点，急收帆严舵以待，迟则不及，或至倾覆。飓将至，天边断虹若片帆，曰“破帆”，稍及半天如鲎②尾，曰“屈鲎”，若见北方，尤虐。又海面骤变，多秽如米糠，及海蛇浮游，或红蜻蜓飞绕，皆飓风征。

注释

① 飓（yù）：大风。

② 鲎（hòu）：为节肢类海生动物。俗称鲎帆，亦称东方鲎、中国鲎。

译文

天使馆的敷命堂后面，原先有两块榜书。一块榜书上写着前朝明代册封使臣的姓名：洪武五年，册封中山王察度，使臣为行人汤载；永乐二年，册封武宁，使臣为行人时中；洪熙元年，册封巴志，使臣为中官柴山；正统七年，册封尚忠，使臣为给事中俞忭、行人刘逊；十三年，册封尚思达，使臣为给事中陈传、行人万祥；景泰二年，册封尚景福，使臣为给事中乔毅、行人童守宏；六年，册封尚泰久，使臣为给事中严诚、行人刘俭；天顺六年，册封尚德，使臣为吏科给事中潘荣、行人蔡哲；成化六年，册封尚圆，使臣为兵科给事中官荣、行人韩文；十三年，册封尚真，使臣为兵科给事中董旻、行人司司副张祥；嘉靖七年，册封尚清，使臣为吏科给事中陈侃、行人高澄；四十一年，册封尚元，使臣为吏科左给事中郭汝霖、行人李际春；万历四年，册封尚永，使臣为户科左给事中肖崇业、行人谢杰；二十九年，册封尚宁，使臣为兵科右给事中夏子阳、行人王士正；崇祯元年，册封尚丰，使臣为户科左给事中杜三策、行人司司正杨伦。一共册封十五次，使臣有二十七人，柴山以前无副使。另一块榜书上写着本朝册封使臣的姓名：康熙二年，册封尚质，使臣为兵科副理官张学礼、行人王垓；二十一年，册封尚贞，使臣为翰林院检讨汪楫、内阁中书舍人林麟焻；五十八年，册封尚敬，使臣为翰林院检讨海宝、翰林院编修徐葆光；乾隆二十一年，册封尚穆，使臣为翰林院侍讲全魁、翰林院编修周煌。总共册封四次，使臣有八人。

清明过后，当地经常刮起南风；霜降过后，经常刮起北风。如果违反这个规律，将会兴起飓飑。正月、二月和三月多飓风，六月、七月和八月多飑风。飓风骤来而顷刻间突然停止；飑风则是慢慢加强，并且会持续很多天。九月份北风有时连续刮上一个月，俗称为“九降风”，其间偶尔也会刮起飑风，也像飓风一样突然来袭。遇到飓风的时候，尚且还能忍受，遇到飑风的日子就非常难挨了。十月之后多刮北风，飓风和飑风的到来没有规律，船夫得在不刮飓风和飑风的间隙往来航行。飓风将来，天空必会出现黑点，这时候船上的人就要赶紧降下风帆，紧紧把守着船舵，等待飓风的降临，如果稍有迟疑，可能导致翻船。飑风将来的时候，天边出现段段彩虹，像一片片风帆，叫作“破帆”，过了一会儿，彩虹布满半个天空，像鲎鱼的尾巴，叫作“屈鲎”。如果在北方的天空见到“屈鲎”，风将会刮得更加肆虐。另外，海面上突然发生变化，出现很多像米糠一样的污秽，以及海蛇在海面上浮游，或者红蜻蜓在海上飞舞盘旋，这些都是飓风来临的征兆。

自来球阳。忽已半年，东风不来，欲归无计。十月二十五日，乃始扬帆返国。至二十九日，见温州南杞山，少顷，见北杞山，有船数十只泊焉，舟人皆喜，以为此必迎护船也。守备登后艄以望，惊报曰：“泊者贼船也！”又报：“贼船皆扬帆矣！”未几，贼船十六只吆喝而来，我船从舵门放子母炮，立毙四人，击喝者坠海，贼退；枪并发，又毙六人；复以炮击之，毙五人；稍进，又击之，复毙四人。乃退去。其时贼船已占上风，暗移子母炮至舵右舷边，连毙贼十二人，焚其头篷，皆转舵而退。中有二船较大，复鼓噪由上风飞至。大炮准对贼船即施放，一发中其贼首，烟迷里许，既散，则贼船已尽退。是役也，枪炮俱无虚发，幸免于危。

不一时，北风又至，浪飞过船。梦中闻舟人哗曰：“到官塘矣。”惊起。从客皆一夜不眠，语余曰：“险至此，汝尚能睡耶？”余问其状，曰：“每侧则篷皆卧水，一浪盖船，则船身入

水，惟闻瀑布声垂流不息，其不覆者，幸耶！”余笑应之曰：“设覆，君等能免乎？余入黑甜乡①，未曾目击其险，岂非幸乎！”盥后，登战台视之，前后十余灶皆没，船面无一物，爨②火断矣。舟人指曰：“前即定海，可无虑矣。”申刻乃得泊，船户登岸购米薪，乃得食。是夜修家书，以慰芸之悬系，而归心益切。犹忆昔年芸尝谓余：“布衣菜饭，可乐终身，不必作远游。”此番航海，虽奇而险，濒危幸免，始有味乎芸之言也。

注释

① 黑甜乡：梦乡。

② 爨（cuàn）：烧火做饭。

译文

自从来到琉球，忽然发现已经有半年了，东风迟迟不来，我们想要回去却毫无办法。十月二十五日，我们才开始扬帆起航回国。到了十月二十九日，我们见到了温州的南杞山，过了不久，又看到了北杞山，有几十只船停泊在那里，船夫们都高兴起来，以为那一定是迎接我们的护航船。守备登上船后艄观望之后，却惊慌地来报告说：“那里停泊的是海盗的船。”又来通报说：“海盗船都已经升起船帆了。”没过多久，十六只海盗船呼啸着向我们驶来。我们的船从舵门处开火，放了子母炮，立刻就击毙了四人，那个吆喝叫嚷的人被击中掉入海里，海盗往后退去。火枪一齐发射，又击毙了六个人；又用大炮发射炮弹，击毙了五个人。我们的船稍稍前进，炮击他们，又杀死了四个人，他们才退去。那时海盗船已经占上风，我方又偷偷把子母炮移到船舱的右舷边上，接连击毙了十二个盗贼，烧着了领头船的船篷，贼船才转舵向后退去。其中有两只较大的船又重新鼓噪起来，乘风向我们飞速驶来。我们立即对准盗贼的船开炮，一发炮弹就打中了领头的贼船，烟雾弥漫了一里多远，等到烟雾散开，我们发现海盗船已经全部撤退了。这次战斗，我们的枪炮弹无虚发，终于幸免于难。

不一会儿，北风又刮起来了，海浪翻飞溅过了船头。我在梦中听到船夫们嘈杂的讲话声："到官塘了！"我猛然惊醒。随行的客人都一夜没睡，他们告诉我说："遇到这样惊险的时刻，你还能睡得着吗？"我问他们什么情况，他们回答说："船每次倾侧的时候，船篷就倒在水里，一个浪打来，盖过船头，整个船身就都进到水里来了，只听见瀑布从高处不断坠落流淌的声音，然而我们的船却没有翻，真是天大的幸运啊！"我笑着回答他们说："如果船翻倒沉没了，你们能够幸免于难吗？我进入梦乡，不曾目睹这样惊险的情形，难道不也是幸运吗？"

我洗漱后，登上站台观看，发现船上十多个炉灶都没有了，甲板上空无一物，我们断炊了。船夫指着前面说："前面就是定海，到了那里我们就不愁了。"下午六点，船才停泊靠岸，船夫上岸买回米和柴火，我们才吃上饭。当天夜里，我写了封家书，以安慰芸为我一直悬着的心，而越发感到归乡心切。我想起当年芸常对我说的话："布衣饭菜，就可以终生快乐，而不一定要远游他乡。"这一趟航海旅行，虽然奇异但也充满危险，几番历险而最终幸免于难，我才越发体会到芸当年这番话的深意。

卷六　养生记道

图六　采芝图

自芸娘之逝，戚戚无欢。春朝秋夕，登山临水，极目伤心，非悲则恨。读《坎坷记愁》，而余所遭之拂逆可知也。

静念解脱之法，行将辞家远出，求赤松子于世外。嗣以淡安、揖山两昆季之劝，遂乃栖身苦庵，惟以《南华经》自遣。乃知蒙庄鼓盆而歌[①]，岂真忘情哉？无可奈何，而翻作达耳。余读其书，渐有所悟。读《养生主》而悟达观之士，无时而不安，无顺而不处，冥然与造化为一。将何得而何失，孰死而孰生耶？故任其所受，而哀乐无所错其间矣。又读《逍遥游》，而悟养生之要，惟在闲放不拘，怡适自得而已。始悔前此之一段痴情，得勿作茧自缚矣乎！此《养生记道》之所以为作也。亦或采前贤之说以自广，扫除种种烦恼，惟以有益身心为主，即蒙庄之旨也。庶几[②]可以全生[③]，可以尽年。

注 释

① 鼓盆而歌：表示庄子对生死的乐观态度，也表示丧妻的悲哀。

② 庶几（shù jī）：希望；但愿。

③ 全生：指道家称保全自然赋予人的天性。

译 文

自从芸娘去世之后，我每天忧心戚戚，毫无欢乐。不论是春天的早晨，还是秋天的傍晚，不论是登山远眺还是漫步河边，无不触景伤情，我心中感到无限的悲伤和悔恨。读《坎坷记愁》就可以了解我悲惨的遭遇了。

我静心思考解脱的方法，本打算离家出走，到世外寻访赤松子。由于淡安、揖山两位兄弟的劝阻，我于是暂居于寺庙之中，平日只读《南华经》自我排遣。我现在才明白，庄周妻子死后，鼓盆而歌，哪里是真的忘情，不过是无可奈何，假装旷达罢了。读他的书，我逐渐有所感悟。读《养生主》一文，我领悟到，达观的人随时随地都会感到安宁自在，冥冥之中与自然造化合而为一，那样生死得失又有什么重要呢？因此我们只要接受一切发生在身上的事情，而哀乐之情在心中就没有存在之所了。又读《逍遥游》，我领悟到养生的要诀，不过是要保持闲适不拘、怡然自得的心情而已。我开始为之前的痴情感到懊悔，简直是作茧自缚啊！写这篇《养生记道》的目的便在于此。同时，我也是吸取古代贤者的理论扩充自己，扫除各种烦恼，只为有益于身心，这便是庄子思想的主旨。希望可以保持自然天性，终其天年。

余年才四十，渐呈衰象。盖以百忧摧撼，历年郁抑，不无闷损。淡安劝余每日静坐数息，仿子瞻[①]《养生颂》之法，余将遵而行之。调息之法，不拘时候，兀身端坐。子瞻所谓摄身使如木偶也。解衣缓带，务令适然。口中舌搅数次，微微吐出浊气，不令有声，鼻中微微纳之。或三五遍，二七遍，有津咽下，叩齿数通。舌抵上腭，唇齿相著，两目垂帘，令胧胧然渐次调息，不喘不粗。或数息出，或数息入，从一至十，从十至百，摄心在数，勿令散乱。子瞻所谓"寂然、兀然、与虚空等也"。如心息相依，杂念不生，则止勿数，任其自然。子瞻所谓"随"也。坐久愈妙。若欲起身，须徐徐舒放手足，勿得遽起。能勤行之，静中光景，种种奇特。子瞻所谓"定能生慧"，自然明悟，譬如盲人忽然有眼也，直可明心见性，不但养身全生而已。出入绵绵，若存若亡，神气相依，是为真息。息息归根，自能夺天地之造化，长生不死之妙道也。

注 释

① 子瞻：苏轼，字子瞻。

译 文

我今年才四十岁，却逐渐显露出衰老的迹象，这是因为受到各种忧愁摧残，多年的抑郁烦闷积累所致。淡安劝我每天静坐一段时间，仿照苏轼《养生颂》中的方法，我准备按他所说的做。调息的方法，无论何时都可以做，我独自端坐，就如同苏轼所说的像木偶一样挺直身体。脱去衣物，让身体放松，舌头在口中搅动几次，缓缓将浊气吐出，不发出声音，用鼻子轻轻吸气。如此重复十四遍或者十五遍，口中自然分泌出唾液，上下牙齿轻叩几次。舌头抵住上腭，嘴唇和牙齿相合，双眼微合，朦胧间逐渐调息，保持呼吸不喘也不粗。呼气数次或吸气数次，从一次数到十次，从十次数到百次，在心中默默计数，不要让呼吸散乱，可达到苏轼所说的“寂然”、“兀然”、和“虚空”等同的境界了。如果心境和呼吸达成统一，不再产生杂念，就不需要计数了，任其自然便好，这就是苏轼所说的“随”。坐得越久感觉越奇妙，如果想要起身，则需要慢慢舒展四肢，不能突然起身。如果能够经常练习，静坐时会感受到各种奇特的光景，这就是苏轼所说的“安定之中能产生智慧”，自然而然地开悟，就好像盲人突然恢复视力一样，不但可以养生保健，还可以明心见性。呼吸的气息绵长，若有若无，精神与气息相结合，才是真息。每次呼吸都气沉丹田，自然能够吸取自然的灵气，是获得长生不老的奇妙方法。

人大言，我小语。人多烦，我少记。人悸怖，我不怒。澹然无为，神气自满，此长生之药。《秋声赋》[1]云：“奈何思其力之所不及，忧其智之所不能。宜其渥然[2]丹者为槁木，黟然[3]黑者为星星[④]。”此士大夫通患也。又曰：“百忧感其心，万事劳其形。有动乎中，必摇其精。”人常有多忧多思之患，方壮遽老，方老遽衰，反此亦长生之法。舞衫歌扇，转眼皆非。红粉青楼，当场即幻。秉灵烛以照迷情，持慧剑以割爱欲，殆非大勇不能也。然情必有所寄，不如寄其情于卉木，不如寄其情于书画，与对艳妆美人何异？可省却许多烦恼。

范文正有云：“千古圣贤，不能免生死，不能管后事。一身从无中来，却归无中去。谁是亲疏？谁能主宰？既无奈何，即放心逍遥，任委来往。如此断了，即心气渐顺，五脏亦和，药方有效，食方有味也。只如安乐人，勿有忧事。便吃食不下，何况久病，更忧身死，更忧身后，乃在大怖中，饮食安可得下？请宽心将息。”云云。乃劝其中舍三哥之帖。余近日多忧多虑，正宜读此一段。

放翁胸次广大，盖与渊明、乐天、尧夫[⑤]、子瞻等，同其旷逸。其于养生之道，千言万语，真可谓有道之士。此后当玩索陆诗，正可疗余之病。

注释

① 《秋声赋》：为宋代文学家欧阳修所作。

② 渥（wò）然：形容色泽红润的样子。

③ 黟（yī）然：形容黑的样子。

④ 星星：形容留发花白的样子。

⑤ 尧夫：邵雍的字。北宋著名理学家、数学家、诗人。

译文

他人滔滔不绝，我则少言少语。他人经常烦闷，我则少记愁。他人担惊受怕，我则不怨不怒。淡然无为，精神饱满，这就是长生不老的灵药。欧阳修的《秋声赋》中说："为什么要思考自己的能力不能达到的事，担忧自己的智慧无法解决的问题呢？这样一定会使红润的面庞变成苍老朽木，乌黑的头发变得满头斑白。"这是士大夫的通病。又说："万般忧愁使人内心痛苦，无数琐事使人的身体劳累。只要内心被外物触动，精神就一定会动摇。"人总是有太多的忧愁思虑，原本壮年之人却突然变老，而刚进入老年的人则会突然衰亡，只有按照上面所说的去做才能获得长生。舞衫歌扇，转眼间都不复存在；红粉青楼，当场成为幻影。点亮灵性之烛火照亮自己的迷情，手持智慧之剑割去自己的爱欲，大概没有极大勇气是做不到的。然而，人的感情必须有所寄托，可以寄托在草木之上，或者寄托在书画之上，这些与美艳的女人有什么区别呢？还可以省去很多烦恼。

范仲淹曾说："千古圣贤，也不能逃脱生死的限制，无法安排身后之事，从虚无中来，又回到虚无中去。谁是亲疏？谁能主宰呢？既然无可奈何，不如放下执着，逍遥洒脱，顺其自然，这样一来，心气逐渐通顺，五脏也越来越调和，服药才会有效，吃饭才会有滋味。哪怕是健康的人，如果有烦心事也还会吃不下饭，何况久病之人呢？既要担心死亡，又要忧虑死后的事情，那就会生活在极大的恐惧之中，怎么可能吃得下饭呢？请放宽心将养生息吧！”如此之类。这是范仲淹劝他任中书舍人的三哥的信。我最近经常忧虑，正适合读这一段。陆游心胸宽广，是与陶渊明、白居易、邵雍、苏轼等一样的旷达飘逸之人。他关于养生之道有千言万语的见解，真正算得上有道之士。以后我应该多读些陆游的诗，正好可以治疗我的心病。

澀浴[①]极有益。余近制一大盆，盛水极多。浴后，至为畅适。东坡诗所谓“淤槽漆斛江河倾，本来无垢洗更轻”，颇领略得一二。治有病，不若治于无病，疗身，不若疗心。使人疗，尤不若先自疗也。林鉴堂诗曰：

自家心病自家知，起念还当把念医。
只是心生心作病，心安那有病来时。

此之谓自疗之药。游心于虚静，结志于微妙，委虑于无欲，指归于无为，故能达生延命，与道为久。

《仙经》[②]以精、气、神为内三宝，耳、目、口为外三宝。常令内三宝不逐物而流，外三宝不诱中而扰。重阳祖师[③]于十二时中，行住坐卧，一切动中，要把心似泰山，不摇不动。谨守四门：眼、耳、鼻、口，不令内入外出，此名养寿紧要。外无劳形之事，内无思想之患，以恬愉为务，以自得为功，形体不敝，精神不散。

益州老人尝言：“凡欲身之无病，必须先正其心。使其心不乱求，心不狂思，不贪嗜欲，不着迷惑，则心君泰然矣。心君[4]泰然，则百骸四体，虽有病，不难治疗。独此心一动，百患为招，即扁鹊华佗在旁，亦无所措手矣。”

林鉴堂先生有《安心诗》六首。真长生之要诀也。诗云：

我有灵丹一小锭，能医四海群迷病。
些儿吞下体安然，管取延年兼接命。

安心心法有谁知，却把无形妙药医。
医得此心能不病，翻身跳入太虚时。

念杂由来业障多，憧憧扰扰竟如何。
驱魔自有玄微诀，引入尧夫安乐窝。

人有二心方显念，念无二心始为人。
人心无二浑无念，念绝悠然见太清。

这也了时那也了，纷纷攘攘皆分晓。
云开万里见清光，明月一轮圆皎皎。

四海遨游养浩然，心连碧水水连天。

津头自有渔郎问，洞里桃花日日鲜。

注释

① 滤（hū）浴：沐浴。

② 仙经：泛指道教经典。

③ 重阳祖师：即全真道教开宗祖师王重阳。

④ 心君：古人以心为身体的主宰，故称之为心君。

译文

沐浴是很有益处的。我最近做了一个大澡盆，可以盛很多水，沐浴之后身心十分舒畅。苏东坡诗中所说的“淤槽漆斛江河倾，本来无垢洗更轻”，我现在体会到了一些妙处。得病之后再医治，不如没有得病时就预防，治疗身体上的疾病不如解决心理上的问题，找他人治疗不如先自我治疗。林鉴堂在诗中说：“自家心病自家知，起念还当把念医。只是心生心作病，心安那有病来时。”这是说自我治疗的药方，要让心灵在虚静之中自由驰骋，在微妙的环境中凝结心志，把忧虑化解在无欲的心态中，目的在于达到无为的境界，所以才能够延长寿命，和天地间的道长久做伴。

道教经典将精、气、神当作内三宝，耳、目、口当作外三宝。要使内三宝不因外物而流走，外三宝不被诱惑而干扰。道教祖师王重阳在十二个时辰中，不论是行走、站立、端坐还是仰卧的一切活动，内心都静如泰山，毫不动摇，谨慎把守眼、耳、鼻、口四个门户，不让邪气入内、真气外出，这就是“养寿紧要”。外面没有什么事情使身体劳累，内心也没有忧愁烦扰，每天的任务就是让自己身心愉悦，使身体通畅，精神凝聚。

益州老人常说：但凡希望身体不得病的人，必须先使自己的心思端正，使内心不奢求外物，不生杂念，不贪念欲望，不被声色迷惑，内心才能够安定。内心安定之后，即使身体有病，也很容易治愈。如果内心动摇，就会招致各种疾病，即使扁鹊、华佗在旁，也束手无策。

林鉴堂先生有《安心诗》六首。真正是长生要诀啊！诗云：

我有灵丹一小锭，能医四海群迷病。
些儿吞下体安然，管取延年兼接命。

安心心法有谁知，却把无形妙药医。
医得此心能不病，翻身跳入太虚时。

念杂由来业障多，憧憧扰扰竟如何。
驱魔自有玄微诀，引入尧夫安乐窝。

人有二心方显念，念无二心始为人。
人心无二浑无念，念绝悠然见太清。

这也了时那也了，纷纷攘攘皆分晓。
云开万里见清光，明月一轮圆皎皎。

四海遨游养浩然，心连碧水水连天。
津头自有渔郎问，洞里桃花日日鲜。

禅师与余谈养心之法，谓："心如明镜，不可以尘之也。又如止水，不可以波之也。"此与晦庵[①]所言："学者常要提醒此心，惺惺不寐，如日中天，群邪自息"，其旨正同。又言："目毋妄视，耳毋妄听，口毋妄言，心毋妄动，贪嗔痴爱，是非人我，一切放下。未事不可先迎，遇事不宜过扰，既事不可留住；听其自来，应以自然，信其自去。忿懥恐惧，好乐忧患，皆得其正。"此养心之要也。

王华子曰："斋者，齐也。齐其心而洁其体也，岂仅茹素而已。所谓齐其心者，澹志寡营，轻得失，勤内省，远荤酒；洁其体者，不履邪径，不视恶色，不听淫声，不为物诱。入室闭户，烧香静坐，方可谓之斋也。诚能如是，则身中之神明自安，升降不碍，可以却病，可以长生。"

余所居室，四边皆窗户；遇风即阖，风息即开。余所居室，前帘后屏，太明即下帘，以和其内映；太暗则卷帘，以通其外耀。内以安心，外以安目，心目俱安，则身安矣。

禅师称二语告我曰："未死先学死，有生即杀生。"有生，谓妄念初生；杀生，谓立予铲除也。此与孟子"勿忘勿助"之功相通。

孙真人[②]《卫生歌》云：

卫生切要知三戒，大怒大欲并大醉。
三者若还有一焉，须防损失真元气。

又云：

世人欲知卫生道，喜乐有常嗔怒少。
心诚意正思虑除，理顺修身去烦恼。

又云：

醉后强饮饱强食，未有此生不成疾。
入资饮食以养身，去其甚者自安适。

又蔡西山[③]《卫生歌》云：

何必餐霞饵大药，妄意延龄等龟鹤。
但于饮食嗜欲间，去其甚者将安乐。
食后徐行百步多，两手摩胁并胸腹。

又云：

醉眠饱卧俱无益，渴饮饥餐尤戒多。
食不欲粗并欲速，宁可少餐相接续。

若教一顿饱充肠，损气伤脾非尔福。

又云：

饮酒莫教令大醉，大醉伤神损心志。

酒渴饮水并啜茶，腰脚自兹成重坠。

又云：

视听行坐不可久，五劳七伤从此有。

四肢亦欲得小劳，譬如户枢终不朽。

又云：

道家更有颐生旨，第一戒人少嗔恚。

凡此数言，果能遵行，功臻旦夕，勿谓老生常谈也。

注释

① 晦庵：即朱熹，字元晦，号晦庵。南宋著名理学家。

② 孙真人：药王孙思邈，唐朝初期著名医学家。

③ 蔡西山：即蔡元定，学者称西山先生，朱熹理学的主要创建

者之一。

译文

禅师与我谈论养心的方法，他说："心就好像明亮的镜子一般，不能让它沾染尘埃，又像静止的水面，不能起波澜。"这和朱熹所说"要经常提醒自己的内心，保持清醒的头脑和旺盛的精力，各种邪念自然会消失"，本质上是一样的。他又说："眼睛不能随便看，耳朵不能随便听，嘴不能随便说，更不能轻易动心。贪念欲望，世间是非，他人自我，一切都放下。事情未发生之前不要提前担心，遇到烦心事不要过于烦扰，已经过去的事不能重来，不如一切顺其自然，愤恨和恐惧、欢乐和忧愁，都会各得其所。"这就是养心的要旨。

王华子曾说："所谓'斋'，就是'齐'，就是说使内心齐正和身体清洁，并不仅仅是吃素而已。所谓使内心齐正，就是要内心淡泊，看轻得失，勤于自省，远离荤酒。使身体清洁，就是要不走邪路，不看邪恶的事物，不听淫邪的声音，不为外物所诱惑。进入室内，关上房门，烧香静坐，才能够叫作斋戒。如果真的能够做到这样，则身体中的精神自然会得到安宁，思绪可以自由升降，这样就可以预防疾病，延年益寿。"

我住的房间四面都是窗户，有风的时候就关上，风停了就打开。房间的前面有帘子，后面有屏风，太明亮的时候就把帘子稍微放下，调整室内的光线，太暗的时候则把帘子卷起，使外面光线照进来。这样使自己内心安定，也使双眼安定，内心与双眼都得到了安定，身体自然就会安定。

禅师送我两句话："未死先学死，有生即杀生。"有生，是指心里刚刚出现烦恼，杀生，是指要立刻铲除。这与孟子所说的"勿忘勿助"是相通的。

孙真人《卫生歌》云：

卫生切要知三戒，大怒大欲并大醉。
三者若还有一焉，须防损失真元气。

又云：

世人欲知卫生道，喜乐有常嗔怒少。
心诚意正思虑除，理顺修身去烦恼。

又云：

醉后强饮饱强食，未有此生不成疾。
入资饮食以养身，去其甚者自安适。

又蔡西山《卫生歌》云：

何必餐霞饵大药，妄意延龄等龟鹤。
但于饮食嗜欲间，去其甚者将安乐。
食后徐行百步多，两手摩胁并胸腹。

又云：

醉眠饱卧俱无益，渴饮饥餐尤戒多。
食不欲粗并欲速，宁可少餐相接续。
若教一顿饱充肠，损气伤脾非尔福。

又云：

饮酒莫教令大醉，大醉伤神损心志。
酒渴饮水并啜茶，腰脚自兹成重坠。

又云：

视听行坐不可久，五劳七伤从此有。
四肢亦欲得小劳，譬如户枢终不朽。

又云：

道家更有颐生旨，第一戒人少嗔恚。

不要觉得以上的话是老生常谈，如果能够每天照着做，一定能有养生的功效。

洁一室，开南牖，八窗通明。勿多陈列玩器，引乱心目。设广榻、长几各一，笔砚楚楚，旁设小几一。挂字画一幅，频换；几上置得意书一二部，古帖一本，古琴一张。心目间常要一尘不染。

晨入园林，种植蔬果，芟[①]草，灌花，莳药。归来入室，闭目定神。时读快书，怡悦神气。时吟好诗，畅发幽情。临古帖，抚古琴，倦即止。知己聚谈，勿及时事，勿及权势，勿臧否[②]人物，勿争辩是非。或约闲行，不衫不履，勿以劳苦徇礼节。小饮勿醉，陶然而已。诚然如是，亦堪乐志。以视夫蹩足入绊，伸脰[③]就羁，游卿相之门，有簪佩之累，岂不霄壤之悬哉！

太极拳非他种拳术可及。“太极”二字，已完全包括此种拳术之意义。太极，乃一圆圈。太极拳即由无数圆圈联贯而成之一种拳术。无论一举手，一投足，皆不能离此圆圈；离此圆圈，便违太极拳之原理。四肢百骸不动则已，动则皆不能离此圆圈，处处成圆，随虚随实。练习以前，先须存神纳气，静坐数刻；并非道家之守窍也，只须屏绝思虑，务使万缘俱静。以缓慢为原则，以毫不使力为要义，自首至尾，联绵不断。相传为辽阳张通，于洪武初奉召入都，路阻武当，夜梦异人，授以此种拳术。余近年从事练习，果觉身体较健，寒暑不侵。用以卫生，诚有益而无损者也。

注释

① 芟（shān）：割草，引申为除去。

② 臧否（zāng pǐ）：褒贬，评论。

③ 脰（dòu）：脖子、颈。

译 文

我将房间打扫干净，打开南面的窗户，使房间通明透亮。房间内不要陈设太多的玩物器具，以免使人分心。在房间中放一张广榻，一张长几，笔墨纸砚摆放整齐，旁边再放一张小几。墙上挂一幅字画，并经常更换；几上放一两本喜欢的书，再放一本古帖，一张古琴。心中和眼中都要保持一尘不染。

早晨到园林中，种植瓜果蔬菜，除草，浇花，栽种药材，再回到房间中，闭目养神。或者读一本好书，愉悦心情，或者吟诵一首好诗，抒发情感。精力充沛时则临帖弹琴，累了便停下来。和几个知己相聚聊天，不涉及时事、权势，不议论他人是非。有时相约一起闲逛，不需要精心穿戴，也不必苦于遵循礼节。喝点小酒但不要喝醉，陶然自乐而已。如果真的能够这样，也算是愉悦身心了。这样的生活，与那些缩脚陷入绳绊，伸颈进入圈套，出入权贵之门，为做官所累的人的生活相比，难道不是有天壤之别吗？

太极拳是其他拳法所不能比的，“太极”两字已经涵盖这种拳术的真正意义。太极是一个圆圈，太极拳则是由无数圆圈连贯而成的一种拳术。无论一举手，一投足，都离不开圆圈，如果离开了圆圈，则违背了太极拳的原理。四肢骨骼不动则已，如果运动起来，就不能离开圆圈，每一步都是圆圈，虚实相交。练习之前需要定神吸气，静坐一会儿，但并不是道家修炼时的守窍，只需要抛除思虑，使内心沉静。练习时一定要缓慢，仿佛毫不用力一般，从头到尾，动作连绵不断。相传洪武初年，辽阳张通奉召入京，途中在武当山停留，晚上做梦时有异人将太极拳传授给他。我近几年练习太极拳，果然觉得身体越来越健康，不再惧怕严寒酷暑，练习这种拳术对于养生实在是有益无害。

省多言，省笔札，省交游，省妄想，所一息不可省者，居敬养心耳。杨廉夫[①]有《路逢三叟词》云：

上叟前致词，大道抱天全。
中叟前致词，寒暑每节宣。
下叟前致词，百岁半单眠。

尝见后山[②]诗中一词，亦此意。盖出应璩[③]，璩诗曰：

昔有行道人，陌上见三叟。

年各百岁余，相与锄禾麦。
往前问三叟，何以得此寿？
上叟前致词，室内姬粗丑。
二叟前致词，量腹节所受。
下叟前致词，夜卧不覆首。
要哉三叟言，所以能长久。

古人云：“比上不足，比下有余。”此最是寻乐妙法也。将啼饥者比，则得饱自乐；将号寒者比，则得暖自乐；将劳役者比，则优闲自乐；将疾病者比，则康健自乐；将祸患者比，则平安自乐；将死亡者比，则生存自乐。

白乐天诗有云：

蜗牛角内争何事，石火[4]光中寄此身。
随富随贫且欢喜，不开口笑是痴人。

近人诗有云：

人生世间一大梦，梦里胡为苦认真？
梦短梦长俱是梦，忽然一觉梦何存！

与乐天同一旷达也！

“世事茫茫，光阴有限，算来何必奔忙？人生碌碌，竟短论长，却不道荣枯有数，得失难量。看那秋风金谷[5]，夜月乌江[6]，

阿房宫冷，铜雀台荒，荣华花上露，富贵草头霜。机关参透，万虑皆忘，夸什么龙楼凤阁，说什么利锁名缰。闲来静处，且将诗酒猖狂，唱一曲归来未晚，歌一调湖海茫茫。逢时遇景，拾翠寻芳。约几个知心密友，到野外溪旁，或琴棋适性，或曲水流觞；或说些善因果报，或论些今古兴亡；看花枝堆锦绣，听鸟语弄笙簧。一任他人情反复，世态炎凉，优游闲岁月，潇洒度时光。”此不知为谁氏所作，读之而若大梦之得醒，热火世界一贴清凉散也。

注 释

① 杨廉夫：即杨维桢，元末明初著名诗人、文学家。

② 后山：北宋诗人陈师道，号后山居士。

③ 应璩（qú）：三国时曹魏文学家。

④ 石火：击石迸发的火星，形容人生之短暂。

⑤ 金谷：指晋石崇所筑的金谷园。

⑥ 乌江：暗指项羽乌江自刎之事。

译 文

要少说话，少写书信，少游玩，少妄想，只有一件事是不可少的，那就是修身养性。

杨廉夫在《路逢三叟词》中说：

上叟前致词，大道抱天全。

中叟前致词，寒暑每节宣。

下叟前致词，百岁半单眠。

陈师道有一首诗，大概也是这个意思，可能是来自应璩诗。应璩的诗是这样写的：

昔有行道人，陌上见三叟。
年各百岁余，相与锄禾麦。
往前问三叟，何以得此寿？
上叟前致词，室内姬粗丑。
二叟前致词，量腹节所受。
下叟前致词，夜卧不覆首。
要哉三叟言，所以能长久。

古人曾说：“比上不足，比下有余。”这就是获得快乐的妙诀。和挨饿的人相比，能吃饱肚子就很快乐了；和受冻的人相比，能够保暖就很快乐了；和辛苦劳动的人相比，能够悠闲自在就很快乐了；和得病的人相比，身体健康就已经很快乐了；和遭遇祸患的人相比，平平安安就已经很快乐了；和已经离世的人相比，活着就已经很快乐了。白居易写过一首诗：

蜗牛角内争何事，石火光中寄此身。
随富随贫且欢喜，不开口笑是痴人。

近代也有一首诗：

人生世间一大梦，梦里胡为苦认真？

梦短梦长俱是梦，忽然一觉梦何存！

其心胸和白居易一样旷达啊！

“世事茫茫，光阴有限，算来何必奔忙？人生碌碌，竞短论长，却不道荣枯有数，得失难量。看那秋风金谷，夜月乌江，阿房宫冷，铜雀台荒。荣华花上露，富贵草头霜。机关参透，万虑皆忘。夸什么龙楼凤阁，说什么利锁名缰。闲来静处，且将诗酒猖狂，唱一曲归来未晚，歌一调湖海茫茫。逢时遇景，拾翠寻芳。约几个知心密友，到野外溪旁，或琴棋适性，或曲水流觞；或说些善因果报，或论些今古兴亡；看花枝堆锦绣，听鸟语弄笙簧。一任他人情反复，世态炎凉，优游闲岁月，潇洒度时光。”这首不知道是谁写的曲子，读完之后觉得大梦初醒，真是我们身处在这热闹繁华世界的一贴清凉散。

程明道[1]先生曰：“吾受气甚薄，因厚为保生。至三十而浸盛，四十五十而后完，今生七十二年矣，较其筋骨，于盛年无损也。若人待老而保生，是犹贫而后蓄积，虽勤亦无补矣。”

口中言少，心头事少，肚里食少。有此三少，神仙可到。酒宜节饮，忿宜速惩，欲宜力制。依此三宜，疾病自稀。病有十可却：静坐观空，觉四大[2]原从假合，一也；烦恼现前，以死譬之，二也；常将不如我者，巧自宽解，三也；造物劳我以生，遇病少闲，反生庆幸，四也；宿孽现逢，不可逃避，欢喜领受，五也；家庭和睦，无交谪之言，六也；众生各有病根，常自观察克治，七也；风寒谨防，嗜欲淡薄，八也；饮食宁节毋多，起居务适毋强，九也；觅高明亲友，讲开怀出世之谈，十也。

邵康节[3]居安乐窝中，自吟曰：

老年肢体索温存，安乐窝中别有春。
万事去心闲偃仰，四肢由我任舒伸。
炎天傍竹凉铺簟，寒雪围炉软布茵。
昼数落花聆鸟语，夜邀明月操琴音。
食防难化常思节，衣必宜温莫懒增。
谁道山翁拙于用，也能康济自家身。

注 释

① 程明道：即程颢，宋代理学家，世称明道先生。

② 四大：即佛教所说的“四大皆空”之四大。

③ 邵康节：邵雍，宋代理学家，谥号康节。

译文

程颢先生曾说："我的先天禀气很薄，因此十分注重养生。三十岁时禀气逐渐旺盛，四五十岁时已经完好。今年我已经七十二岁了，而全身的筋骨和盛年时没有差别。人如果等老了再来养生，就好比贫穷时再攒钱，就算很勤劳也于事无补。"少说话，少思虑，少吃饭，如果能做到这三少，就可以到神仙的境界了。饮酒要有节制，心中的愤懑要尽早排解，欲望要克制，如果能做到这三点，人就不容易得病。有十种可以消除病痛的方法：第一，静坐观察内心世界，领悟佛家所说的"四大皆空"；第二，烦恼出现时，拿它和死亡相比，就觉得不重要了；第三，常和不如自己的人对比，从而宽慰自己；第四，造物主让人一生都要辛苦地劳动，生病时反而可以得到休息，值得庆幸；第五，遇到宿孽不要逃避，而要欢喜地接受；第六，家庭和睦，没有互相指责的争吵；第七，每个人身上都有患病的根由，要经常自我观察反省；第八，谨慎预防风寒，要淡薄欲望；第九，饮食一定要克制也不可过多，起居活动要适当也不能勉强劳累；第十，寻见识高远的亲友聚会交谈，开拓心胸和见识。

邵雍曾在安乐窝中吟诗道：

老年肢体索温存，安乐窝中别有春。
万事去心闲偃仰，四肢由我任舒伸。
炎天傍竹凉铺簟，寒雪围炉软布茵。
昼数落花聆鸟语，夜邀明月操琴音。
食防难化常思节，衣必宜温莫懒增。

谁道山翁拙于用，也能康济自家身。

养生之道，只“清净明了”四字。内觉身心空，外觉万物空，破诸妄想，一无执着，是曰“清净明了”。

万病之毒，皆生于浓：浓于声色，生虚怯病；浓于货利，生贪饕病；浓于功业，生造作病；浓于名誉，生矫激病。噫，浓之为毒甚矣！樊尚默先生以一味药解之，曰“淡”。云白山青，川行石立，花迎鸟笑，谷答樵讴，万境自闲，人心自闹。

岁暮访淡安，见其凝尘满室，泊然处之。叹曰：“所居，必洒扫涓洁，虚室以居，尘嚣不杂。斋前杂树花木，时观万物生意。深夜独坐，或启扉以漏月光，至昧爽[1]，但觉天地万物，清气自远而届，此心与相流通，更无窒碍。今室中芜秽不治，弗以累心，但恐于神爽未必有助也。”

注释

① 昧爽：拂晓，黎明。

译文

养生之道其实就在于“清净明了”四字，将身心放空，万物皆空，破除内心的一切妄想，没有任何执着，就是“清净明了”。一切疾病的毒素都来自“浓”，也就是过于看重：过于看重声色，就会生虚弱怯懦的病；过于看重物质，就会生贪食贪财的病；过于看

重功业，就会生矫揉造作的病；过于看重名誉，就会生矫情偏激的病。唉，“浓”的毒素很厉害啊！樊尚默先生用一味药就可解毒，那就是“淡”。看青山白云，溪涧山石，鸟语花香，樵夫长啸，山谷回应，一切景物都是闲适而又自然的，不平静的只是人的内心。

年末我去拜访淡安，看见他的房屋中已经落满了灰尘，但他依旧十分淡然。我对他说：“居住的地方必须打扫干净，收拾整齐。在屋前种一些花草树木，时常留意万物的生长。深夜独自静坐，可以打开窗户，让月光洒进来。拂晓之时，感受天地万物之间的清气从远处传来，心与自然相互沟通，没有任何阻碍。现在你的房间里杂乱不堪，虽然没让你累心收拾，但也无益于使自己神清气爽。”

余年来静坐枯庵，迅扫夙习。或浩歌长林，或孤啸幽谷，或弄艇投竿于溪涯湖曲，捐耳目，去心智，久之似有所得。陈白沙[①]曰：“不累于外物，不累于耳目，不累于造次颠沛。鸢飞鱼跃，其机在我。”知此者谓之善学，抑亦养寿之真诀也，圣贤皆无不乐之理。孔子曰：“乐在其中。”颜子曰：“不改其乐。”孟子以“不愧不怍”为乐。《论语》开首说“乐”，《中庸》言“无人而不自得”，程朱教寻孔颜乐趣，皆是此意。圣贤之乐，余何敢望，窃欲仿白傅[②]之“有叟在中，白须飘然；妻孥熙熙，鸡犬闲闲”之乐云耳。

冬夏皆当以日出而起，于夏尤宜。天地清旭之气，最为爽神，失之甚为可惜。余居山寺之中，暑月日出则起，收水草清香之味。莲方敛而未开，竹含露而犹滴，可谓至快。日长漏永，午睡数刻，焚香垂幕，净展桃笙，睡足而起，神清气爽。真不啻天际真人也。

注 释

① 陈白沙：陈献章，明代儒学家。

② 白傅：白居易，晚年官至太子少傅，谥号“文”，世称白傅、白文公。

译 文

我近年来常在房间中静坐，扫除过去的陋习，有时在树林里高歌，有时在山谷中长啸，有时在溪畔湖弯里垂钓，抛除心智之扰，时间久了仿佛有所领悟。陈献章曾说：“不为外物所累，不为声色所累，不为困顿的生活所累。鸟儿飞翔，鱼儿畅游，其机缘都在于我自己。”知道这个道理的人，可以称得上善于学习，这也是养生的秘诀。自古圣贤没有不感到快乐的，孔子曾说：“乐在其中。”颜子曾说：“不改其乐。”孟子以“不愧不怍”为乐。《论语》开头就说乐。《中庸》说“无人而不自得”。程朱理学追寻孔子和颜子的乐趣，就是这个意思。圣贤的快乐境界，我怎么能够达到呢？不过是想效仿白居易那种“家中老翁，白须飘飘；妻儿在旁，其乐融融，鸡犬自鸣，悠闲自在”的快乐罢了。

不论冬夏，都应当在日出时起床，夏天尤其要如此。天地之间清晨的空气最让人神清气爽，如果错过是十分可惜的。我住在山中的寺庙里，夏天日出时便起床，呼吸水草的清香。水中的莲花还没有开放，竹叶上的露水清澈欲滴，真是让人感到快活啊！夏天的白昼很长，午睡一段时间，放下帘子，点燃香炉，在桃枝竹编成的席子上舒展身体。睡足之后起床，神清气爽，这样的日子过得像天上的神仙。

乐即是苦，苦即是乐。带些不足，安知非福？举家事事如意，一身件件自在，热光景即是冷消息。圣贤不能免厄，仙佛不能免劫，厄以铸圣贤，劫以炼仙佛也。

牛喘月[①]，雁随阳[②]，总成忙世界；蜂采香，蝇逐臭，同是苦生涯。劳生扰扰，惟利惟名。牿[③]旦昼，蹶[④]寒暑，促生死，皆此两字误之。以名为炭而灼心，心之液涸矣；以利为蚕[⑤]而螫[⑥]心，心之神损矣。今欲安心而却病，非将名利两字，涤除净尽不可。

余读柴桑翁《闲情赋》，而叹其钟情；读《归去来辞》，而叹其忘情；读《五柳先生传》，而叹其非有情、非无情，钟之忘之，而妙焉者也。余友淡公，最慕柴桑翁[⑦]，书不求解而能解，酒不期醉而能醉，

且语余曰：“诗何必五言？官何必五斗？子何必五男？宅何必五柳？”可谓逸矣！余梦中有句云：“五百年谪在红尘，略成游戏；三千里击开沧海，便是逍遥。”醒而述诸琢堂，琢堂以为飘逸可诵，然而谁能会此意乎？

注 释

① 牛喘月：吴牛喘月，吴地水牛见月疑是日，因惧怕酷热而不断喘气。

② 雁随阳：大雁南飞过冬，春天又回到温暖的北方。

③ 牿（gù）：古同“梏”，桎梏，束缚。

④ 蹶（jué）：疾行，跑。

⑤ 虿（chài）：指晋石崇所筑的金谷园。

⑥ 螫（shì）：有毒腺的虫子刺人或动物。

⑦ 柴桑翁：即陶渊明，因其为浔阳柴桑（今江西九江）人，故有此称。

译 文

乐便是苦，苦便是乐，就算有一丝不完美，你怎么知道这不是福气呢？全家万事如意，自身事事顺利，这样热闹的光景便是冷清的前兆。圣贤也不能避免厄运，仙佛也不能逃避劫难，正是厄运铸就了圣贤，劫难炼成了仙佛。

吴牛喘月，大雁随阳，世间万物一副匆忙景象；蜜蜂采蜜，苍蝇逐臭，同样艰辛劳苦。荣华一生而烦恼一生，为的就是“名”与“利”二字，朝夕被束缚着，寒暑都在奔忙辛苦，推动死亡的接

近，都是被这两个字所误。“名”就像热炭一样灼烧着内心，心血便会干涸；“利”就像毒虫一样刺着内心，心神便会损伤。想要获得安心，祛除疾病，必须将名利二字彻底除掉。

我读陶渊明的《闲情赋》，感叹他的钟情；读《归去来兮辞》，感叹他的忘情；读《五柳先生传》，感叹他既不是有情，也不是无情，他在钟情与忘情之间，实在是妙不可言的境界。我的朋友夏淡安最仰慕陶渊明，读书不求甚解却能够有所体悟，喝酒不求喝醉却能自醉。他对我说：“作诗为什么必须五言呢？做官何必为了那五斗米呢？何必要追求多子多孙呢？房前为什么种五棵柳树呢？”这番言论真是十分超逸啊！我在梦中梦到了一句话：“五百年谪在红尘，略成游戏；三千里击开沧海，便是逍遥。”醒来后告诉琢堂，琢堂认为这句话意境飘逸值得记诵，然而谁能真正领会其中的深意呢？

真定梁公每语人：每晚家居，必寻可喜笑之事，与客纵谈，掀髯大笑，以发舒一日劳顿郁结之气。此真得养生要诀也。

曾有乡人过百岁，余扣其术。答曰：“余乡村人，无所知。但一生只是喜欢，从不知忧恼。”此岂名利中人所能哉！昔王右军[①]云：“吾笃嗜种果，此中有至乐存焉。我种之树，开一花，结一实，玩之偏爱，食之益甘。”右军可谓自得其乐矣。放翁梦至仙馆，得诗云：“长廊下瞰碧莲沼，小阁正对青萝峰。”便以为极胜之景。余居禅房，颇擅此胜，可傲放翁矣。

余昔在球阳，日则步于空潭、碧涧、长松、茂竹之侧，夕则挑灯读白香山、陆放翁之诗。焚香煮茶，延两君子于坐，与之相对，如见其襟怀之澹宕②，几欲弃万事而从之游，亦愉悦身心之一助也。

注释

① 王右军：王羲之，因官至右军将军，故有此称。

② 澹宕（dàn dàng）：恬静舒畅。

译文

真定的梁公常对人说，每晚在家中一定会说一些可笑的事情，与宾客纵情畅谈，开怀大笑，从而抒发一天的劳顿郁结之气。这真是领悟了养生的要诀。

乡里有一位年过百岁的老人，我曾经问他长寿的方法，他笑着答道：“我是乡下人，什么都不懂，但一辈子开开心心，从来没有烦恼过。”这种境界是追逐名利的人无法达到的。王羲之曾说：“我非常喜欢种果树，这其中有很大的乐趣。我自己种的果树，开出的花朵看着格外喜爱，结出的果实也吃着格外甘甜。”王羲之可真是自得其乐啊。陆游梦游仙馆，得了一句诗：“长廊下瞰碧莲沼，小阁正对青萝峰。”认为这是极美的景致。我住在禅房中，经常能看到这样的景致，足可以让陆游羡慕了。

我当年在琉球的时候，白天在空旷的水潭、碧绿的山涧、高大的松林、茂密的竹林中漫步，晚上则点着油灯读白居易、陆游的诗，焚香煮茶，仿佛请两位诗人对坐谈心，他们的胸襟是如此坦荡

畅快，令我想要放弃世间的一切与他们同游，这也是愉悦身心的一个好办法。

余自四十五岁以后，讲求安心之法。方寸之地，空空洞洞，朗朗惺惺，凡喜怒哀乐、劳苦恐惧之事，决不令之入。譬如制为一城，将城门紧闭，时加防守，惟恐此数者阑入[①]。近来渐觉阑入之时少，主人居其中，乃有安适之象矣。

养身之道，一在慎嗜欲，一在慎饮食，一在慎忿怒，一在慎寒暑，一在慎思索，一在慎烦劳。有一于此，足以致病，安得不时时谨慎耶!

张敦复[②]先生尝言："古之读《文选》而悟养生之理，得力于两句，曰：'石蕴玉而山辉，水含珠而川媚。'"此真是至言。尝见兰蕙、芍药之蒂间，必有露珠一点，若此一点为蚁虫所食，则花萎矣。又见笋初出，当晓，则必有露珠数颗在其末，日出，则露复敛而归根，夕则复上。田间[③]有诗云"夕看露颗上梢行"是也。若侵晓入园，笋上无露珠，则不成竹，遂取而食之。稻上亦有露，夕现而朝敛，人之元气全在乎此。故《文选》二语，不可不时时体察。得诀固不在多也。

注 释

① 阑（lán）入：进入不应进去的地方，混进。

② 张敦复：道教正一派第二十八代张天师。

③ 田间：钱澄之，明末桐城人，原名秉镫，字饮光，自号“田间老人”。

译文

我从四十五岁之后，便很讲究安心的方法，觉得内心就好像一块方寸大小的空地，要使它保持空旷、疏朗，不论是喜怒哀乐，还是劳苦恐惧，都不能进入，就好像一座城池将城门紧闭，严加防守，决不让这些情感随意闯入。近日来我觉得这些情感很少闯入，主人居住在这座城池，才有安适的气象。

养生之法，其一在于控制欲望，其二在于控制饮食，其三在于不要发怒，其四要注意严寒酷暑，其五不能过度思虑，其六要减少烦劳。只要一点做不到，就足以引起疾病，怎么能不时时刻刻谨慎呢！

张敦复先生曾说过：“古人读《文选》，而领悟了养生的道理，得益于两句话，那就是：‘石蕴玉而山辉，水含珠而川媚。’”这真是至理名言。曾看到兰蕙、芍药等花卉的花蒂之间，会有一点露珠，如果被蚂蚁等小虫吃掉，这花肯定会枯萎。又曾看到笋刚长出时，当天清晨必定有几颗露珠在它的末梢，日出之后，露珠便被吸收到了根部，晚上则又出现。田间老人有诗句“夕看露颗上梢行”，就是说的这种情景。拂晓之时进入园中，笋上如果没有露珠，便长不成竹子了，可以取来食用。稻子上也有露珠，同样在夜晚出现、早上收敛，人的元气也全在于此。所以，《文选》中的那两句话要时刻牢记，养生的秘诀其实并不在多。

余之所居，仅可容膝，寒则温室拥杂花，暑则垂帘对高槐。所自适于天壤间者，止此耳。然退一步想，我所得于天者已多，因此心平气和，无歆羡，亦无怨尤。此余晚年自得之乐也。圃翁[①]曰："人心至灵至动，不可过劳，亦不可过逸，惟读书可以养之。"闲适无事之人，镇日不观书，则起居出入，身心无所栖泊，耳目无所安顿，势必心意颠倒，妄想生嗔，处逆境不乐，处顺境亦不乐也。

古人有言："扫地焚香，清福已具。其有福者，佐以读书；其无福者，便生他想。"旨哉斯言！且从来拂意之事，自不读书者见之，似为我所独遭，极其难堪。不知古人拂意之事，有百倍于此者，特不细心体验耳！即如东坡先生，殁后遭逢高孝，文字始出，而当时之忧谗畏讥[②]，困顿转徙潮惠之间，且遭跣足[③]涉水，居近牛栏，是何如境界？又如白香山之无嗣，陆放翁之忍饥，皆载在书卷。彼独非千载闻人？而所遇皆如此。诚一平心静观，则人间拂意之事，可以涣然冰释。若不读书，则但见我所遭甚苦，而无穷怨尤嗔忿之心，烧灼不静，其苦为何如耶！故读书为颐养第一事也。

注 释

① 圃翁：古代一位善于养生的老人。

② 忧谗畏讥：担忧被谗言中伤。

③ 跣（xiǎn）足：光着御，不穿鞋袜。

译 文

我住的地方十分狭窄，寒冷时则在温室中欣赏各种花卉，炎热时则放下帘子，隐于高大的槐树之下，我所享受到的得于天地之间的闲适，仅此而已。然而退一步想，我从天地之间得到的已经够多了，因此便能够心平气和，既不羡慕他人，也不怨天尤人，这就是我晚年得到的乐趣。圃翁曾说：“人的内心是十分灵动的，既不能使它过于劳累，也不能使它过分闲适，只有读书可以滋养心灵。”闲适无事之人，每天不看书的话，则起居出入之间，身心会觉得没有栖息停泊处，耳朵和眼睛没有地方可以安顿，这样必定会心猿意马，生出妄想痴念，不论是身在逆境还是顺境，都不会感到快乐。

古人曾说：“扫地焚香，已经是清闲之福。有福的人用读书来辅助，无福的人心中便会生出许多杂念。”这话说得很有道理。而且不读书的人遇到不顺心的事，便会以为只有自己这么倒霉，觉得难以承受，不知道古人其实遇到过比他痛苦百倍的事情，只是他自己没有细心体会罢了！比如苏东坡先生，父亲死后正在守重孝，而他的文章刚流传出去，就受到许多谗言讥讽，遭贬谪于潮州和惠州之间辗转迁徙，而且曾经光着脚过河，住在牛栏旁边，这是什么样的苦难境地？又比如白居易没有子嗣，陆游曾忍饥挨饿，书上都有记载。他们不都是千百年闻名记入史册的人吗？而遭遇的苦难都是如此。如果能够以平常心对待，则人世间种种的不如意就可以涣然冰释了。如果不读书，则只认为自己的遭遇最为痛苦，这样就会生出许多怨恨和嗔怪，内心被灼烧不能平静，又怎能不痛苦呢？所以，读书是修身养性的第一要事。

吴下有石琢堂先生之城南老屋。屋有五柳园，颇具泉石之胜，城市之中，而有郊野之观，诚养神之胜地也。有天然之声籁，抑扬顿挫，荡漾余之耳边：群鸟嘤鸣林间时，所发之断断续续声，微风振动树叶时，所发之沙沙簌簌声，和清溪细流流出时，所发之潺潺淙淙声。余泰然仰卧于青葱可爱之草地上，眼望蔚蓝澄澈之穹苍，真是一幅绝妙画图也。以视拙政园，一喧一静，真远胜之。

吾人须于不快乐之中，寻一快乐之方法。先须认清快乐与不快乐之造成，固由于处境之如何，但其主要根苗，还从己心发长耳。同是一人，同处一样之境，甲却能战胜劣境，乙反为劣境所征服。能战胜劣境之人，视劣境所征服之人，较为快乐。所以不必歆羡[①]他人之福，怨恨自己之命。是何异雪上加霜，愈以毁灭人生之一切也。无论如何处境之中，可以不必郁郁，须从郁郁之中，生出希望和快乐之精神。偶与琢堂道及，琢堂亦以为然。

注 释

① 歆（xīn）羡：羡慕。

译 文

吴下有一间石琢堂先生的城南老屋，屋外有五柳园，布置得很有泉石景致的趣味，虽然生活在城市中，却有郊外的景观，实在是修养心神的好地方。这里有大自然的天籁之声，抑扬顿挫，在耳畔荡漾：群鸟在树林间鸣唱传来的断断续续的声音，微风吹动树叶发出沙沙簌簌的声音，清溪流动时发出潺潺淙淙的声音。我从容地躺在青翠可人的草地上，望着头顶蔚蓝澄澈的天空，真是一幅绝妙的图画。相比拙政园的喧嚣，这里的宁静景色要更胜一筹。

我们需要在不快乐中寻找快乐的方法。首先，我们要弄清楚快乐和不快乐是由什么造成的，当然与自身的处境也有关系，但最根本的原因还是出于自己的内心。同样是人，在相同的情况下，甲能够战胜劣境，乙反而被劣境征服。能够战胜劣境的人，与被劣境征服的人相比，要更为快乐。所以不要羡慕他人的福气，怨恨自己的命运，否则就是雪上加霜，将会毁灭我们人生的一切。无论在什么样的环境中，都不要郁郁寡欢，而是要从愁郁中生出希望和快乐的精神。我偶然和琢堂说起这些，他也很认同。

家如残秋，身如昃晚[1]，情如剩烟，才如遣电[2]，余不得已而游于画，而狎于诗，竖笔横墨，以自鸣其所喜。亦犹小草无聊，自矜其花；小鸟无奈，自矜其舌。小春之月，一霞始晴，一峰始明，一禽始清，一梅始生，而一诗一画始成。与梅相悦，与禽相得，与峰相立，与霞相揖，画虽拙而或以为工，诗虽苦而自以为甘。四壁已倾，一瓢已敝，无以损其愉悦之胸襟也。

圃翁拟一联，将悬之草堂中："富贵贫贱，总难称意，知足即为称意；山水花竹，无恒主人，得闲便是主人。”其语虽俚，却有至理。天下佳山胜水、名花美竹无限。大约富贵人役于名利，贫贱人役于饥寒，总鲜领略及此者。能知足，能得闲，斯为自得其乐，斯为善于摄生也。

心无止息，百忧以感之，众虑以扰之，若风之吹水，使之时起波澜，非所以养寿也。大约从事静坐，初不能妄念尽捐，宜注一念，由一念至于无念，如水之不起波澜。寂定之余，觉有无穷恬淡之意味，愿与世人共之。

阳明③先生曰：“只要良知真切，虽做举业④，不为心累。且如读书时，知强记之心不是，即克去之；有欲速之心不是，即克去之；有夸多斗靡之心不是，即克去之。如此，亦只是终日与圣贤印对，是个纯乎天理之心。任他读书，亦只调摄此心而已，何累之有？”录此以为读书之法。

注 释

① 昃（zè）晚：昃，太阳偏西。傍晚。

② 遣电：闪电。

③ 阳明：王守仁，明代哲学家。因曾筑室于会稽山阳明洞，自号阳明子，学者称之为阳明先生，亦称王阳明。

④ 举业：指应科举考试。

译 文

家庭好似残秋般萧条，身体就像傍晚时日无多，感情好像即将消失的烟雾，才华好像飞快消失的闪电，我不得已寄情于诗歌和绘画之中，舞文弄墨，以此抒发心中的喜悦，也好像小草无聊时为它的花感到得意，小鸟无奈时为自己的歌喉感到得意。早春二月，云霞开始放晴，山峰变得明晰，禽鸟变得精神，梅花开始绽放，我的诗画也就作成了。与梅花相悦，与禽鸟相投，与山峰相对，与彩霞相揖。我的画虽然笨拙但不失工巧，诗虽然生涩但自认为很好。如今家徒四壁，一只水瓢也坏了，但也无损我愉悦的心情。

圃翁作了一副对联，我打算把它们悬挂在草堂：“富贵贫贱，总难称意，知足即为称意；山水花竹，无恒主人，得闲便是主人。”语言虽然通俗，却很有道理。天底下有无数的山水胜景，奇花异草，大概是富贵之人为名利所累，贫贱之人为饥寒所累，而很少有人能够领略这些风景。能够知足常乐，能够忙里偷闲，就是自得其乐，善于养生了。

心没有静止的时候，是由于无数忧愁在感染它，无数思虑在干扰它，就好像风吹动水面一样，总使它生起波澜，这是不利于养生的。一般情况下，刚开始静坐的时候，可能无法排除内心的一切杂念，可以先专注于一个念头，逐渐从一个念头变为心中无念，好比水面不再起波澜。除了寂静安定之外，还能感到恬淡的意味，我愿意和天下人一同感受到这种意境。

王阳明曾说：“只要良知真切，即使是科举应试，也不会感到心累。比如读书的时候，知道强迫记忆的心态是不对的，便克服它；知道追求速度的心态是不对的，便克服它；知道夸多炫耀的心态是不对的，便克服它。这样一来，每日只与圣贤相对，就能做到内心符合自然天理。不管读多少书，也只是调剂身心罢了，怎么会感到劳累呢？”我把这些话记下来，作为读书的方法。

汤文正公[1]抚吴时，日给惟韭菜。其公子偶市一鸡，公知之，责之曰：“恶有士不嚼菜根，而能作百事者哉？”即遣去。奈何世之肉食者流，竭其脂膏，供其口腹，以为分所应尔。不知甘脆肥腻，乃腐肠之药也。大概受病之始，必由饮食不节。俭以养廉，澹以寡欲，安贫之道在是，却疾之方亦在是。余喜食蒜，素不贪屠门之嚼，食物素从省俭。自芸娘之逝，梅花盒亦不复用矣，庶不为汤公所呵乎！

留侯[2]、邺侯[3]之隐于白云乡，刘、阮、陶、李[4]之隐于醉乡，司马长卿以温柔乡隐，希夷[5]先生以睡乡隐，殆有所托而逃焉者也。余谓白云乡，则近于渺茫，醉乡、温柔乡，抑非所以却病而延年，而睡乡为胜矣。妄言息躬，辄造逍遥之境；静寐成梦，旋臻甜适之乡。余时时税驾[6]，咀嚼其味，但不从邯郸道上，向道人借黄粱枕耳。

注释

① 汤文正公：汤斌，清代理学家，曾任江苏巡抚。

② 留侯：汉初张良的封爵。诗文中常用为称颂功臣之典。

③ 邺（yè）侯：唐代李泌的封爵，家富藏书。后用为称赞他人藏书众多之典。

④ 刘、阮、陶、李：刘伶、阮籍，魏晋时期竹林七贤之二；陶渊明；李白。

⑤ 希夷：陈抟，宋太宗赐号希夷先生，唐末、五代隐士。

⑥ 税驾：税，通“挩”“脱”。犹解驾，停车。谓休息或归宿。

译文

汤斌在江苏做巡抚时，每天只吃韭菜，他的儿子有一天买了一只鸡，他知道后，责备儿子说：“哪里有人不嚼菜根就能做成大事呢？”然后就把鸡退回去了。然而世间喜欢吃肉的人，用所有动物的肉来满足自己的口腹之欲，认为这是理所应当的。但他们不知道美味的肉食实际上是腐蚀胃肠的毒药。大多数疾病都是由饮食不节引起的。节俭可以培养廉洁，淡泊可以控制欲望，这既是安于贫穷的方法，也是预防疾病的办法。我喜欢吃蒜，向来不喜欢吃肉食，吃饭十分俭省。自从芸娘去世之后，再也没有用过梅花盒，希望不会被汤公所呵斥吧！

张良、李泌隐居于仙乡，刘伶、阮籍、陶渊明、李白都归隐于醉乡，司马相如归隐于温柔之乡，陈抟归隐于梦乡，大概他们是有所寄托而逃避现实的人吧。在我看来，仙乡过于渺茫，醉乡和温柔

乡都不能治疗疾病和延年益寿，而睡乡则是最好的去处。停止一切妄想言语，就可以到逍遥的地方造访；安静地进入梦乡，立刻到达甜美舒适的地方。我时常在醒来之后，咀嚼梦中的滋味，但从来不学邯郸路上的书生，向道人借游仙枕做黄粱美梦。

养生之道，莫大于眠食。菜根粗粝，但食之甘美，即胜于珍馔也。眠亦不在多寝，但实得神凝梦甜，即片刻，亦足摄生也。放翁每以美睡为乐，然睡亦有诀。孙真人云：“能息心，自瞑目。”蔡西山云：“先睡心，后睡眼。”此真未发之妙。禅师告余伏气，有三种眠法：病龙眠，屈其膝也；寒猿眠，抱其膝也；龟鹤眠，踵其膝也。余少时，见先君子[①]于午餐之后，小睡片刻，灯后治事，精神焕发。余近日亦思法之，午餐后，于竹床小睡，入夜果觉清爽。益信吾父之所为，一一皆可为法。

余不为僧，而有僧意。自芸之殁，一切世味，皆生厌心；一切世缘，皆生悲想，奈何颠倒不自痛悔耶！近年与老僧共话无生，而生趣始得。稽首[②]世尊[③]，少忏宿愆[④]，献佛以诗，餐僧以画。画性宜静，诗性宜孤，即诗与画，必悟禅机，始臻超脱也。

注 释

① 先君子：对已故父亲的称呼。

② 稽（qǐ）首：古代跪拜礼。

③ 世尊：佛陀的尊称。

④ 宿愆（qiān）：佛教中所说的前世的罪过。

译 文

养生之道关键在于睡眠和饮食，菜根虽然粗糙，但是吃起来很甜美，甚至胜过美味佳肴。睡眠不在于时间长短，只要睡眠质量好，即便只睡一小会儿，也能起到养生的效果。陆游每天以美睡为乐趣，然而睡觉也有秘诀，孙真人曾说：“心平静下来，自然就能睡着。”蔡西山说：“心先入睡，然后眼才能入睡。”说得真是好。禅师告诉我呼吸吐纳，有三种睡眠方法：第一种是“病龙眠”，屈膝而睡；第二种是“寒猿眠”，抱膝而睡；第三种是“龟鹤眠”，踵膝而睡。我年少时，曾见先父在午餐之后小睡片刻，晚上做起事来，精神焕发。我近来也效仿父亲这样做，吃完午饭后在竹床上小睡，晚上果然觉得神清气爽，因此更加相信我父亲的做法可以一一效仿。

我不是僧人，却有着僧人的思想境界。自从芸去世后，人世间

的一切滋味都让我感到厌烦，人世间一切因缘都让我觉得伤感，怎么能不心魂颠倒、痛苦不堪呢？这些年来与老僧在一起谈论养生，反而生出很多乐趣。我跪拜佛祖，为前世的罪过忏悔，向佛祖献诗，给僧人送画抵餐费。画画讲究宁静，诗歌讲究孤独，作诗和画画一定要参悟禅机，才能够达到真正超然物外的境界。